加藤康男

・エンペラーの私生活

GS

幻冬舎新書

535

鶏《かご》籠に入ったら鶏になれ。狗《いぬ》小屋に入ったら狗になれ。

1931（昭和6）年、25歳頃の溥儀
写真＝朝日新聞提供

右上・左上●溥儀の后・婉容　下●右から二人目が同性愛の相手・王鳳池。清朝末期の御前太監たちと一緒に／『末代太監孫耀庭伝』人民文学出版社より

右上●誕生日に后妃や妹たちと記念撮影する溥儀（右端）／写真＝朝日新聞提供　左上●1932（昭和7）年頃の溥儀と婉容／写真＝共同通信提供　下●1940（昭和15）年明治神宮に参拝する満洲国皇帝溥儀／写真＝朝日新聞提供

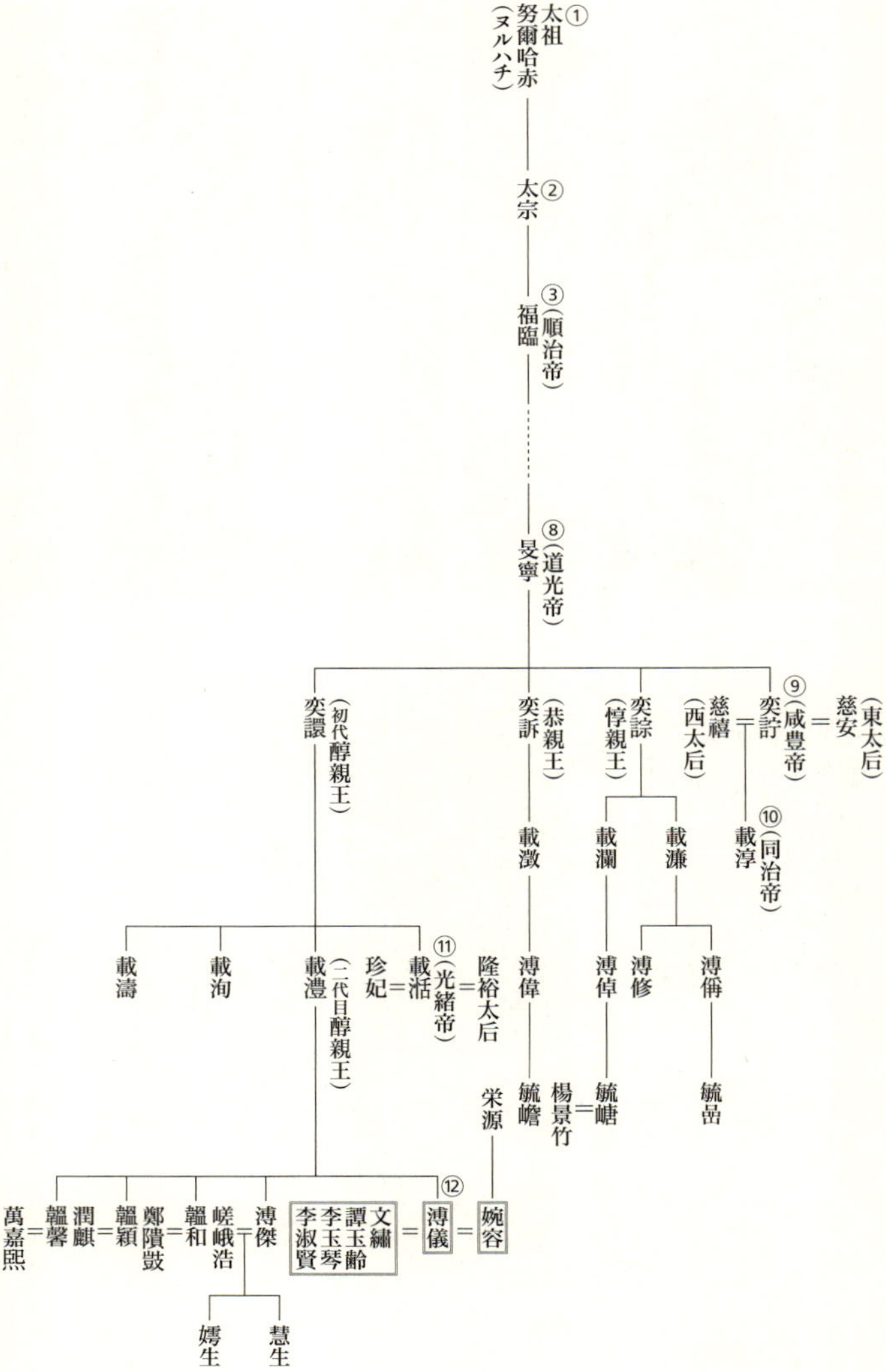
①太祖 努爾哈赤（ヌルハチ）
②太宗
③福臨（順治帝）
⑧旻寧（道光帝）
（東太后）慈安
⑨奕詝（咸豊帝）
慈禧（西太后）
⑩載淳（同治帝）
奕誴（惇親王）
載漪
載瀾
溥儁
溥修
溥偉
毓嶦
毓崑
楊景竹
奕訢（恭親王）
載瀅
溥偉
毓嶦
奕譞（初代醇親王）
隆裕太后
⑪載湉（光緒帝）
珍妃
載灃（二代目醇親王）
載洵
載濤
⑫溥儀
婉容
文繡
譚玉齡
李玉琴
李淑賢
栄源
溥傑
嵯峨浩
韞和
鄭廣鼓
韞穎
潤麒
韞馨
萬嘉熙
慧生
嫮生

ラストエンペラーの私生活／目次

第四章　流浪する廃帝と離婚劇　169

第五章　満洲国皇帝の光と影　213

第一章 紫禁城の幼帝

市ヶ谷法廷

もしも人生というものが複雑怪奇なものであるとするなら、自分のこれまでの人生はまったくそれにかなったものだった――溥儀《ふぎ》は宣誓をする間際、自らそう納得していた。

すぐ後ろに二人のソ連軍将校を従え、キーナン主席検事と肩を並べて出廷した溥儀は二度三度周囲を見渡してから証人台へ向かった。

紺色の背広に濃い茶のネクタイを締めたかつての満洲国皇帝は、四十歳にしては老けて見える。

一九四六（昭和二十一）年八月十六日市ヶ谷、東京裁判（極東国際軍事裁判）大法廷の大時計は、午前十一時二十五分を指していた。

一瞬緊張感が漲《みなぎ》った廷内に、主席検事キーナンの声が響き渡る。

「次に証人としてヘンリー・プー・イー氏を召喚致します」（以下法廷の陳述は『極東国際軍事裁判速記録』第一巻第四十九号）

牡牛《おうし》のような体軀《たいく》に乗った太い首と赤ら顔の額には、したたるばかりの汗が光っている。

この夏はひときわ暑かった。

当時としては珍しい冷房装置の調子が悪く、閉め切った廷内には熱気と湿気がこもっていた。

一文字に引かれた意志の強そうなキーナンの口元から声が発せられ、続いて法廷執行官バンミーター大尉が、

「裁判長閣下、証人はすでに法廷に出頭し、ただいまから宣誓を致します」

と、ウェッブ裁判長に向かって型どおりに述べた。

うながされてさらに歩を進めた溥儀は、右手を挙げ宣誓書を読み上げたが、キーナンの威圧感ある個性に気圧《けお》されまいとしてか少しだけ胸を張ってみせた。

威厳を保とうとする心理は、反面では壊れやすいガラス細工のように周囲から見透かされかねないものだ、ということを溥儀は承知していた。

これまでの生涯のお蔭《かげ》で、彼なりに培ってきた知恵でもあった。

痩身で青白い溥儀の広い額から、はらりとひと束の頭髪が垂れている。

その髪をかき上げる神経質そうな指先に廷内の視線が集中した。

タイミングを計っていたかのように、キーナンは首筋の汗を拭いながら切り出した。

「あなたのフルネーム、及びどこでお生まれになったのか、そしてこれまでのあなたの経歴を話して下さい」

溥儀は細心の注意を払いながら、通訳が伝える主席検事の発言にうなずいた。

簡単な日常会話を理解する程度の英語力は持ち合わせていたが、法廷では北京語で済ませた

いと、前もって通訳を要求しておいた。

微妙な会話のやりとりが十分に予測される。そんなことで落ち度を見せたくなかった。心の動揺を、些細《ささい》なことで居並ぶ傍聴人や記者たちに気付かれてはならない――。

とりわけ粛然として身近に座っている、見知った顔の被告人たちにさとられてはならないのだ。

今から語る自分の略歴が、人一倍複雑怪奇なものであればこそ、落ち着いて振る舞う必要があった。

国民服や着古した背広、そしてすべての階級章を外された軍服をまとった彼らは、以前溥儀が目にしたときよりひと回り以上小さくなった感じがする。

東條英機（首相、陸相、関東軍参謀長 いずれも元職、以下同）をはじめ、星野直樹（満洲国総務長官）、板垣征四郎（関東軍参謀長、陸相）、土肥原《どいはら》賢二（奉天特務機関長）といった顔ぶれである。

溥儀はひと呼吸すると証人席に着席し、特徴ある丸眼鏡の縁をそっと上げ、少しだみ声の北京語で語り始めた。

眼鏡の縁を細い指先で上げるのが癖だった。

「私は北京で生まれました。私の名前は溥儀と申します。

本来の満洲族の名前は愛新覚羅《あいしんかくら》といいます。父の名は愛新覚羅載灃《さいほう》と申し、母は瓜爾佳《グワルギア》氏といいます。

一九〇六年に生まれ、一九〇八年に中国皇帝の地位に就きましたが、一九一一年には中国で国内の革命が起きまして――」

しばらくの時間、溥儀は自らが二歳九ヵ月（満年齢）で皇帝の座に就いた数奇な運命のいきさつから語り起こし、やがて勃発した革命によって共和制国家・中華民国が成立し清朝が滅亡に至った経緯を語った。

けれども、長かった清朝王国の崩壊に至る複雑な武装闘争や権力の移行の段になると、法廷内は明らかにだれてきた。それでも居並ぶ白人たちの興味を大いに喚起し、まどろみから呼び覚ますに十分な逸話もいくつかあった。なにしろ清朝最後の皇帝であり、かつ、一年前迄は満洲国皇帝だったのだから――。

例えば廃帝になった溥儀が、紫禁城の中では以前同様に厚遇され、多くの女官や宦官《かんがん》にかしずかれて変わらぬ宮廷生活を送っていたという下りを詳細に紹介したときである。

それに続く証言では、六歳で退位したあと十八歳のときクーデターによって紫禁城を追われ、その際には日本公使館の保護を受け、さらに天津の日本租界へと逃避行が続く日々を淡々と語り継いでいった。

法廷に立つ一週間前、八月九日夜のことである。

溥儀はソ連のアレキサンドル・イワノフ陸軍大佐以下二十名ほどの随員に付き添われ、ウラジオストークから神奈川県厚木飛行場に送り届けられた。

溥儀にとっては、三度目の日本の土だった。

随員の中には通訳兼世話係としてハルビン防衛本部副部長ゲオルギー・ペルミャコフという人物が加わっていた。

ペルミャコフは九歳のとき、天津の日本租界で溥儀と出会っていたという奇縁の持ち主で、ロシア語以外に英語、中国語、日本語に堪能《たんのう》だった。

ペルミャコフは戦後になって溥儀の思い出を語っているが、それは後述する。

出発時のウラジオストークは肌寒かったのか、厚手の鳥打ち帽をかぶり腕にはコートを提げてタラップを降り立った。

身はたとえソ連軍の捕虜であっても、今は連合国軍最高司令官マッカーサーに対してスターリンが法廷闘争を優位に戦うための、またとない賓客でもあった。

空港には大勢のカメラマンや記者たちが取材に押しかけていたが、溥儀はソ連兵にガードされ迎えの車にさっと乗った。

短時間の写真撮影を除き、「インタビューはソ連代表部を通じなければ受けてはいけない」とイワノフ大佐から強くクギを刺されていた。

宿舎は麻布・狸穴《まみあな》のソ連代表部に隣接する洋館である。

イワノフはもうひと言付け加えた。

「溥儀さん、あなたはここで誰にも会ってはいけません。また、何を喋《しゃべ》ってもいけません」

スターリンの「虎の子」として送り込まれた以上、厳重警戒と慇懃《いんぎん》な接待とが混在していた。

「モロカフカやクラスノレチカの別荘より少しはましか」

宿舎に入るとそう独りごちながら、ソ連軍の大柄な女性警備兵が注《つ》いでくれたアメリカ産ビールを少しだけ口に含んだ。

ソ連での最初の収容所生活は、シベリアのチタ経由で入ったモロカフカ保養所が一番長かった。東京へ送られる準備が始まるとクラスノレチカの保養施設へ移され、ソ連側との細部に及ぶ打ち合わせがひと月以上も続いた。

検事側証人として出廷する用意が整い終わった七月末、日本海への出口ウラジオストークへ送られ、八月九日昼、東京へ出発したのだった。

古びたソファに座ってビールと軽い夜食を摂《と》りながら、溥儀は自分の記憶のもっとも古いページを思い起こそうとしていた。

今回の東京裁判出廷の任務は、生まれてこの方の尋常ならざる出来事を用意された筋書きに沿ってよどみなく話すことにあったからだ。

出廷準備用のノートに細かく記録されたストーリーを語りさえすれば、必ず生命の安全は保証される、と幾度となく保養所でソ連軍将校から諭されてきた。

そういうときには、必ずたっぷりの肉やアルコール類が用意されていた。

幼いときの記憶をたぐり寄せてみると、それが夢なのか現実だったのかよく分からなくなる癖は直っていなかった。

やや成長したころに太監《たいかん》（宦官）から教えられた長い物語と、幼い時期のまぼろしのような記憶が自分の中で混同しているのかもしれない。

長旅のせいで疲労感を覚えた溥儀は、寝室へ向かうとガウンに着替えた。

用意されたベッドに身を横たえようとしたとき目に飛び込んできたのは、枕カバーの鮮烈な黄色だった。

その明黄色は、清朝の帝王のみが許された禁色《きんじき》である。

腰に締める紐《ひも》をはじめ、帽子の裏や服の袖、磁器の茶碗や湯飲みに至るまで、何ひとつ明黄色でないものは思い出せないほどだ。

なめらかで光沢があり、浮き上がるような黄色、それが明黄色の特徴だった。

枕カバーは偶然だろうか、それとも清朝時代の記憶を鮮明に想起させるための仕掛けだろうか――。さまざまな黄色い断片の記憶が、遠い彼方《かなた》から幾重にもなって押し寄せてくる。

溥儀は薄い霧が流れるような夢の波間に漂い始めていた。

幼帝即位

溥儀がまだ三歳にもなっていない一九〇八（明治四十一）年十一月十三日（新暦）夕刻のことである。

父・醇《じゅん》親王載灃《さいほう》の王宮、北府でゆりかごに入れられ、乳母の乳房にしがみついていた溥儀の安らぎが一瞬にして破られた。

北京郊外に新たに造営された王宮の、奥まった小部屋である。

「光緒帝《こうしょてい》さまの病が急に篤《あつ》くなったとのことで、急ぎ皇子さまを紫禁城へお連れするようにと西太后《せいたいこう》さまのご命令が下りました。天子さまの余命はあとわずかとか――」

使用人たちは突然の出来事におおいにうろたえている。

あわただしく走り回る宦官たちのざわめきが北府内に伝わっていった。

二歳九ヵ月になってもまだ乳母の乳から離れられない赤児《あかご》こそ、第十二代清朝皇帝となる溥儀であった。長男が溥儀で、年子の次男が生まれ溥傑と名付けられていたが、当然、兄弟は離ればなれにされる。

西太后が発したという命令書をもって馳《は》せ参じたのはこの北府の主《あるじ》で、溥儀の父・醇親王である。命令書には「同治《どうち》を継承し、兼ねて光緒の跡を継ぐ」とあり、二人の先帝の後継となるべく記されていた。光緒帝の先帝にあたる同治帝はそもそも西太后が咸豊《かんぽう》帝（第九代）との間に生《な》した男子だった。

それまで帝《みかど》の貴人の一人に過ぎなかった西太后が一気に皇后・慈安皇太后（東太后）を抜いて権力を手中に収めたのは、ひとえに唯一の男児を産んだからである。

その同治帝が夭逝《ようせい》したため、今度は甥《おい》の光緒帝に皇位を継承させた。

同時に二代の先帝の跡を継がせた裏にはそういうわけがあった。

ところが、東太后が四十三歳の若さで急死したのも、同治帝が十八歳で没したのもいずれも西太后による毒殺説が消えない。

醇親王もたった今しがた、紫禁城で西太后から新たな皇太子となる幼い溥儀のために摂政王となるよう任命されたばかりであった。

王府内では溥儀の祖母をはじめ目をまわす老人たちが続出し、女官や小間使いたちはショウガ汁を口に注ぎ込むやら医者に走るやらでごったがえしていた。

それでも摂政王が皆を落ち着かせると、暴れる赤児に手早く服を着せ、用意させた駕籠《かご》に乗せ紫禁城へと急がせた。

すがりついていた乳房からいきなり引き離された溥儀は、悲鳴のような大声をあげて泣きわめき、大暴れしながら紫禁城の門をくぐったのである。

これらのエピソードはすべて乳母の王連寿や宦官たちがのちに語ってくれた話として溥儀の記憶の襞《ひだ》に刻まれたものだ。幼い溥儀は二十一歳になるその乳母にすっかりなついており、「アーモ」と呼んでかたときも離れようとしない。

西太后もこの乳母ばかりはそのまま一緒に紫禁城内へ連れて行くのを許さざるを得なかった。

紫禁城の宦官の腕の中で大泣きしながら西太后と対面した場面だけは、幼いながらなぜか鮮明に覚えていた。

おそらく溥儀の記憶の第一場面は、この薄暗いとばりの向こう側にある、痩せこけた醜い老婆の顔ではなかったか。

そこにはまだ最後の凄味《すごみ》が残光を放っていた。

これが慈禧《じき》太后、すなわち西太后を見た最初にして最後の一瞬となった。

溥儀が慈禧太后の御前に連れ出されるまで、光緒帝同様、慈禧太后もひどく体調を崩し臥せっていた。一八三五年生まれの慈禧太后はこの年すでに七十二歳になっており、容態から死期が近いことは自身でも察しているかに思われた。

光緒帝は西太后が死亡する前日、思わぬ早さで息絶えた。皇帝のあまりの急激な死には疑念の声が長い間消えなかった。その死因について今世紀に入ってからの法医学的検証の結果、多量の残留ヒ素が検出され毒殺との結論が出ている。死期の近い西太后が自分より長生きさせないために毒殺を図ったとされる。西太后恐るべし、との伝説は消えない。


幼い皇子がようやく登壇したとき、西太后は宦官に支えられるようにして深紅の椅子に寄りかかっているのが精一杯のありさまだった。

ひと月前の十月十日（旧暦）の誕生日に始まって六日間、連日盛大な誕生祝賀会を催した同一人物とは思えないほどの激しい衰弱ぶりである。

だがつい今朝方のこと、西太后は光緒帝が重篤になったと聞くやすぐさま、病床にありながらも光緒帝の名において溥儀を後継皇帝に指名したのだった。

西太后の執念の残滓《ざんし》の一滴が、幼い溥儀のおぼろげな記憶に収まっていた。

闇の奥から響いてくる嗄《か》れ細った声、翡翠《ひすい》や瑪瑙《めのう》、碧玉《へきぎょく》に飾られたしわしわの痩せた腕が迫ってきた。

西太后の前に押し出された溥儀は思いっきり大きな声で泣きわめき、全身を震わせた。

宦官の中でも階級の高い総管太監が、床に額を叩きつける叩頭《こうとう》という奇妙な礼をしながら述べた。

「老仏爺《ラオフオイエ》さま、お召しにより皇子溥儀さまが登壇されました」

老仏爺とは、年をとった尊い仏という意味から西太后に付けられた敬称だった。

数知れない尊称、敬称はいずれも西太后の機嫌を損なわないためのものである。

薬用人参の汁をひと口すすった西太后は、喉の奥から絞り出すようにしてしわがれた声を発した。

「怖がることはないよ、こちらへ来るがよい」

側《そば》に仕える女官に蜜をかけた果物の菓子を与えるよう指示したものの、泣き叫ぶ赤児はそれを床に投げ捨てる始末となった。

すっかりあきれかえった西太后の機嫌は一挙に悪くなり、ぷいと横を向くと、

「まったくひねくれた子だね。あっちへ連れていって遊ばせておやり」

溥儀を下げるよう命じるや、再びけだるそうに横たわった。

翌十一月十四日、三十七歳の光緒《こうしょ》帝が亡くなり、さらに十五日、続けざまに西太后慈禧が長い生涯を閉じたと伝えられた。

妹の息子だった載湉《さいてん》を皇帝に引き上げ光緒帝として即位させたときも、まだ三歳の幼児だっ

た。今回も同じように、しかも末期《まつご》の身でありながら血縁につながる三歳足らずの赤児を皇帝に指名した。西太后は溥儀からみれば大伯母《おおおば》にあたる。

溥儀の父・醇親王は光緒帝の皇弟であり、溥儀は光緒帝の甥なのだ。そのようにして西太后は自らの周囲を安穏な血筋で堅牢《けんろう》に固めてきた。実子や甥を皇帝に就け、またその毒殺を繰り返すことによってだが。

権勢をほしいままにしたさしもの西太后にも、結局は不老不死の秘薬があるわけではなかった。その昔、秦の始皇帝が死を怖れるあまり幻の秘薬を手に入れようとしたものの、遂に果たせなかったのと同じように。

半月ほど経《た》った一九〇八年十二月二日、溥儀即位の式典が紫禁城の中央にある太和殿《たいわでん》で挙行された。治世の年号は光緒《こうしょ》から宣統《せんとう》と改められた。皇帝在位中の溥儀を宣統帝と呼ぶ慣わしはそのためである。

北京のこの時期はとりわけ寒気が厳しい。

神武門の両側の古木は最後の葉を落とし、裸の枝が天を突いていた。

寒風の中、まず中和殿で大臣たちの叩頭礼を次々と受けたあと、幼帝は太和殿で人数も数え切れないほどの文武百官たちの礼を受けねばならない。

儀式を厳粛化するための旗竿《はたざお》や幟《のぼり》、鉦太鼓《かねたいこ》などの楽奏が厳かに響いて、式進行を知らせる。

皇極殿には金銀財宝の限りを尽くした副葬品に囲まれた西太后の遺体が安置されていて埋葬までは喪の礼があるため、それでも質素簡略にと配慮されていた。

ついでながら西太后の墓については悲惨な後日談がある。

清朝歴代の陵墓は北京の東西に分かれて造られてきたが、西太后はより規模の大きな東陵に葬られた。清朝が滅亡すると、墓守自らが埋葬された副葬品を骨董屋《こっとう》に売り飛ばす始末で管理は腐敗していた。

一九二八（昭和三）年、西太后の死から二十年経った七月初旬のことだ。

蔣介石《しょうかいせき》率いる国民革命軍配下の孫殿英の部隊が東陵の地下に侵入し、ツルハシで西太后の棺《ひつぎ》を壊して遺体を引きずり出し、副葬品を盗掘するという事件が起きている。

死後二十年経った西太后は衣類をすべて剝ぎ取られ、死姦《しかん》されていたという。

その挙げ句、孫殿英らは高価な宝飾品類を強奪し、西太后の口の中の大粒の含み珠《だま》まで取り出し、平然と引き上げていったのである。

ベルトルッチ監督（二〇一八年十一月没）の映画『ラストエンペラー』では、彼女の亡骸《なきがら》の口に大きな黒い珠を咥《くわ》えさせるシーンがあった。

この場面は西太后のグロテスクな生涯を象徴するかのように見事に演出されていたが、その口も死の二十年後に無惨にこじ開けられたのだった。

盗掘された財宝の一部は、人を介して蔣介石、何応欽《かおうきん》、孔祥熙《こうしょうき》ら政府首脳の手に渡り、遺体の口の中にあった明殊《めいしゅ》は蔣介石夫人・宋美齢《そうびれい》に贈呈されていたという。

際限のない叩頭の儀式が済むと、まだ一人では登り切れない階《きざはし》を担ぎ上げられ、大きな玉座の中央に小さな帝が座らされた。衣装は幼児用ながら清朝に伝わる立派な竜袍《ロンパオ》をお仕着せられている。

「もう嫌だ。お家《うち》に帰りたい」

そう幾度叫んだことか。周囲の従者たちは揃《そろ》って「もうじきおしまいだから」とあやし、側に立っている摂政王の父も気をもみながら玩具《おもちゃ》を与えてとりなそうと必死になだめた。

そのときの玉座の敷物が黄色だった。

着せられていた幼帝用にあつらえた服も、さまざまな色の刺繍《ししゅう》を除けば黄色だった。瓦屋根も黄色、移動の駕籠も黄色、音を立ててはためく旗や幟《のぼり》も黄色、石畳にこの日のために敷かれた絨毯《じゅうたん》も黄色が選ばれていた。黄色でないものを思い出すことさえ困難といっていい。

清朝皇帝のためにある明黄色は、こうして溥儀の記憶の底に植え付けられたのだ。

清朝崩壊

「一九〇八年十二月以降、皇帝の地位に就きましたが、私は実際の愛新覚羅の子ではなく、いわば一種の養子みたいになって皇位を継いだのです。

ところが一九一一年末に起きた国内の革命で中華民国が成立し、私は翌年二月、皇帝の地位を降ろされたのです。西洋の年齢では六歳のときです」


キーナン主席検事の質問が続いていた。

「あなたは中国の皇帝たる資格がなくなって以降、どこにお住まいになったのですか」

「やはり北京の紫禁城内に住んでいました。中華民国政府は優待条件を付けてくれまして、毎年四百万元を清朝王室に対して支給する約束をしたのです」

優待条件を提示して皇帝を紫禁城内に残留させたのは袁世凱《えんせいがい》という軍閥の長だった。

優待条件とは四百万元の年金のほか、一代限りの宣統帝の尊称と、歴代皇帝の陵墓の保持、夏の離宮・頤和園《いわえん》の使用などを指す。

天安門に始まる太和殿、中和殿、保和殿に及ぶ清王朝の象徴的な領域が失われ、三千人以上いた宦官が千人あまりに縮小され、女官たちも三百人ほどに減らされた。

その屈辱を顔には表さず、溥儀は袁世凱などが支配した中華民国政府がいかに恩恵を与えてくれたか、垂れる前髪を気にしながら縷々《るる》述べ続けた。

ときおり見せる神経質そうな溥儀の挙措は、法廷に詰めかけた人々にも微妙に伝わった。本人が緊張するのは当然だが、傍聴席や記者席の関心と興奮も一入《ひとしお》であった。廃帝になったとはいえ一国の元首が法廷に立つというのはニュルンベルク裁判にもなく、第一次世界大戦後にも例を見ない裁判史上空前の事態だった。

傍聴席の最前列には元首相・広田弘毅《こうき》の二人の娘がいつも姿勢を正して座っていた。広田は主に日中戦争の責任を問われ、起訴されていた。

そこには広田の妻・静子の姿はすでにない。

三ヵ月前の五月半ば、静子は「お父さんを楽にしてあげる方法がひとつだけある」と娘に言い残して毒をあおり、みまかったのだった。

広田弘毅はその後も被告席からいつものようにそっと娘たちに視線を送り、娘たちもまた父に目礼を返し続けてきた。それだけの言葉のない会話だった。

廷内にはこのところしきりに聞こえるようになったひぐらし蟬《ぜみ》の音が響いていたが、溥儀が新たな陳述を始めると、人々の関心は改めて証人台に集中した。

一九一一（明治四十四）年の革命とは、満洲人による長い支配の中世史に抗して起きた孫文ら漢族が武昌《ぶしょう》で興した武装蜂起、いわゆる辛亥《しんがい》革命のことを指す。革命というのはやや大袈裟《おおげさ》かも知れない。軍閥闘争といった方がより正確だろう。

孫文についていえば、彼は軍閥の前には無力なまま生涯を閉じた人物だった。宮崎滔天《とうてん》など一部の日本人や蔣介石などによって過大に評価されるが、支那の歴史全体から見れば袁世凱の方が時代を動かした点では重要人物といえる。

ともあれ、湖北武昌軍による清朝打倒運動は激化し、袁世凱は民国大総統の地位を手に入れようと工作して清朝皇帝の退位を迫った。

かつて西太后が死んで、溥儀が即位したあとのことだ。溥儀の摂政だった父・醇《じゅん》親王載灃《さいほう》は漢人の袁世凱を排除し、一度は失脚させた。ところが中華民国成立となるや、あわてて故郷に閑居していた袁世凱を呼び戻し、総理に任命するなどして、人事は大混乱に陥った。

挙げ句の果て、袁世凱は革命派とも相通じ、清朝滅亡の流れを作ってしまった。軍事力を背景に新生中華民国の臨時大総統に上り詰めた袁世凱だが、晩年は再度失脚し失意のうちに死を迎える。

それは一九一六（大正五）年六月のことで、翌一九一七年にロシア革命が起きるという時代の大きな潮目に重なった。

清朝は滅亡したにもかかわらず、紫禁城内では旧来どおりの宮廷生活が保証され続けた。中華民国となってからも紫禁城の内の一部宮殿を没収されただけで、依然として中世の埃《ほこり》にまみれた宮廷生活は維持されたのである。

溥儀は続けて次のように証言している。

「その時代になっても、私は紫禁城の宮殿の中において同じような生活が続けられ、従来どおりの王族としての身分や生活を保持することができました」

宣統帝溥儀が正式に廃帝となったのは、一九一二（大正元）年二月十二日だった。満洲族による二百数十年に及ぶ清朝支配はここに終焉《しゅうえん》を告げたのだが、そのとき溥儀はまだ六歳になったばかりである。

三歳になる直前に即位し、約三年の在位の間、ほとんど何も分からないまま過ぎ、皇帝の座を降りるという運命に見舞われた。

その砂上の王宮生活は、一九二四年、馮玉祥《ふうぎょくしょう》によって追い出されるまで続けられる。

六歳になった溥儀の記憶は鮮明に残されるようになっていた。

豊満な乳房で溥儀の顔を包み込むように抱いた乳母・アーモは、溥儀のベッドに一緒に横たわると、さまざまな過去の逸話を話して聞かせた。もちろん、寝室には常に数人の女官や宦官たちが周囲に侍《はべ》り見守っていたのだが。

消化薬や幾種類もの丸薬が揃えられた薬箱が並び、湯を入れた壺《つぼ》、さらに大小便の浄桶《おまる》を預かる宦官などが控えていたのである。

アーモはかつて自ら産んだ乳飲み児を手放し、乳で奉仕する女としての生き方を選んだ女なのだ。貧困のどん底にあえぐ一家を支える手段として、醇親王が募集した乳母採用試験のチャンスを自分の手で摑《つか》んで這《は》い上がったわけだ。

百姓の家の出ではあったが、アーモは豊富な知識欲と賢い頭脳の持ち主だった。

六歳の夏、溥儀は食あたりもあって度々胃腸をこわし、さらに風邪をひいたりして、その度にさまざまな調合された薬草の世話になっていた。宦官たちは「陛下は蒲柳《ほりゅう》の質であられるからねえ」と甲高くさえずるような裏声を発して廊下を走り回った。

「蒸し暑いでしょうね、皇帝陛下。陛下の本当の母上がお側においでになれればもっと早くお腹《なか》も治るでしょうが、おかわいそう」

アーモは扇子を使って風を送りながら、廃帝となった溥儀に慰めをつぶやいた。

「陛下が宮中にお入りになったのは、崩御された同治帝さまと光緒帝さまの跡を継いでそのお子となられたからなのですよ。

ですから、形の上では同治帝さまと光緒帝さまの后妃《こうひ》方のすべて、全部で五人ほどおいでになられますが、皆さんが宮中では陛下の母上さまです。私はただの乳母」

二代にわたる先帝・同治帝と光緒帝の后妃五人が形式的には溥儀の母親役であった。

同治帝の后妃が荘和、敬懿《けいい》、栄恵の三太妃おり、光緒帝の皇后・隆裕《りゅうゆう》太后、貴妃・端康《たんこう》太妃を加えた五人が「母親」役として君臨し、栄華の残りをむさぼっていた。

毎朝、幼い溥儀は五人の「母親」たちの住まいに行き、「ごきげんよろしゅうございます」と挨拶に出向かなければならない義務があった。

生母の瓜爾佳《グワルギア》氏は、西太后の腹心でかつ甥にあたる栄禄の娘という立場にありながら、産むだけが使命であって育てることも、会うことも許されなかった。

溥儀が法廷で「一種の養子みたいになって皇位を継いだのです」と述べた意味は、西太后が息子の同治帝だけでなく、妹の子である光緒帝にも後継がなかったことから、光緒帝の弟・醇親王の長男・溥儀を愛新覚羅王朝の直系に組み込んだことを指している。

そういう皇統の系譜などはアーモだけでなく、側近の宦官たちからも教えられたものだった。幼い皇帝に対して、といっても実際は廃帝なのだが、宦官たちは丁寧に王朝の複雑な歴史を説明した。

六歳になると溥儀は宮中にある学問所、毓慶宮《いくけいきゅう》にある書斎に通わされ、読み書きや歴史を学び始めていた。

溥儀にとって何より楽しかったのは、学問所よりアーモや宦官たちから聞く昔話だった。

清王朝の礎はいわゆる漢族の宋を南方に追い払い、そのあとに北京まで下りてきた北方の狩猟民族である満洲人が建てたものだ。

その太祖はヌルハチといって十七世紀に始まり、およそ二百六十年に及ぶ王朝を築いてきた。清朝の初代皇帝に即位したのは第三代にあたる順治《じゅんち》帝であり、溥儀で第十二代、光緒帝が第十一代、同治帝が第十代、西太后が后妃に入った咸豊《かんぽう》帝が第九代で、その父・道光帝が第八代、というのがあらかたの近代清朝の系譜である――といった知識は幼い廃帝が乳母や側近の宦官たちから聞き及んだものだった。

だが、溥儀にとっては、いくら学問を学んでも、盛りだくさんの料理を差し出されても満足がいくことはなかった。

「アーモ、私のお母さんになってくれるかい」

もっと幼いころ、病気になると母の懐で受けた愛撫《あいぶ》を思い出し、今はかなわないその温かな愛撫をアーモに求めてみた。

アーモはゆっくりと何度も首を横に振り、瞳にうっすらと涙を浮かべるのだった。

やがてアーモこと王連寿が紫禁城を追われる日がやってくる。溥儀が九歳を過ぎた夏のことである。理由は幾人もの「母たち」が二人の親密さに嫉妬したためとされる。

二度目の即位

宣統帝が紫禁城の廃帝になって五年の月日が過ぎた。

一九一七（大正六）年、溥儀が十一歳になった夏である。袁世凱が野望半ばにして死を迎えた年から一年が過ぎていた。六年前の秋には内戦が起こり、武昌蜂起による砲火の硝煙によって清朝が滅びた。満洲八旗の子弟たちが世襲の力を借りて余命をつないできたはかない夢も、一瞬にして葬られてしまった。

八旗とは女真族《じょしん》を統一するために清の始祖ヌルハチが作った制度で、八つの生産と軍事のための組織を編み、それを八旗と呼んで掌握したことに由来する。

日本になぞらえれば、徳川家における旗本八万騎と似た武士階級ともいえようか。

暗黒の世に一人居残りを許された溥儀は、幼くして歴史の歯車の変転に翻弄されていた。

廃帝のまま六歳の春からなすすべもなく、ただ許された安穏を享受する日々を過ごしてきたものの、この先の見当とておぼつかない。

そんな七月一日、袁世凱が死去したあと軍事勢力を伸ばした張勲らのグループが武装蜂起し、清朝復活の旗を掲げて北京を占拠する異変が起きた。一度退位した君主を再び復位させるのを復辟《ふくへき》というが、辮髪《べんぱつ》将軍としても名を成していた張勲が復辟運動の先頭に立ったクーデターだった。

清朝時代は辮髪の全盛期である。

満洲族男子の象徴とさえいわれていた、頭髪の一部を残して前髪を剃《そ》り上げ、残った髪を長く伸ばし三つ編みにして後方に垂らす、という辮髪スタイルは一九一一年清朝崩壊とともにほとんど廃止されていた。

だが、辮髪を切ることを拒否し、それが満洲王朝への忠誠心だとしてきた張勲は、髪を垂らして馬上から北京入城を指揮したのである。

周囲の勧めに従った十一歳の溥儀は二度目の即位を宣言したものの、肝心の張勲一派がたちどころに反対派の攻撃を受けて失脚してしまう。なすすべもなく溥儀はまたもや退位を宣言し、再度廃帝となった。

この間わずかに十二日間というつかの間の皇位復帰だった。復辟運動はあえなく敗北した。

「陛下のご機嫌をお伺い奉ります。末世に生まれたのがご不運でございました」

神武門にたたずんで八角楼を見上げる少年廃帝に、宦官《かんがん》の一人が声を掛け慰みごとを言った。

いくぶん前屈《まえかが》みの姿勢のまま、小股でちょこちょこすり寄ってきたのは見覚えのない若い宦官だった。老けて見えるためかしわだらけの宦官ばかり目につく楼内にあって、新入りらしいこの宦官は溥儀より四、五歳ほど年上にしか見えない。

それだけに若いその宦官も話しかけやすかったのだろうか。

「皇帝陛下、私めは孫耀庭《そんようてい》と申しまして、昨日まで永和宮に留《とど》まって母宮さまの端康《たんこう》太妃にお仕えしていた小宦官にございます。竜顔をじかに拝することができ、まことに嬉《うれ》しゅう存じます」

竜顔とは皇帝の顔の意である。

五年前までは溥儀の母代わりとして一番の権力を振るっていたのが光緒帝の皇后・隆裕《りゅうゆう》太后だった。

学問には熱心だったその隆裕太后が死去し、そのあと永和宮に入って溥儀の第一母の立場に立ったのが端康太妃である。彼女は薬房に入って薬を煎じるのが得意だったため、病弱な溥儀になにくれとなく世話を焼いて数年が経っていた。

いずれにしても、数え切れないほどいる先帝たちの太妃や五人の母が溥儀の代理母として立ち回り、観察し、他者を排除しながら椅子の取り合い合戦を繰り返してきたわけだ。

その中の一人に端康太妃がいるに過ぎないのだが、彼女たちは宦官を奴隷同然に扱い、ときに異常な暴力をも振るった。

その端康太妃に仕えているという。

宦官というのは一日中主人にひれ伏し、絶対の服従を強いられる運命にあった。

耀庭も小宦官のはしくれとして宮廷内の一切の出来事を見聞きし、この数年修業を重ねてきたのだとも語った。

孫耀庭と名乗った宦官は、溥儀が住まう養心殿まで付き従ってくると声を落として言った。

「皇帝陛下、一昨日《おととい》この目で見たお話を申し上げる身勝手をお許し下さい。宦官とは悲しいものでございます。私の先輩に李長安という宦官がおります、陛下もよくご存じかと。端康太妃さまがすべての面で先の西太后さまや隆裕太后さまの格式や威厳を踏襲され、贅《ぜい》の限りを尽くされておられることは陛下もご承知かと拝察致しております。

もちろん、陛下の御ために貴重な薬剤を惜しみなく調合して差し上げておられることも私は承知しております。しかし、端康太妃さまは陛下の一部始終をお知りになっていないと気が済まないお立場でもあり、陛下に取り入るために間諜《かんちょう》として小宦官の長安を使ってさまざまなご機嫌取りをなさいました。これもあるいはご承知のことかと思いますが、太妃さまは長安に陛下の衣食住の細々した内容からお言葉のはしばしまで毎日報告させていたのです」

溥儀はそこで大きく肯《うなず》いた。

「そうだ、そのとおりなのだ。私はいつも見張られているようでとても不快だったのだが、端康太妃の手前どうすることもかなわなかった」

「ところが長安は、陛下の情報を得るご機嫌取りのために必要以上に勝手な行動をとるようになったのです。

太妃のご命令でもないのに、陛下のお気に召すようにと最新流行の西洋の服や靴や帽子などを買っては持って参ったことと存じます。それだけならまだよかったのですが、民国将軍が着る大礼服と白いはたきのような鳥の羽根がついた帽子や軍刀、ベルトまで買って陛下のご機嫌を伺ったと聞きます」

「そうさ、私はすっかり嬉しくなって長安が持ってきた将軍服を着て写真を撮らせ、宮中を歩き回ったものだが、それがどうしたというのか」

「ところがそれを知った端康太妃さまのお怒りようは並大抵ではなかったのです。つまりは出過ぎた振る舞いというわけでして。

一昨日の昼のこと、『わが清王朝の国法をお前は心得ているのか、不届き者めが。この宦官を引っ立てて参れ』と仰せられ、罵倒の末に板打ちの刑に処せられたのでございます。

かわいそうな李長安はその場でズボンを剝ぎ取られ、尻をむき出しにされて木の板で打ちのめされた末に、太妃の御前にひれ伏して板打ちの刑に感謝の言葉を捧《ささ》げさせられたのです。

『ご温情あるお教えをいただき感謝します』と。

最後は『永鎮地方へ引き渡すように』とのご命令が下り、長安は重大な犯罪者が送られる監獄に収監されたのでございます。今ごろはもっと手ひどい刑罰を受けておることかと――」

普段は城内の池に小舟を浮かべ、桃の花や杏《あんず》の実をその柳のような細い指先で撫《な》でている端康太妃の、その同じ指が同僚宦官の尻を気が遠くなるまで打つように指示したのだ、と耀庭は説明した。

それは紫禁城内で日常的に行われていた暴虐の一端でしかない。

まだほんの若い少年の溥儀が事実を聞かされそれはそれで驚きもしたが、それ以上に端康太妃に対して腹が立った。だが、考えてみれば自らも宦官にときおり暴力を振るっていることも思い浮かべてみるのだった。

溥儀がしばしば宦官に振るう暴力はまったく意味のない、無慈悲なものだった。

孫耀庭に優しく接するような面があるかと思えば、別の宦官には突然サディスティックな暴行を加え愉《たの》しむという振る舞いを繰り返す。

その点では、老いさらばえてなお宦官に暴力を振るう太妃となんら変わるところはない。

その晩、孫耀庭は溥儀の寝殿である養心殿に誘《いざな》われ、乞われるままに自らの出自を、そしてなぜ宦官になるために気絶までして今日の生活の糧を得るようになったのかをつぶさに語った。

宦官・孫耀庭

証人台の溥儀は絹のハンカチをときおり取り出して、額に滲《にじ》む汗を軽く拭いていた。

廃帝になってもなお続いた宮廷生活についての陳述の途中である。

「優待条件を付けてくれたので、中華民国時代となっても私は従来どおりの王族としての身分を依然保持することが許されました。しかしながら、一切のことは内務府というものによって管理されており、その内務府は非常に腐敗していたのであります」

内務府は宮廷で必要な役人の徴用から、宦官の選定・採用に至るまでの日常的な職務を管理していた。廃帝溥儀をはじめ、数多い太妃たちの身の回りの世話をする女官や宦官の生殺与奪を一手に握るのが内務府だった。

清朝の代となると宦官という言い方より本来は宦官の長を意味する太監と言う慣わしの方が増えたが、それでも一般的には宦官と呼ばれていた。宮廷に住む帝王とその太妃の遊び相手をし、食事や着替え、入浴から大小便の世話に至るまですべてに手を差しのべるのが宦官の役目である。溥儀もまた宦官なしには生活が成り立たなかった。

彼らは一日中、溥儀の側を離れることはなかったし、幼少年期の溥儀の伴侶でもあったのだ。宦官は奴隷でもあり教師でもあった。

兄のように若い宦官の孫耀庭から、ようやく少年らしさの特徴を表し始めた溥儀は次のような衝撃的な話を聞かされたのだった。

たとえ宦官と元皇帝という天地ほどの身分の違いがあろうとも、少年としての二人の躰《からだ》の特徴にそもそも大きな差異はなかったはずである。

耀庭は差し出された茶を叩頭してからすすり、おもむろに身に起こった出来事について語り始めた。

「皇帝陛下、貧乏人の息子が宮廷に上がって少しはまともな暮らしをしたいと思ったら、方法はたったひとつしか無かったのでございます。

八、九年も経つでしょうか、私がようやく六歳になったときでした。貧しい生活に嫌気がさした私は親父に尋ねてみたのです。

『隣り村の貧乏人だった小徳張がいつの間にか宮中に上がってすっかり金持ちになり、おヒマをいただいて帰って来たら大地主やラバ車の親方でさえひれ伏したと言うじゃないか。なんでもサファイアの玉と孔雀《くじやく》の羽根を帽子に飾っていなさるんだって。

それはどうしてなんだい。おいらも小徳張のようになって見返してやりたいのさ、どうすればいいのか教えておくれよ』

そう親父に迫ると、困った顔をしながら親父は話してくれたのです。

『それはな、あの方は自分の手で宦官の手術をして宮廷に上がり、中でも特別に偉い隆裕太后の大総管に出世なさったんだ。その見返りに貧乏から抜け出せたのさ』

『宦官ってなんだい』と初めて聞く言葉を口にしながら、その先の話を無理やりねだったのです。聞きながら、私は恥ずかしいことですが小便を漏《も》らしてしまったほどです。これは陛下の御前でまことに失礼なことを申しました」

何の変哲もない貧しい百姓のせがれが突如皇帝の膝元に上がり、きらめくような生活を味わっていると孫耀庭は耳にし、自分も今の暮らしから抜け出し親孝行をしたいと本気で願ったのだった。挙げ句、父親から聞かされた気絶するような話を自らも決行したのだと、溥儀の前で一気に語った。

聞けば小徳張は草刈りに行くと言って家を出ると、村はずれにある家畜留めの柵にまず自分の胴体を縛り付けたのだという。おもむろにズボンを脱ぐと手にした草刈り鎌で陰茎を押さえるや一気に切り落としたのである。牧草や腐った木の柵には、小徳張の下半身から吹き出した鮮血があとあとまで染みついていたという。


一九〇二（明治三十五）年旧暦十一月末の早朝、孫耀庭は天津静海《せいかい》県のはずれにある二間きりのあばら屋に生まれた。

父親の孫懐宝《そんかいほう》は実直な男で、何年もかかって貯《た》めた金で一頭のロバをようやく買うとそのロバを使って粉をひき、町へ売りに出て家族を養ってきた。

一家の貧しさといったらなかったが、コーリャンやヒエでその日をしのぎながら耀庭たち幼い子らを育ててきたのだ。

六歳になった耀庭が父親から宦官の話を聞き出したのはそんなときである。

「小徳張のように宦官になって見返してやろう」

そういってなんとか父親は説得したものの、母親は半狂乱になって泣き騒ぎ、反対した。

「耀庭、分かっているのかい。男の子じゃなくなるってことが。しかも命だって危ないって言うじゃないか。とんでもないことだ、あたしゃ貧乏でもいいんだよ」

命がけで反対しそうな母親には秘密のまま、父親は親戚の大伯父《おおおじ》を一人連れてくると、母親が野良仕事に出ているすきに決行準備に入った。

一九一一年、耀庭八歳の旧暦八月のある朝だった。

つい先月まではときおり寒い日があり、暖房に使っていたオンドルの上に破れた莚《むしろ》が敷かれ、さらにその上に何枚かの油紙が重ねられた。

父親は息子の手足を荒縄で縛り終わると、

「本当にいいのかい。この布を口に噛《か》んで我慢するんだ。動いちゃいけないよ」

と、最後のひと言を発した。

「父さん、いいんだ。さあ、やって」

泥レンガで塗り固めたオンドルの上に身を横たえた耀庭の顔から、脂汗が滲み出ていた。

下半身は白い下着一枚だけだったが、介添えの大伯父がその薄い布も引き下ろした。

よく研ぎすまされた鎌を右手に、耀庭の小さな陰茎と陰嚢《いんのう》を左手でひと摑みにすると、父親はその根元に沿って一気に刃を切り下げた。

絶叫とともに血潮が舞い飛んだ。耀庭は全身を痙攣《けいれん》させ、気を失った。

父親は村の医者にでも教わってきたのだろう、傷口に小さく空いている尿道口にガチョウの羽軸を挿入すると注意深くアルコール消毒を終え、血の気の引いた息子の顔を眺め、涙を流した。オンドルの周囲は静寂だった。

次いで父親と大伯父は、新しい綿を何枚か切り取られた局部のあとにあてがい、とめどもなくあふれ出してくる鮮血を敷布を使って押さえつけた。

オンドルの油紙の端に、たった今耀庭の体から離された陰茎というにはまだ幼すぎる肉片が転がっている。こうして陰茎を切り取るのを「浄身《じょうしん》」と呼ぶ慣わしがあるが、汚れのない体になるという意味が込められてのことだろう。

刑罰として去勢される場合以外で自主的に切除する行為を「自宮《じきゅう》」ともいうが、一説によると浄身は天国への献身の意があるのに対して、自宮は地獄への道を歩むものだといわれている。

大伯父は山椒《さんしょう》を入れたゴマ油を熱し、黒くなるまで焦げた山椒を取り出すと紙を油に浸した。その油紙を切断した傷跡にあてて包帯を巻き、幾度も取り替える作業が続く。

父親と大伯父は切り取られた肉片、さっきまではたとえ幼くとも陰茎と呼ばれていた小さな肉を山椒油でさっと揚げると油紙で丁寧に包んで新しい木箱の中にしまった。

やがてその肉片は升に詰め替えられ、糠《ぬか》で隙間を埋めたのちに大切に保管されるのだ。

清朝では古来、切り落とした陰茎を宝物として高い棚に上げて、宦官出世の願いを込めたという。

その宦官が大出世しようと赤貧のまま終わろうと関係なく、切り落とされた肉片は宝物として扱われ、埋葬する際にはかつてそれがあった位置に添えてから納棺するものとされていた。

手術後二、三日は水一滴を飲ますことも許されなかった。

三日後、伯父が尿道口に差し込んだ羽軸を抜くと、噴水のように尿がほとばしった。

「これで大丈夫だ。あとは静かにして回復を待てばよい」

耀庭は喉の渇きと下腹部の痛みに二ヵ月間ほど苦しんだ。

身動きもできず、少しでも動こうものなら錐《きり》でもまれるような激痛に見舞われた。

患部が化膿《かのう》して死に至る者も多数いたと聞いていたので、激痛だけで命が助かったのは天の味方があったからだと喜んだ。

だが、命がけの代償はまだ終わりではなかった。傷口の治りは簡単ではない。

百日というもの、頻繁な塗り薬の交換を忘れてはならない。民間療法では通常、ゴマ油、山椒の粉、白蠟《はくろう》の粉などを練った軟膏《なんこう》を作り、油紙に塗って傷口に貼る。

やがて傷口から膿《うみ》が出てきて、そのあとに新しい肉が盛り上がってくるというのだが、その膿が出ている間がまた辛《つら》い。油紙を剥がして交換する際の激痛が並大抵ではなかったからだ。

「父さん、構わないからひと思いに剝がしてよ」

ひるむ父親を逆に叱咤《しった》して、耀庭は百日間を耐え抜いた。

隣り村に住む引退した老宦官がやって来て傷口を見ると、にっこり笑った。

「おお、よく我慢されたのう。心配は無用じゃ、これでよいのだ。化膿することでしっかりした肉が盛り上がるのだから」

老宦官が太鼓判を捺《お》してから数日後、ようやくオンドルから起き上がり、やがて普通の生活ができるまでに回復したのだった。

その間に、武昌蜂起による辛亥革命が勃発し、中華民国が成立していた。

「宣統帝溥儀退位」の報が流れる中、僻村の片隅で耀庭は時代の変化に宦官の職も消え去るのではないかという噂《うわさ》に愕然《がくぜん》とした。

だが、実際にはこうした長い歴史の遺物が突然消え去るような変化は起きなかったのである。

何事も、要するに変わりはなかったのだ。

「それから私は村の塾に通い多少の勉学に励んで読み書きを習ったあと、北京を目指したのでございます。

去年（一九一七年）、十四歳になったばかりの一月、都に雪が舞い散る中でした。

私は薄い布団ひと組を背負い、懐に例の宝物の箱を抱えたまま、何人もの伝手《つて》を頼りに村の先輩宦官・賀徳元さんがお仕えしているという摂政王府の門を叩いたのでございます。朱塗りの豪壮なお屋敷で、それはもう驚いたものでした」

「ほう、それは偶然だ。北の摂政王府にいたのか」

摂政王府は北京城内とはいえ、紫禁城より北方の什刹海《じゆうせつかい》に面して建っていた。

「皇帝陛下のお父上さま醇親王さまのお屋敷に賀徳元さんが雇われていたのもただの偶然とは思えず、天のお恵みと感謝しております」

摂政王府に雇われていた賀徳元の部屋に半年ほど居候したのち、運良く溥儀の叔父《おじ》・載濤《さいとう》王に拝眉がかなう機会が訪れた。

これだけでも新入りとしては大出世である。

さらに先月、載濤王の力添えの甲斐《かい》あって憧れの紫禁城に連れて来られた。

その日は運良くご機嫌うるわしかった端康《たんこう》太妃の御前に載濤王に付き従ったままご挨拶がかない、しばらくお側に仕え、雑用など命じられてこのひと月近くを過ごしてきた。

そのためにこうして御前にまかり出られるようなきっかけができたのだ、と耀庭は叩頭を繰り返しながら述べた。

つまり耀庭は、紫禁城に入ってからはまだほんのひと月足らずの宦官だった。

長い話を聞き終わったころ、養心殿の外にはすっかり夜のとばりが下りていた。

叩頭している耀庭を尻目に、溥儀はほの暗い窓辺に立ちながらこう言った。

「耀庭、お前のその何にもないという躰を見せてはくれぬか」

宦官が「否」と言うことは死を意味している。

「はい、陛下。承知致しました」

そう言うと耀庭は屏風《びょうぶ》の横で中腰になり、暗紺色の短い上っぱり褂子《クワツ》の下に着けていた灰色の長い袍子《パオツ》の前をはだけ、黒木綿の下着をさらりと外したのだった。

そこで溥儀が目にしたのは、何も付いていない真っ白い下腹の丘だけだった。

縦に傷跡がわずかに走ってはいるが、それ以外はつるりとして陰毛もない。

下腹部の、かつてはあった陰茎の部分に小さな黒い点ほどの穴がようやく見えるに過ぎないのだ。溥儀はその下腹に残る傷跡を手のひらでそっと撫でるように触れてみて、小さく声を発した。

「もうよい。下がれ」

妖気漂う王宮

その前日のことである。

耀庭は端康太妃付きの若い宦官にそっと勧められ、城内の神武門にほど近い御花園脇にある倉庫のような部屋を訪ねていた。

そこにいる斉宦官という頭目に挨拶をしておくようにと教えられたのだ。

若い宦官仲間は、斉宦官に可愛《かわい》がられれば宦官のことは一から十まで何でも教えてくれ、さらに金儲けの仕方まで教えてもらえるんだぞ、とも付け加えた。

部屋はただだっ広い二間ほどの陰気な空間で、壁際に築かれているオンドルの上に十人もの宦官が身を横たえていただろうか。

室内にはもうもうと煙が立ちこめており、その甘ったるい臭気が宦官たちの吸っているアヘンのせいだと知って耀庭は一瞬気圧された。

「何を驚いておるのじゃ、お若いの。耀庭と申したかな、お前もじきにアヘンに慣れるさ」

斉宦官は耀庭を気に入ったふうで、奥の椅子に座らせると宦官の細かなしきたりをまず教えてくれた。礼儀作法から、金儲けの仕方、そして誰がケチで誰が恐ろしい刑罰を与えるのかまで。紫禁城内にあるアヘン窟はここ一ヵ所だけだったが、皇宮周辺にはいくつものアヘン窟があった。

斉宦官は城外へ歩いて出てアヘンを買い集め、城内で売りさばき金儲けをしていたのだ。

長い煙管《キセル》の端から煙をぼうっと吐き出した斉宦官は、耀庭に「知っておいた方がよかろう」と言って宦官の裏話を聞かせた。

「お前ももう十五歳だからそろそろ分かるだろうが、子供のときに手術をやった者には声変わりの日はこないし、喉仏も出ない。つまり声も若い女とあまり区別がつかないものさ。大人になってから去勢した宦官の声がひどくじろじろした嫌な裏声になるのも聞いていて分かるとおりだ。お前のような子供のときに始末した者は髭《ひげ》も生えないし、陰毛も生えない。大人になってから切った者の陰毛も次第に薄くなって、しまいにはつるつるサンさ」

「ハイ、私めも生えては参りませぬ」

「それは当たり前だ。初めから生えていない宦官の方が美しいと言われてな、仲間内ではとりわけもてるのさ。せいぜい可愛がってもらうがいい。

ただしな、若くして手術した者は気をつけんとでっぷりと肥《ふと》って困ることになる。肉は柔らかく、締まりなく肥るので力もないし、見た目にも醜い」

そう言いながら斉宦官は、天井に向けてアヘンの煙をぷうと吹き上げた。

「このアヘンも清朝以前の代にはあまり宦官はやらなかったと聞くが、今では宦官でアヘンをやらぬ者はないほどだ。女も上は太后や太妃から下はお毒味をさせられる下女に至るまで吸っている。

だから、城内で内密にアヘンを安く売るワシの商売が繁盛するのさ。城内から表に出ることは禁止されているのだが、ワシは特別お目こぼしというわけだ」

そう言って老女が発するしわがれた悲鳴のような声でヒッヒッと笑うのだった。

宦官がもっとも多かったのは明朝時代である。明朝以前にはせいぜい数千人程度だったのが、一挙に十万人にも膨れ上がったといわれている。

各王朝において官僚だけが特権階級だったのはいつの世も変わらない。

一般の庶民や貧しい農牧民が正規の役人に取り立てられるには、極端に競争の激しい科挙という採用試験をくぐらなければならず、事実上不可能に近かった。

そこで登場したのが、刑罰で去勢された者が皇帝や皇妃などの下で働き、ときには重用され、権力を振るう者も現れた宦官制度に自らが志願するという奥の手だった。

清朝になって宦官の採用はかなり制限されたが、西太后の時代、それでも三千名を下ることはなかった。

宦官を採用する窓口は、溥儀が「非常に腐敗していた」と法廷で述べたその内務府である。

中華民国となってからは特に財政面から、かつ近代化を図る面からも宦官を減らす政策がとられた。それでも、旧態依然の内務府ではこっそり宦官を採用し続けていた。

溥儀が廃帝になってなお紫禁城内にいた辛亥革命以降、宦官の数は減らされ約二千名といわれている。その大部分は太后、太妃たちと溥儀や摂政王一家などに仕えていたのだが、その中に御花園に巣喰うアヘン患者の宦官も含まれる。アヘンは半ば公然と紫禁城の隅々にまで蔓延《まんえん》していた。

加えて宮廷には宦官のほかに二百人ほどの女官が仕えている。彼女たちもまたおのおのが妖気したたる気配をかもし出しており、溥儀もやがてその虜《とりこ》となる日がやってくるのだ。

残虐の系譜I——血糊の青竹

「それからな、宦官は過失をしでかすととんでもない刑罰を受けねばならぬからよく心得ておくがよい。紫禁城に来て間もないお前さんはまだ手ひどい罰は受けておるまいが」

斉宦官は「罰則規定」という冊子を取り出すと、

「よいな、他言無用だぞ。間違えると死罪だぞ」

脅かすように前置きして、文中にある「刑罰概略覚え」と記された箇所を指さした。

細かな文字で書き埋められたこより綴じの冊子を読み進めるうちに、刑罰の残忍さに震え上がった耀庭は胆を潰してしまうほどであった。

この書を書き記した者の怨念でもこもっているかのように筆圧が異常に強く、ぎっしりと文字が埋まった紙面には墨が滲んで押しつけられていた。分からない過去の政変などは、その度に尋ねて教えを乞いつつ、耀庭は内容をざっと暗記したのである。

宮中に入ったら下品な言葉遣いは許されない。

身分ごとに正しい呼び名を知っておかねばならない。目上の宦官は「師父」と呼ぶ。お上は「皇上」もしくは「皇帝陛下」とお呼びする。

皇帝陛下、皇后陛下のお名前と同音の文字を口にしてはいけない。例えば、宦官の小徳忠は元の名が「春喜」だったが、隆裕太后のご幼名が喜哥《きか》であったため、名前を「恒太」と変えたように。

万一、過失を犯したら決してあわててはならない。

ご主人さまが側で刑の執行を監視されているからごまかせないのだ。

こっそり布切れでも口に咥えて、口の中を歯で大きく傷つけないようにする程度しか手はない。

刑を執行する宦官も、手抜きをしたら同罪となる。

宦官に与えられるもっともひどい刑罰は「気斃《きへい》」である。数枚の綿紙を水に浸し、それで口や目、耳、鼻をふさぎ、棒で殴り殺すものだ。戊戌《ぼじゅつ》の政変のときには百人以上の宦官が西太后によって処刑されている。

この政変は一八九四（明治二十七）年の日清戦争に大敗北を喫した直後、西太后によって引き起こされた（一八九八年）もので、戊戌の年にあたるところからそう言われている。

ときの皇帝・光緒帝はまだ二十六歳と若かったが、戦争に敗れたあと清朝の再建をあまりに急いだ。

その際、かねてより西太后の傀儡《かいらい》から脱したかった皇帝は、急進派や袁世凱の軍事力を利用しての改革案を進めるべく、変法運動という画策を強引に実行しようと試みた。

だが、これはわずか百日で見事に失敗してしまう。

ひとつには頼りとした近代軍隊を率いる袁世凱の裏切りがあり、また、満洲貴族の雄・栄禄がいったん隠居していた西太后を担ぎ上げ一気に光緒帝を追い落としてしまったためだった。

西太后の逆鱗《げきりん》に触れた光緒帝は紫禁城に隣接する小島に幽閉され、皇帝についた有力宦官の多数が気斃などの手段で処刑されたのである。

六十三歳で凱旋《がいせん》した西太后は再び権勢を誇り、皇帝を幽閉し、その末に、加担した多数の宦官や学者たちを虐殺したのだった。

処刑の前に刑部（裁判官たち）は、罪人とはいえ一定の罪状認否を行うべきだと諫言《かんげん》したものの、西太后はすこぶる簡潔にこれを蹴った。「裁判など無用だ。ただちに彼らを処刑せよ」と。

「このあたりの皇位継承は若い者には分かりにくいじゃろ。そもそも光緒帝《こうしょ》さまが即位されたいきさつをちょっと付け加えておくとな――」

そこまで言うと斉宦官は煙管《キセル》に新しいアヘンを詰め直し火を付けた。

さらに語り継いだ昔の西太后の威力に、耀庭は今さらながら驚くのだった。

そもそも光緒帝はわずか三歳で即位した。西太后が産んだ先帝・同治《どうち》帝が、十八歳の若さで突然崩御したことにすべては起因する。

同治帝の死因は母・西太后が毒殺したとも、一説には梅毒による死とも言われるが、真相は究明されていない。西太后はひるむどころかたちどころに上級官吏と群衆を集め、醇親王（初代）の三歳半の息子・載湉《さいてん》を皇帝に指名すると宣言した。

これが西太后の妹との間に生まれた光緒帝である。

載湉のすぐ下の異母弟が載灃《さいほう》・醇親王（第二代）であり、彼がのちに溥儀の父親となる。

若い甥の光緒帝を思いどおりに操りながら西太后は再びときの権力をほしいままにした。

その途上で先の戊戌の政変が発生したというわけだ。

手ひどい刑罰を受ける側にもわずかながら密《ひそ》かな対策があった、とも記されている。

それは「護身符」というものだ。

長さが三十センチほど、幅が十五センチほどの牛革を二枚重ねて、あらかじめ臀部《でんぶ》や太腿《ふともも》に巻き付けておき、殴打に備えて伺候するという防護具だった。

読み終わってから耀庭は、そうした刑罰の道具が置かれていると聞いた敬事房の一隅を覗《のぞ》いてみた。窓の下には二種類の刑具がしまわれていた。

長さが一メートル半ほどで、太さが七、八センチの青竹の中にずっしりした砂などが詰められている刑具は、明らかに打ち据えるときに使われる道具だった。

もうひとつは、やはり長さ一メートル半ほどの青竹の先に手のひら状の竹の板が付いている刑具で、これは尻を叩くときに使う刑具だと分かった。

それらの棒や板にはよく見れば血糊《ちのり》が付着した跡がある。

そのほかには壁に鞭《むち》が掛かっており、荒縄や木製の首かせなども置かれていた。

さっき読んだ冊子に、

「宮中の竹の板や青竹はすべて濡《ぬ》らして使われる。皮膚と肉だけを痛めつけ、骨までは傷つけないためである。だが特にひどい刑罰の場合には濡らさずに打つ。これでやられるとあっけなく死に至る者が多い」

とあった箇所を思い出し、身震いしながら耀庭はそっとうす暗い房を出たのだった。

残虐の系譜Ⅱ――珍妃の井戸

溥儀が生まれる六年ほど前の事件である。

一九〇〇年六月二十日というから、二十世紀の幕が開く直前の出来事になる。北京市内でドイツ公使と日本公使館付きの書記官が、義和団を名乗る反キリスト教を掲げる武装集団によって相次いで殺害されるという事件が起きた。

義和拳、大刀会といった秘密結社の武術集団が次第に膨張し、反キリスト教の暴動を巻き起こしたのだ。危機感を募らせた日本をはじめ八ヵ国が北京へ軍隊を送り込み暴動は終焉《しゅうえん》に向かうが、その際宮廷内では大混乱が起きていた。ハリウッド映画『北京の55日』のモチーフともなった事件である。

このとき西太后は身支度を整え、幽閉中の皇帝をも道連れにして西安へ落ち延びようと算段した。幽閉されていた光緒帝はこのまま北京に残りたいと西太后に懇願したが、受け容《い》れられない。外国軍隊の手を借りたことへの絶望感とふがいない皇帝への憤怒だろうか、西太后は強引に皇帝を人質にとって逃避行に同行させるべく馬車を用意させた。

当面の落ち延びる先は北京北方の山西省太原《たいげん》で、その先に西安を目指していた。

六十四歳になっていた西太后は気力、体力ともいたって充実していたが、捕虜の光緒帝は二十八歳にしてすでに心身ともに弱っていた。

西太后は髪型を百姓女のように変え、衣装も粗末な物を身につけ、皇帝も庶民のような恰好《かっこう》に変装させた。最後は一蓮托生《いちれんたくしょう》と考えたのだろうか。

だが、皇帝に寵愛《ちょうあい》されていた若く美しい妃《きさき》・珍妃《ちんぴ》は、皇帝の逃避行を阻もうと西太后に必死で懇願した。

「畏《おそ》れながら、陛下は北京に留まられるべきかと存じますが」

「それはならぬ。皇帝と私はただちに北京を離れるが、そなたも連れて行くのが本意ではあるもののこうした緊急事態である。皇室の体面を汚すような事態に至るやも知れぬ。そうなれば祖宗に対し申し訳がたたない。西洋の野蛮人に捕らえられて生き恥を晒《さら》すわけにはいかぬ。やがて私たちも皆死ぬのだ。そなたはこの地に残り、速やかに自害せよ」

繰り返し皇帝残留を乞う珍妃に、西太后は怒りを爆発させてそう命じ、さらに続けざまに死を宣告した。

「そなたの死は目前にあるのに、何を今さらたわごとを申すか」

驚いた珍妃はひざまずき、犬猫同然の待遇でもいいからと懸命の命乞いをした。

叩頭を繰り返す珍妃を尻目に、西太后は嘲笑を浮かべながら居並ぶ宦官たちに向かいこう言い放った。

「何をぐずぐずしている。早くこの者を井戸に投げ込まぬか」

呆然《ぼうぜん》と側にたたずんでいた光緒帝も、宦官たちも目に涙をいっぱい浮かべていた。怒声を浴びせられた宦官の一人が進み出ると、泣きわめく珍妃を抱えて井戸に放り入れてしまったのである。

最期の瞬間まで珍妃は助けを求め、西太后がもっとも信頼していた宦官・李蓮英《りれんえい》の名を叫んだまま暗い井戸の底に沈められた。その井戸は一九〇〇年以降、一度も使われることがない。溥儀は後年になって、板で蓋をされたその井戸の横を通る度にいったん腰を下ろしたものだ。自分が生まれるほんの数年前に起こった惨劇を想像しながら、孤独な満洲人の魂がさまよう姿を思い浮かべていた。

それは一八八九年一月、間もなく十八歳を迎える光緒帝に、西太后が皇后と二人の妃嬪《ひひん》を決めると発表した瞬間に始まった悲劇だった。

皇后には西太后の実弟の娘が選ばれた。西太后の姪《めい》にあたる二十歳の年上の皇后は、のちに隆裕太后と呼ばれるその人だ。

同時に選ばれた二人の貴妃は姉妹だった。姉の瑾嬪《きんひん》は十五歳の才媛だが容姿も性格も平凡な娘で、妹の珍嬪《ちんひん》は十二歳にして白を極めた牡丹《ぼたん》のように美しい娘だった。

成長するにしたがって才気《さいき》煥発《かんぱつ》な美女となった珍嬪はのちに珍妃となり、皇帝の寵愛を独占するまでになった。だがその生涯は、先に述べたように二十四年で井戸の底に消え去ったのである。

このように西太后の残酷な面は数多く語られ記憶されているが、中には誇大な俗説もないわけではない。

咸豊《かんぽう》帝の妃だったためにライバルといわれた麗《れい》妃は、西太后の嫉妬のために手足を切断され「だるま女」にされたとの説があるが、これなどはまったくの俗説である。

唯一の男子を産んだ西太后に対し、唯一の女子を産んでいる麗妃は皇帝の没後も後宮で静かな余生を送り、死後は咸豊帝側室の妃園陵に埋葬されている。

宦官と「夜の仕事」

溥儀の周囲にいる宦官の地位・階級は複雑多岐にわたり、職務も極めて広範囲だ。

宮廷の事務管理部門は、内務府を除けば四十八の部署に宦官がいて、もっぱら皇帝とその家族に奉仕する仕組みができている。その地位の最高位は四十八部署を総管する督領侍、次が九人の総管である。皇帝と皇后の宮殿にはおのおの直属の総管がいて、皇后や太妃たちの総管は首席と呼ばれていた。その首席も女たちの地位にしたがって総管太監、小太監、宮殿の外で雑事だけに仕える殿上的、などと複雑な階級制があった。

職務の範囲は無制限に広い。

左右に侍《はべ》っての幼い皇帝の遊び相手に始まり、着替えの世話から起居飲食の奉仕、傘持ち、論旨の伝達、召された臣下の道案内、内務府からの書類の受け渡し、火の始末と見回り、文具百版・書画骨董の管理、食糧の貯蔵、侍医を指揮して宮たちの診療にあたらせること、宝物の管理と貯蔵、清掃、造園、さらには京劇など芝居の上演、浄桶《おまる》の世話に至るまであらゆる雑務はすべて宦官の仕事となる。

収入の面でもその階級によって大きな差があったのは当然のことだ。上級宦官の生活は豪奢《ごうしゃ》なもので、食事など主人が一食に千金をかければ従僕もそれにならうようになった。下級官吏の主人に仕えればスープの皿は小さく、食膳の皿の数も少ない。

溥儀が聞き知った範囲でも、隆裕《りゆうゆう》太后（光緒帝の皇后）の毎食の料理は百品前後あったという、西太后の食膳にはこれを上回る数の皿が並んだという。

こうした階級差別の厳密な制度が残されたのは、古くは古代王朝の殷《いん》（前十六世紀ごろ）の時代に異民族を捕らえ、使役奴隷として、また刑罰として捕虜を去勢したのが始まりだったとされる。気の遠くなるような長い歴史が宦官にはあった。

また、高貴な地位にいる太妃などが日常的に鬱積した気を晴らす対象として宦官にあたるのはごく当たり前の行為とされていた。どんな無理難題であっても宦官は甘んじて暴虐を受け、さらに主人にその礼を言うのが慣わしだった。端康太妃に手ひどい目にあわされた小宦官・長安の場合などがまさにその例である。

宦官にはこれまで挙げた仕事以外に、陰の重要な役割が託されていた。

斉宦官は横座りに座り直して、耀庭の耳元でささやいた。

「いいか、若いの。これが務まらんとな、本当の宦官にはなれんのさ。十五歳のお前さんにどこまで分かるか知らんが、覚えておくがよい」

斉宦官がにんまりしながら話を継いだ内容は、あらかた次のような宦官の「夜の仕事」についてであった。

男であって、実は男ではない――それこそが宦官の究極の存在価値となるのだ、と斉宦官は煙管の掃除をしながら語った。

かつての唐代には九千人からの女官と十万人の宦官が後宮にいた。

明の代になっても諸帝は女子の品位や家柄などとは関係なく、色気だけで后妃を選んでは男子を産ませてきた。

選考にあたるのは宦官の役割である。

まず都に集められた十三歳から十六歳までの美女数千人の選抜検査が行われる。

一斉に並ばせると、病気の有無、背丈や太り具合を見て半分に減らす。

翌日、残った二、三千人の娘たちを同じく並ばせて、目鼻だちから躰全体を舐《な》め回すように鋭い目で調べ、発育具合から発声まで検査して千人ほどが残される。

その千人の娘たちは三日目になると、廊下を歩かされ、宦官が手足の長さや、頭髪の美しさを調書に書き込み終わると、いよいよ別室で衣服を脱がされ全裸にさせられる。

宦官の手で乳房を触られ、脇を嗅がれ、肌を撫でられ、最後には性器まで調べられてようやく解放され、その中から百人ほどが選び出される仕組みだった。

そのあと、貞操教育や宮廷内の生活説明、文字の読み書きなどの学習期間を経て女官となる。

なにしろ候補者の条件は一に美女、二に健康だったから皇帝の関心も絞られており、政治の中身は推して知るべしだった。

ために明朝は賢帝がほとんど出ず、腐敗した治世となった。

清朝はこれを反面教師とし、満洲の地から入関（長城を越えて南下すること）した初代皇帝（太祖ヌルハチから数えれば第三代）の順治《じゅんち》帝は、後宮で働く宦官の数や女官選定、そして后妃選定制度もある程度整えようと試みた。

「優秀女」選定制度が定められ、建前上は容色のみによって選定されることはなくなったが、逆に后妃に絶世の美女も現れなくなったといわれる。

清朝になって後宮の女性の位はほぼ次の八階級に限定されるようになった。

最高位は皇帝の正夫人たる皇后（一名）で、その下に側室として順に皇貴妃（一名）、貴妃（二名）、妃（四名）、嬪《ひん》（六名）と続き、ここまでを一般的には后妃と呼んだ。

その下に貴人、常在、答応という具合に続くのだが、貴人以下には定数がなく、いわば無制限に百人くらいまで用意されていた。

后妃以下全員が、何をおいても皇帝の息子を産む機能としての存在だったことは言うまでもない。

同時期に男子が誕生すれば、皇帝継承順位は母親の位が上の男子が優先された。

皇帝の閨房《けいぼう》の一切を司《つかさど》る宦官の役所を敬事房というが、ここが皇帝と后妃の性生活を監視・管理する専門機関で最高位は敬事房太監だった。男を失った者でなくては務まらない役目であろう。

皇帝と皇后が同衾《どうきん》したときには、その年月日を間違わずに記録しておき、受胎時の証拠として残す。寝室のすぐ側に控え、滞りなく行為が行われたか否かまで観察しておかなければ皇位継承の陰謀が発生したような場合に対処できないからだ。

これこそが宦官ならではの重要な役割だった。

皇后以下の側室たちの場合には数も多く、かなり面倒である。

百人からいる妃嬪をまんべんなく監視して、皇帝の「お成り」を確認するのは至難の業でもあった。

皇帝にも好き嫌いやえこひいきがある。そこで宦官たちは一計を案じた。

お気に入りの妃嬪を調べておき、何枚もの名札を用意する。

皇帝が夕食を摂《と》る際に銀皿に端を緑色に塗った名札を載せて、それとなく捧げ出す。

食事が終わった皇帝がたくさんある札の中から好みの名札を裏返しにしておく、という名案が生まれたのだ。

裏返された緑の名札は、食事係の宦官から「夜の仕事」専門の敬事房宦官に手渡され、当該宦官はさっそく妃嬪を寝所まで送り込む任務に走る。

それでも皇帝が疲れていたり、その場になって急に気が変わったり、結果が不調に終わったりとさまざまな不測の事態が生じることもある。

ご指名があった妃嬪は先に寝所に待機する必要があり、皇帝のご指名を皇后にも伝えなければならなかった。

皇后は「帝《みかど》をお迎えするがよい」とだけ述べる。

皇后の立場を尊重した結果ともいえるが、皇后が皇帝の意に反することはできなかった。その晩ご指名を受けた妃嬪は身分が下の女官たちに精一杯念入りな化粧と入浴の世話をさせる。

それが終わると、宦官が妃嬪を全裸にして羽毛のガウンで彼女を包み込み、背中に負って皇帝の寝所まで長い廊下を運ぶのである。

事前に裸にするのは、危険物の持ち込みを防止するための検査だともいわれる。

ガウンを脱がされた妃嬪は用意してある寝巻きに着替え、皇帝の入御《にゅうぎょ》を待つのである。

このとき部屋の片隅に香を焚《た》くのも宦官の役目だ。

いよいよ閨房に薄灯《うすあか》りがほんのりともると、宦官は寝所の側に侍して、決められた時間待つ。

どういうわけか同衾する時間は決められていて、終わるべき時刻がくると宦官が大声で叫ぶのである。

「お時刻にございます」

これに二人が応じないと、再度宦官の金切り声が響く。

乱暴なことには、これでも二人の営みが終わらないと委細構わず寝所の布団をはねのけ、宦官が二人を引きはがし、妃嬪の方を再びガウンに包み、袋に入れて連れ戻してしまう。

また、もし懐妊したとしても皇帝がその妃嬪に子を産ませるかどうかの判断をして、産ませないと言われたら堕胎の手術を施すのも宦官の役割だった。

皇帝の子を産むかどうかは、妃嬪のその後の地位や出世を大きく左右する重大事であった。

「どうだ、宦官の大切なお役目、分かったかのう」

「はい、分かりました、斉師父さま」

先輩の宦官への敬語で返答すると、きびきびと煙管《キセル》を受け取って見事に磨き上げた。

相変わらずオンドルの上では幾人もの宦官が倒れ込むような姿勢で横たわってアヘンを吸っている。

その中の一人がやおら身を起こしながら尋ねた。

「おい、若いの。今までどこにいたのかね」

「はい、お答え致します。私は醇《じゅん》親王さまのお屋敷と載濤《さいとう》さまのお屋敷で働いて参りました」

「ほう、そりゃごたいそうな身分だわい。皇帝陛下のご親族ばかりとはな」

黙って聞いていた斉宦官は、こう言った。

「お前さんはアヘンで金儲けをするより、正式の宦官として立派に動くのが一番よかろう。そうだ、明日、皇帝陛下がお散歩をなさる時間に神武門あたりでお待ちしていればきっとお目にかかる機会があろうて。陛下のお気に召されればそれが出世には一番じゃ」

こうして八角楼を見上げながら時節の移り変わりに呆然としていた溥儀に声を掛ける機会が訪れたのだ。

それだけは溥儀にとっても、孫耀庭にとってもひと握りの幸運であった。

第二章 宦官と女官

英語教師の警句

一九四六（昭和二十一）年八月十六日午前、市ヶ谷での軍事法廷は証人に喚問された溥儀《ふぎ》を迎えて緊張した空気が張り詰めていた。

溥儀はすでに二十分以上証言を続けていたが、依然として語られる内容はまだ少年期から脱していなかった。

キーナン主席検事はすっかり汗みずくになりながらも疲れた様子すら見せず、ウラジオストークから来た証人に大声で尋ねた。

「あなたはそのころ、英国人の家庭教師について英語を学んだのですね」

「そうです、私が十三歳になった時期でした。レジナルド・ジョン・フレミング・ジョンストンという英国人の先生で、私はこの帝師に大変助けられました」

一九一九（大正八）年三月四日の朝、十三歳になったばかりの溥儀は宮廷衣装に身を包み、多くの宦官《かんがん》を従え、ジョンストンというスコットランド人を引見していた。

フルネームが覚えきれないほど長い、青い目と茶色の髪の持ち主は、溥儀が初めて見る西洋人であった。

帝室学門所である毓慶宮《いくけい》の玉座に向かって、ジョンストンが三回頭を下げて礼をすると、若き廃帝は玉座を降り、歩み寄り丁寧な握手をした。

儀礼的作法の式が終わるや、宮廷役人と宦官たちが祝辞を述べに大勢やって来た。

非常に珍しいものを見るような目でジョンストンは眺めていたが、すでにこの王朝の礼儀作法を徹底的に心得ていた。ひととおりの行事が終わるのを見届けると、ジョンストンはさっそく講義を開始したいからと申し出て、学問所のテーブルに向かった。ジョンストンの北京語は完璧だった。

これまで溥儀が毓慶宮で学問を教えられたどの教師も福建語や広東語のなまりが強く聞きづらいものだったが、ジョンストンは卓越した語学能力を備えていた。

その日の打ち合わせで、英語の授業には勉強相手として同年配の従兄弟《いとこ》で英語の基礎がある溥佳《ふか》が選ばれ、いずれ漢詩の勉強には弟の溥傑《ふけつ》が呼ばれることに決まった。

溥儀は別れた弟と十一歳の折に再会の機会を一度与えられ、一緒に紫禁城内を思い切り走り回って遊んだ思い出があった。溥儀が二歳九ヵ月で大泣きしながら西太后の前に連れて来られたときには、溥傑はまだ一歳の乳飲み児で二人ともに記憶などない。

城内至るところで凧揚げや馬車遊びに興じ、走り回る幼い兄弟を宦官たちは喉をヒイヒイ言わせながら追いかけていたものだった。

その弟と再会がかなうことになったのは溥儀のささやかな励みになった。溥儀が結婚をするまでの短い期間だったが、溥傑は勉強相手を務めることになる。

帝師は教科書を開く前に、次のような自己紹介をした。

「陛下《ユア・マジェスティ》、私は一八七四年にスコットランドに生まれましたから今年で四十五歳になります。一八九八年には本国政府の命により香港領事館に勤務をしておりました。ここまでの間、幸運にも私は北京語の学習の場に恵まれ、大陸各地を見学旅行し多少の見聞を広めることができたのです。拝謁を賜り、今日から英語やその他諸々の勉学をご一緒できるのは至上の喜びにございます」

そう言い終えると、前もって皇帝のために彼が指定しておいた書物の山に手を掛けた。

イギリス植民省からジョンストンが派遣されて香港から紫禁城に入り、皇帝の家庭教師を務めるという算段は誰が考えついたのだろう。

イギリス外務省情報部による一般的な情報収集のため、新しい中華民国体制下における有利な金融政策実施の情報入手のため、さらに、アヘン戦争以降のイギリスと中国の関係回復による国益保護のため、あるいは宗教的な理由からなど、さまざまな要素が考えられた。

日本の皇太子（平成の明仁天皇）に、アメリカ人でクエーカー教徒のエリザベス・バイニング夫人が家庭教師として英語を教え始めたのはそれから二十七年後のことである。

その間に支那事変が起こり、大東亜戦争で日本が敗北を喫する歳月が過ぎた。主に米国を相手として敗戦の辛酸を舐《な》めた皇子に、アメリカ人の英語教師がやって来たのは歴史の皮肉といっていいだろう。

いずれにせよ、ジョンストンの登場が表面的には旧態依然として残る紫禁城内の中世的思考や慣習に一定の刺激を与えたのは事実だった。

溥儀はさっそくジョンストンの日常生活を真似《まね》ることに最大の興味をもつようになる。

十五歳になったころには、溥儀はジョンストンと同じ服装をしたくなり、宦官を使いに出して洋服とネクタイを買い揃《そろ》えさせた。コーヒーや紅茶の淹《い》れ方、洋皿やスプーンなどで音を立てないで食べる作法なども身につけた。さらにはこれまでの紫禁城では誰一人使っていなかった眼鏡を作らせ、自転車にも乗れるようになった。溥儀は強度の近眼だった。

前例のない眼鏡着用は彼の生活におおいに貢献し、その縁なし丸眼鏡は生涯のトレードマークともなった。自転車に乗った溥儀を追いかける宦官は、哀れにも悲壮な声を発しながら走り回らなければならなかったほどだ。

すっかり西洋文化にかぶれた溥儀はジョンストンに頼んで、西洋風の名前を付けてもらった。

「今日から私はヘンリーだ。溥傑はウィリアムだよ。ウィリアム、早くミーにペンシルを削ってくれないか。よし、デスクの上だ」

英語と中国語をちゃんぽんにして喋《しゃべ》りながら、溥儀は得意満面であった。

そういえば、日本の皇太子にもバイニング夫人によって「ジミー」という名前が付けられたものだった。

ジョンストンが、

「中国人の辮髪《べんぱつ》は豚の尻尾《しっぽ》のようでみっともない」

とひとこと言ったことに、溥儀も衝撃を受けたが、いきなり辮髪を切るには至らなかった。

一六四四年に順治帝《じゅんちてい》（第三代清朝皇帝）が山海関《さんかいかん》を越え関内に侵攻して以来、女真族《じょしん》・満洲人男子の誇りを象徴してきた辮髪である。

「いずれ私にも辮髪を切り捨てる日がくるであろう」

廃帝の呟《つぶや》きだけで宮中は大騒ぎになった。

大官たちの中には腰を抜かす者まで現れ、医局の宦官が気つけ薬を盆に盛って走り回るほどだった。

太妃以下宮中の女たちの中には目を真っ赤にして泣きはらす者もいたが、内務府の旧弊にしがみつく役人以外には、辮髪に固執する者はもはや過去の遺物になろうとしていた。

ジョンストンがもたらした西欧文明を吸収しようと躍起になった溥儀は、英語の勉強と西欧風文化の取り込みだけは熱心だった。

だがその反面、幾多のいらつきに悩まされるようになった。

それは内務府との軋轢《あつれき》であったり、急激な西欧化に反発する先帝の太妃たちの冷たい視線がもたらすものだと溥儀には思われた。癇癪《かんしゃく》を起こしたり、情緒不安定で四方に当たり散らす溥儀に、宦官たちは対処の仕方が分からず途方に暮れていた。

例えば、刑具をしまってある房からいきなり鞭《むち》を持ち出してきては些細《ささい》なことで宦官を打ちつけたり、無理難題を言いつけたりして憂さ晴らしをする、といった行為が続いた。

二月の寒い夜、宦官に嫌というほどの冷水を浴びせ、凍死寸前にまで追いやったこともある。

ある日など、一人の宦官を呼び出してこう言いつけたのだ。

「その地面に転がっている馬糞《ばふん》を食べてみろ」

言われた宦官は黙って四つん這《ば》いになって、馬糞を口に入れた。

またある宦官に対しては、その口の中に放尿するなどの性的虐待や異常行為を繰り返すのだった。抵抗できない者を虐待して愉《たの》しむという溥儀の悪癖が育てられたのは、このころからである。

廃帝の心の中に歪《ゆが》んだ冷血性というだけでは足りない、なにか嗜虐《しぎゃく》的な闇が潜んでいるのではないかという懸念を、着任から間もないジョンストンはやがて抱く。

間もなく他愛もなくただ残酷な悪戯《いたずら》に少しだけ飽きると、溥儀は鬱屈した物を吐き出すように、今度は未知だった性の暗闇の中にはまり込んでいく。

それは未経験の甘い蜜の味でもあり、恐ろしく冥《くら》い闇の世界へ誘《いざな》われる回転扉でもあった。

ほんのわずかな官吏を除けばまともな男子が誰一人住んでいない紫禁城内で、宦官と女官だけが溥儀の苛立《いらだ》ちをなだめる役割を演じることになるのだ。

溥儀が住まう環境は極めて特殊で異常なものだった。

溥儀に初めて面会してから二ヵ月の内に、ジョンストンはその性癖に早くも心を砕き始めた。

スコットランド紳士らしい婉曲《えんきょく》な言い回しながら、周囲を傷つけないように配慮をしつつ彼は友人宛に手紙を書いて訴えている。

溥儀がもとより心身壮健な生まれとは言えないだけに、歪んだ少年期の性の問題が将来大きな傷を残すのではないかと深刻に悩んだ末である。

ジョンストン自らの著作による『紫禁城の黄昏』によれば、彼の危惧はおおむね以下のとおりだった。

「皇帝を今の環境からお連れし、夏宮に住んでいただければ、肉体的にも、道徳的にも、知的にも、はるかに皇帝のためになると固く信じております。

また宦官は、誰であれ、皇帝のお供をして新居に移るべきではないと考えます。夏宮には部屋がたくさんありますので、皇帝がお望みになれば、お付きの者、内務府の官吏、帝師をすべて収容できます」

夏宮とは、かつて戊戌《ぼじゅつ》の変の直前に西太后がいったん隠居生活を楽しんだ頤和園《いわえん》のことで、風光明媚《ふうこうめいび》な上に劇場などの娯楽施設まで備えられた別荘地である。

溥儀を紫禁城の生活から移すのが皇帝のためだと、ジョンストンは熱意をもって説いている。

さらに二ヵ月後、一九一九年七月には別の知人宛に一歩踏み込んだ内容の書翰《しょかん》を送っており、事態の打開を図ろうとするジョンストンの意思が並々ならぬものだった背景がうかがえる。

「皇帝が不自然きわまりない生活をなさっていれば、肉体的にも、知的にも、そして道徳的にも、皇帝の健康状態に害が及ぶに違いないと考えます。陛下のためにも、何らかの方策を講じて、もっと自然でまともな生活が送れるよう切に望む次第です。もしこの事実がないがしろにされますと、特にここ三、四年の間に、陛下にとって深刻な結果を招くことになるかもしれません」

ジョンストンが筆を尽くして繰り返す「肉体的にも、知的にも、道徳的にも、健康状態に害が及ぶに違いな」く、「ここ三、四年の間に、陛下にとって深刻な結果を招く」という言葉の重さは、やがて明らかになる。

ジョンストンには帝室学問所で英語を教える、という権限しか与えられてはいなかった。

廃帝とはいえ、二度までも清朝皇帝の座に就いた皇帝の私生活を変える権限は誰にも与えられてはいないのだ。

溥儀十三歳の春、ジョンストンがすでに懸念を示していた「道徳」と「健康」の弊害は、二年経《た》つともはや引き返すことができないところまで進行していた。

冥く甘い罠

三月初頭の紫禁城内には北風が渦を巻いて舞っていた。

あたりが暮色に包まれ始める夕刻はなおさらである。

静まり返った城内の中央、乾清門《けんせいもん》のあたりから抑揚をつけた裏声が響き渡ってきた。

人生にさまざまな門があるのと同じで、紫禁城にも数え切れないほどの門があり、それぞれが厳しい約束ごとに縛られていた。

近ごろ溥儀は、門をくぐる度に、自分の生い立ちと門の掟《おきて》の由来を考えてしまうのだった。

官位が高ければ神武門からしばらくの道のりは御輿《みこし》が許されるが、随行の者は皆、馬から下りなければならない。

乾清門をくぐれるのは女官と宦官を除いて王府の高官だけで、平役人は入れない。

皇帝のための重要な儀式が行われる乾清宮の警戒はひときわ厳重でなければならなかった。

自分は、本来こんな門をくぐるはずではなかったのに――。

いかなる運命の仕儀によるものか、溥儀の疑問に対する正解を持ち合わせている者はいない。

景山《けいざん》の向こう側に沈んだ西日の余韻が紫色に城内を染め上げるころ、乾清宮の門に燭台《しょくだい》の灯影《ほかげ》が揺れ始めた。

「かんぬきを掛けましょう。錠を下ろしましょう。火のヨーウージン！」

語尾を強調するように伸ばした裏声が当番の宦官たちによって伝達されると、隅々から陰気な応答が返ってくる。

まだ電灯が使われている箇所は少なく、大部分がランプの焔《ほのお》に頼っていた。

かつては広大な敷地のすべてが帝室の庭だったが、今ではその大部分が共和国政府の所有と管理になっていた。

火の気を用心する重要宮殿であった武英殿と文華殿の二つは貴重な美術品で埋まっていたが、共和国政府が買い取ることになっており、夜回りから外された。

さらに皇帝三殿として天下に轟《とどろ》いた太和殿、中和殿、保和殿すら、いくつかの付属建造物ともども共和国に乗っ取られてしまったのであった。

とはいえ、これ以外の紫禁城の東西南北にわたる敷地は依然として宮廷の使用が認められており、出入りを許された一部の者を除いては「禁城」であることに変わりなかった。

共和国の手に渡らなかった建造物の数も広さも並大抵ではなかった。

火の用心当番の宦官たちは、夕刻になればこれらすべての重要宮殿の巡回に出るのが決まりだった。まかり間違って小さな失火でもあれば、恐ろしい懲罰が待っていた。

とりわけ帝室の花園「御花園」や学問所の「毓慶宮《いくけい》」、帝室の重要な儀式を行う「乾清宮」、二十五箇の玉璽《ぎょくじ》が保管されている「交泰殿《こうたい》」、そのほかに内務府の事務所、最高国策会議を開く「軍機処」、そして皇帝陛下の住居である「養心殿」や「儲秀宮《ちょしゅう》」（皇后の住居）、「長春宮」（皇妃の住居）などの見回りに過失があってはならなかった。

夜のとばりが下りたころ、溥儀の世話をする御前太監《ごぜんたいかん》だけが住まう養心殿の一隅にうっすらと灯《あか》りがともった。個室の宦官部屋である。

藍《あい》色の単衣《ひとえ》に冬用の上着をまとった若い宦官が叩頭《こうとう》して溥儀を迎え入れたのは、昼の内に信頼のおける孫耀庭《そんようてい》を通じて話を通しておいたからだ。

「ご機嫌うるわしく存じます」

まかり出た宦官は名を小王三児《しょうおうさんじ》といい、溥儀より二歳ほど年上というから十七歳になっていたか、耀庭のもっとも親しい友の一人であった。

宦官たちの生活は、たとえ夜になろうと役目がすべて終わるということはない。

担当によっては夜通しの勤務もあれば、緊急の呼び出しもある。

后妃や皇帝の側《そば》に侍《はべ》る太監の場合には、その晩の予定が敬事房宦官から前もって知らされるのが通例だった。

この夜の三児も溥儀の来訪を知らされるとさっそく入浴を済ませ、一緒に摂《と》る夕食の卓を整え入御《にゅうぎょ》を待った。小王三児はすべてを承知していた。すでに宮中でも美しさで評判の宦官だった小王三児は、以前から幾人もの宦官の同性愛の相手を務めさせられていた。

そのせいだろうか、三児は自分より新入りでしかもある種の異端の欲情をもつ宦官が入ってくると、すかさず鬱憤を晴らすかのようにその新人をいじめ、弄《もてあそ》んだものだった。すでにひとかどの同性愛者となっていたのである。

その目や仕種《しぐさ》を素早く捉えた溥儀の「眼力」も間違っていなかったことになる。

寝台は養心殿の主寝室のような豪華絢爛《けんらん》とはいかず簡素極まりないものだったが、それでも溥儀は満足だった。

寝台に二人はゆっくり横たわった。

いつものように、頭と脚の位置が交互になる形でお互いの躰《からだ》に触れ、十分な時間をとった。

やがて、三児の奉仕に溥儀が極まった声を上げ、精を放った。

精の器

半年ほど前のことである。

十四歳の秋、溥儀は初めてその美少年に出会ったときの感覚を忘れることができない。これまでに感じたこともないような電流が躰の芯に走ったのを覚えている。

自分でも不思議で、わけを聞かれても答えられないのだが、イライラしていた神経をその美少年の黒い瞳が癒してくれたから、としか言えなかった。

耀庭にそっと尋ねたところ、

「自分がよく知っている新入りの宦官で、名を小王三児と申しますが、まだお目見え以下にて陛下には――」

といい訳をしたが、お望みとあればいつでもお会いできるように仕組みます、と叩頭し述べた。耀庭はとっさにすべてを悟ったのだ。

見かける度に溥儀は気を惹《ひ》かれていった。

三児は眉目秀麗、頭脳明晰《めいせき》、性格温厚に見えるだけでなく、ほかの宦官とは決定的に違うほど表情が豊かで、美しかった。宦官特有の陰気な声すら発しない。

仲間内でも、女よりもっと女っぽく、選抜を受け選ばれて入って来た女官、さらには嬪《ひん》、妃《きさき》と比べても見劣りすることはないと、もっぱらの噂《うわさ》であった。

細くしなやかな躰つき、背は高く、肌も白く透き通っている。

ひときわ美しく、聡明《そうめい》そうな小王三児を見かけた溥儀が、一瞬にして虜《とりこ》になったのもまんざらうなずけなくもない極上の美少年だった。

　一瞬でいいから一緒にいて、口を利いてみたいと思うほどの関心を新入りの宦官に寄せた溥儀は、十月末のある晩、耀庭に昼のうちに申し伝えさせておいた彼の寝室を訪ねた。

　この日まで、溥儀にはまだ本当の意味での性的な経験はまったくなかった。

　悩みや憂いを瞳に漂わせた十四歳の多感な少年でしかなかった溥儀にとって、紫禁城でもっとも悩ましい問題はこの夜から始まる。


「私はまだ何も知らない未経験なのだ。老いた宦官にうっとうしいほど躰を触られたことは幾度もあるが、私はそれがたまらなく嫌だった。お前は優しくて、何でも心得ていると聞いたので安心して任せたい」

　小王三児は言葉を返さず、片膝を突いたままでうなずいた。女官が幼い溥儀の全身を湯で拭ったときのように、三児もまた溥儀のすべてをくまなく清める。まだ精通を知らないと告白した皇帝の性器に優雅な指先を這わせ、緩急の律動を繰り返し始めた。

　やがて、溥儀の躰から、白濁色の液体がほとばしった。

「陛下、これで精が通じたのです。もうご立派な男子皇帝陛下にございます」

　溥儀は自らの精の器が一瞬の熱気に晒《さら》され、続いて訪れた恍惚《こうこつ》感に縛られしばし呆然《ぼうぜん》としていた。

宦官との性の関係をはたして同性愛と呼んでいいものかどうか、判断は難しい。異性とも違う魔界、異界との性交渉と言えばよいのか。

溥儀は未知の世界に幻惑されながら、異常愛への第一歩をこうして踏み出したのである。

身支度を整え、溥儀は三児に尋ねた。

「お前は、どうしてほかの宦官と違うのか」

「はい、畏《おそ》れ多いことにございますが、ほかの宦官と違うとは自分では思ってもおりません。私めは景山学校を卒業したのち宮廷にお世話になった身で、上がってからまだ日の浅い者です。陛下もご存じとは思いますが、宦官の中にはほんのわずかではありますが公立の景山学校から入った者がおります。私めも宦官試験を受け浄身《じょうしん》したのでございます」

景山とは紫禁城の北に位置する小高い丘で、清王朝の所有地に特殊な学校が建てられた。

今日では宦官制度こそなくなったものの、公式に北京景山学校と改編された同校は成績優秀者の集まる学校として名を残している。現代中国でも中国共産党幹部の子弟の中には、北京景山学校へ通う者が少なくない。清朝末期になると、かつて支那の歴代官僚試験を支配してきた悪名高き科挙制度さえも廃止されており、役人として出世するには景山学校が早道となった。

景山学校を優秀な成績で卒業した十五歳ほどの少年の中から、内務府の役人が希望者を募り、その上で選抜試験を通過した数人だけが宦官への道を許された。ところが手術を受けなければ、いかに景山学校で好成績を残したとしても紫禁城に上がって宦官になる道はない。

「そうか。それでお前はどのような手術をしたのか」

小王三児は十五歳で宦官手術を受けたいきさつをざっと説明した。

出身地は津浦路（天津と南京を結ぶ鉄道）近くにある河北省東光県の片田舎だという。

北京へ出て景山学校卒業の春、小王三児は選抜試験を通過すると、内務府公認証を持つ専門医の指示に従って手術場へ向かった。

紫禁城の西通用門にあたる西華門のすぐ前にある、薄汚れた小屋の中で手術は行われた。

最後の決心を尋ねられた少年は、はっきりとうなずいて了解の合図を目で返した。

すると手術場のオンドル上に、上半身と両腕を縛り付けられる。下半身むき出しのまま、両太腿《ふともも》には防御の包帯がしっかりと巻かれ、寝かされた。医者は宦官を生み出すのを生業《なりわい》としており「刀子匠《タオツチヤン》」と呼ばれる執刀師と、脇に二人の助手が付き添う。

「後悔はないいな」

両脚を押さえていた助手の一人が最後の念をおす。

「小王三児、お前は陰茎、陰嚢《いんのう》の全切除との許可が内務府から出ているが間違いないいな。それでいいのか」

執刀師は内務府から発行された切除承認証の確認をした。

宦官といってもすべてが完全切除しているとは限らず、さまざまな種類が実際にはあった。陰茎だけを残す陰嚢切除で宦官になった者の場合には、実際の性行為にはさして問題はなかった。睾丸《こうがん》だけが男性ホルモンを分泌しているわけではないので、性能力が残っているためだ。

さらに奇妙なことには、トカゲの尻尾が再生するのと同じく、切除した陰茎のあとにわずかながら小さな突起が生えてくる場合があるという。

古代から伝わる秘薬には、「狗賢《くけん》」という犬の性器などを煎じて作った漢方薬があり、陰茎再生剤として服用されていたとの記録がある。

宦官を採用する場合、ごく少数ではあるがこうした部分切除の者を採用することがあったため、執刀師は慎重に確認したのだった。

「はい、全切除で間違いありません。早くお願い致します」

執刀師は切断する部位の周囲をくまなく熱い胡椒湯《こしょうゆ》で念入りに洗浄すると、鎌のように湾曲した鋭い刃物を右手に取った。

切り離された三児の肉片は小箱に納められた。

激痛に唸《うな》る三児は、助手に左右を抱き抱えられながらしばらくの間、部屋の中をゆっくり歩かされたのち、ようやく仰臥《ぎょうが》を許された。

その間、意識は朦朧《もうろう》としながら痛みに耐えなければならなかった。

このあと三日間水を飲まされないのと、百日の痛みをこらえて寝ていると、ほぼ傷が癒えるのは耀庭の場合と変わりない。

尿管が癒着しないように挿入された管を引き抜かれ、尿がほとばしり出ると無事生還、祝いの言葉が掛けられる。

こうして浄身手術は無事に終わったのだと、小王三児は溥儀に語り、ひと息ついた。

すっかり三児を気に入った溥儀は以後、三日と空けずに彼の部屋に通うようになり、下級宦官に過ぎなかった若い宦官は、ほんの三月ほどの間に溥儀付きの殿上太監、いわゆる御前太監に特進したのである。御前太監であれば、朝であろうと夜であろうと溥儀の側を離れることはない。いつでも会いたいときに会い、慰め合いたいときに周囲を気にする必要もないのだ。いつしか宮廷内では溥儀と三児は一対の影のようになった。そして、御前太監に昇格した小王三児は、溥儀によって王鳳池《おうほうち》と改名された。

女官たちの魔手

幼いころから宮中に育ち、王朝文化の極彩色に染まった幼年生活は溥儀の身に複雑な陰影を与えた。政治的な混乱、宮廷内の腐敗、見回して目に入るのは宦官と女官。即位と退位を繰り返した著しい変化は、少年を気落ちさせ、意欲を失わせていた。
そして、厭世《えんせい》気分の末に早々と訪れたのは隠微な性との遭遇だった。
三つの宮殿、六つの庭院、七十二の妃妾《ひしょう》の部屋などがあったが、清朝没落後は名ばかりの宮殿に過ぎなかった。同性愛に溺れていた溥儀に、さらにその精を吸い込むような戯れを教えたのは大勢の女官たちである。

現代中国において清朝研究家としてもっとも著名な作家は、『末代皇后和皇妃』『愛新覚羅・溥儀日記』(邦題『溥儀日記』)などを著した王慶祥と、『末代皇帝的非常人生』『末代太監孫耀庭伝』(邦題『最後の宦官秘聞』/人民文学出版社)などの著作を持つ賈英華《かえいか》の二人だといわれている。

中でも溥儀に仕えた宦官・孫耀庭に信頼され、詳細な新事実を聞き出して書かれた賈英華による『末代太監孫耀庭伝』への興味は尽きない。ラストエンペラーに仕えた宦官であればこそ、間違いなく孫耀庭は最後の宦官の生き証人といっていい。『末代太監孫耀庭伝』の記述から、老齢になってから孫耀庭が語った溥儀と女官との房事の一端を示す箇所を訳出してみよう。溥儀一人が住まう宮殿は、人間の欲望の底を覗《のぞ》くような冥《くら》い微光に覆われていたことがうかがえる。

「溥儀が十五歳、紫禁城の養心殿に住んでいたときの話である。彼に仕える宦官が夜になって溥儀が部屋から抜け出すのを恐れ、また宦官たちもゆっくり休みたいので溥儀が部屋から出られないよう工夫した。

女官たちはみな溥儀より年長である。溥儀はまだ少年で、女性のことは何も知らなかった。側へ仕えるためと称し、御用のためと偽って女官を差し向けたのである。溥儀は女官のなすがままにしていた。あるときは一人ではなく、二人、三人と押しかけて溥儀と一緒に寝て、さまざまな性の悪戯を教えた。

溥儀がくたくたに疲れ果てると、女官たちはようやく溥儀を寝かせた。

次の朝、溥儀は頭が痛くて、目が回り、太陽が黄色く見えた。疲れた状況を話すと、宦官が薬を探して飲ませてくれる。薬を飲むと、再び女官の相手は務まったが、次第に性のことには興味が薄れてきたのだった」

溥儀はごく年少のころから女官たちの手によって、その幼い性器を弄ばれることがしばしばあった。

暇をもてあまし、男もいない世界ではあり得る話だろう。

片や宦官は宦官で、自らの手で精を放つ行為を十代になったばかりの溥儀に教えようとしたが、まだ溥儀に精通は訪れなかった。

正常と異常の判断がつく以前に、女官や宦官による遊蕩《ゆうとう》と欲望の被害者となったのは、宮廷内にはびこった性的堕落の因習によるところが大きい。

それゆえに自らを貶《おとし》めるような異常性愛に奔《はし》ったのは間違いない。


二〇一三（平成二十五）年七月、北京のホテルの一室である。

筆者は『末代太監孫耀庭伝』の著者・賈英華氏に直接取材をする機会を得ることができた。

六十歳を少し超えたばかりという賈氏は、見るからにエネルギッシュな風貌と饒舌《じょうぜつ》な口調で、溥儀と若い宦官が同性愛だった事実などを次々と語った。撮影や録音が認められずメモを数時間も取らざるを得なかったのは、中国共産党の指導が厳しいからである。

今日でも共産党上層部が依然として溥儀問題に関しては必要以上に神経質で、賈氏が「証拠の音声」を残すわけにはいかないのだ。

それにしても、氏が語る溥儀の同性愛や女官との性関係の実態は、孫耀庭によって裏付けされているだけに非常にリアリティが感じられた。

さまざまなこれまでの「逸話」の域を一気に超えるだけの証言の迫力が感じられる。

「さらに面倒なことには溥儀の十四、五歳時、同性愛の相手が王鳳池一人だったとは限らないのです。複数いたのは確実だと思われます。同性愛に溺れ、女官からは十三歳ごろから性交渉を教え込まれ、結婚するころにはすっかりセックスには関心がなくなっていたのですから。『肉を食べ過ぎたからもう肉を見たくもない』というように興味を失っていたのです。

溥儀は大変難しい性格でしたが、優しさを見せる場面もありました。耀庭が言うには、コオロギのような昆虫類を可愛《かわい》がったり、子犬の躾《しつけ》がうまかったりしたようで、暴力と優しさの両極端な面を持ち合わせていたのですね。

同性愛は一九四五年以降まで続いていたはずです。戦後になって病院の治療でEDだということが判明したのですが、女性役だったとすれば問題はなかったのではないでしょうか」

実際に幾人かの宦官と込み入った関係にあった上に、女官たちからもさまざまな形で性の相手にされたのだ、と賈氏は語った。

「ここ三、四年の間に、陛下にとって深刻な結果を招く」

英語教師ジョンストンが紫禁城内の旧弊を見抜き、切実な書翰を残したのは、そうした事実を承知していたからであった。

纏足《てんそく》の官能

支那の文化、因習の多くが歴史上日本にさまざまな影響を与えてきたのは事実だろう。

それでも宦官、科挙に加えてもうひとつの奇習、纏足《てんそく》もわが国には入ってはこなかった。

日本人にはそのような慣習は身に馴染《なじ》まなかったに違いない。宦官を肉体的な、科挙を精神的な去勢だとすれば、間違いなく纏足は女性に対する去勢術といえよう。

漢民族の間で横行し、満洲人にはあまり馴染まなかったといわれる纏足だが、それでも紫禁城の後宮には纏足が横行していた。

溥儀には纏足をした隆裕《りゅうゆう》太后の記憶があったし、実際端康《たんこう》太妃のあまりに小さな足をじかに見たときには声は出さないものの胆を潰すほど驚いた。満洲人の誇りの中にはそうした奇習を忌み嫌うものがあったと幼くして聞かされた。

確か、光緒《こうしょ》帝は纏足禁止令を発したはずではなかったか、とまだ幼かったときの辮髪廃止運動とともに思い出していた。

ところがある晩、養心殿に呼び入れた嫦娥《じょうが》と名乗る女官が溥儀の躰を拭きながらささやいた。

下級旗人の娘に過ぎない女官が皇帝の寵愛《ちょうあい》を受けることは稀《まれ》だが、中には指名の回数が多くなるにつれ宮女から妃嬪《ひひん》に昇格する例もなくはないので、女官も必死だ。

女官は使用人だが、妃嬪となれば退職もなく、生涯を後宮で送れる可能性があった。

わずかなチャンスを逃すまいと嫦娥も必死だった。

「陛下、私がもし纏足をしたら、もっとお声を掛けていただけるのでしょうか」

溥儀は纏足をする本当の意味をまだ理解していなかったので、怪訝《けげん》な顔で尋ね返した。

「お前が纏足をしたら、どうなるのか」

女官はうぶな皇帝の質問に、意味ありげな微笑を添え、纏足について話して聞かせたのだった――。


宦官の場合、施術を受けるのは必ずしも幼いときだけとは限らない。十五歳くらいで宦官手術を受ける場合もかなりあり、年齢幅は大きい。

それに反して纏足は原則的には三歳から六歳くらいまでの幼女のうちに済ませる。

骨が柔らかいことが重要条件となるせいであろうが、この点は男児が三歳くらいから科挙に備えて勉強を始めるのに近い発想で、幼いうちに仕込むのが一番いいからということのようだ。

「でも、宦官の手術と違って、纏足は何年もかかる大仕事なのでございます」

宦官の手術は首を刎《は》ねるより難儀だ、と述べたが、それでも一瞬の間である。その後、生死の境をさまようのは三日ほどで、百日すればたいがいは傷も癒える。経験豊富な施術師さえ頼めば、死に至るケースはそれほど多くはない。

それに対して纏足は両足ということもあり、期間が大幅に長い。

細かく分けると四段階になる施術のうち、第二、第三段階にかかる二年間が激痛に襲われる期間で、家族の者は普通は見ていられず、他家に預ける例もあるほどだ。

みょうばんを用意して指の間によく塗り込む下準備が終わると、親指を除いた四つの指を強く折り曲げ、足裏にきつく布で巻き付ける。その際、四本の指を強く折り曲げたまま土踏まずへ埋め込むように持っていかないと失敗する。

次いで足裏からかかと、親指と布で巻いていき、しっかりと親指を包み込んで再び足裏にくくりつけ、先に巻いておいた四本の指と合わせて押し込み、土踏まずのところへ強く折り曲げるようにして縛る、というのがあらかたの順序である。

これらをきちんと衛生的に終えても、腫れ、化膿《かのう》、炎症、出血などをきたし、魚の目などが加われば飛び上がるほどの激痛に見舞われる二年間が待っているのだという。

纏足の理想は三寸（約十センチ）までとされ、これが「新月」状の細い弓のようになるといよいよ纏足の完成となる。

ここから分かるのは、小さく湾曲することが「美女」の条件ということなのだ。

纏足を施すと通常のようには歩行できない。独特の腰の振り方で、手も左右に振ってバランスを取り、よちよちと歩く様が当時の男性から見ると官能的に思われた。

さらに重要なのは腰の筋肉が変形して締まるので、女性器に関わる筋肉も微妙に締まり、それが愛《め》でられる原因となったともいわれる。

巻いた布は三日に一回は外して、足を洗い、再び固く巻き付ける。

血液の循環が悪くなると死に至る危険もあるので、痛みをこらえて庭先などを散歩しなければならない。纏足の「効用」には見せることへの恥の官能が働くことがよく挙げられる。纏足された女性は、たとえ衣服をすべて脱がされても、纏足の布だけは外さないといわれるほど、その部分だけに最高の羞恥心が集中的に生じる。

通ってくる男性は、したがって、その布を外し、さまざまな方法をもってお互いの官能を刺激し合うこととなるのだと嫦娥《じょうが》はまだ十五歳になったばかりの溥儀の横顔を覗くようにしながら講釈した。

刺激し合う方法とは、と言い出された溥儀の方がもう頬を赤く染め、それだけで躰が熱くなってくる思いがした。

その第一は巻いてある布を外させて、女の羞恥心を高めることにあるが、そのほかに嗅ぐ、咬《か》む、舐める、などが重要だというのだ。

「嗅ぐ」は纏足に直接鼻をあて、匂いを嗅ぐことで刺激が生まれる。「咬む」は「嚙《か》む」より強く咬むことを意味するが、どちらもそれなりに緊張した快感が生じる。

「舐める」は舌で足全体をゆっくり舐める行為だが、蜜を塗っておく場合もある。

さらには「握る」「つねる」「搔《か》く」など五感や触覚に関わるおよそ考えられるすべての手段が用いられた。

纏足そのものが敏感な性感帯となっているのが分かりますか、と嫦娥は言った。

光緒帝の時代、纏足を禁制にしたものの、逆に清朝でもっとも纏足が増えたのは、皮肉にも近代化を急ごうとした西太后《せいたいこう》に封じ込められた反作用ではないかともいわれる。

ところが、女性の極限を演じ、男性に一撃を加えたかにみえる西太后に落魄《らくはく》の兆しがみえたのは、時代のうねりとしか言いようがない。末期清朝はすでに共和国の内紛に洗われ、古風なこの老女の足場を崩し始めていたのだ。宦官、科挙、纏足は音を立てて崩れかけていた。

義和団の乱で西安へ避難し、危機を逃れはしたものの、西太后は幾つかの非人道的な慣習に終止符を打つ決断を迫られた。わずかに紫禁城内に残った旧弊によって皇帝の歓心を惹こうと考えた女官が、纏足にしがみついた最後の世代となったのである。

性器再生の秘薬

ジョンストンの書翰は限られた友人に送られたものだったが、それでも極秘情報が漏れないという保証はない。いや、しかるべき筋に漏れるのはこの際むしろ歓迎すべき、とジョンストン自身が思っていたのかも知れない。

内務府の官僚の中には幼年皇帝の即位について「清王朝非常時の皇帝としてはどうか」という声がないではなかった。もちろん密談の域を出ない。

かつての絶対権力者・西太后のような存在がない今の宮廷は、内で働く者からみれば骨のない軟体動物のようにふわふわした組織にみえても仕方がない。

ただ浮遊しているだけの旧王朝内で飼い殺しのように生きながらえている「婦寺《フースー》」（女官と宦官）は、少なくなったとはいえ千数百人以上にのぼる。

彼らはほぼ毎晩のように、酒色に溺れ、遊興に時間を費やしているのだ。

灯をともすころになると、司房の奥では袁世凱《えんせいがい》の肖像が刻印された銀貨、銅貨が灯の下で鈍い光を放ち始める。

「雀卓を用意せよ」

宦官の首領格・劉子余《りゅうしよ》の号令一下、若い宦官たちが麻雀卓に肘掛け椅子を四脚セットする。

「茶は濃いのを淹れろ」

追いかけて言われたそのひと言で、司房で始まる上級宦官たちの麻雀が徹夜になるのだと誰にも分かる。夏の夜のひとときや正月などは、麻雀賭博が宦官たちの唯一の娯楽でもあった。

司房とは城内の各部屋を管理し、さまざまな記録に残す係が使う居住区である。近くの別棟からもうひと組、じゃらじゃらと牌《パイ》をかきまぜる音が響いてきた。孫耀庭ら平の宦官組である。

夜半を過ぎたころになると、御膳房の調理師が豚の内臓の煮込みやワンタンをそれぞれに運んでくる。

首領格の卓は夜食を摂りながら優雅に茶をすすり、スイカの種をかじり、ゆったりと牌《パイ》をまさぐっているが、平の宦官たちの方は机を叩《たた》いて大声を出し、怒鳴り合いながら汗みずくになって小銭の取り合いを繰り返していた。夏の暑い盛りに、宦官たちは冷やしたスイカや杏仁豆腐をすすり、夜明けまで金を賭けて狂乱する。

給料の低い宦官にとっては、運さえつけばひと晩のうちに月給分の稼ぎにもなるが、負ければひと月は雑炊で飢えをしのぐ悲惨な結果となる。

袁世凱《えんせいがい》銀貨が飛び交うのは首領格の卓で、耀庭たちの組では銅貨しか賭けない。袁世凱銀貨は一枚で銅貨五百箇ほどの値打ちがあり、平宦官の財布に銀貨が入ることはまずなかった。

本来、賭博は御法度だったが、勤めさえ間違いなくやっていれば宮中では見逃されていた。

完全な男でない宦官にとって、女遊びもできないとなると、アヘンか賭博しか娯楽はない。

だが、宦官の中にはアヘンにも賭博にも手を染めず、女官と、あるいは宦官同士で性欲を満たそうとする者もいた。

王鳳池はそうした宦官の中ではとびきり恵まれた相手が現れた一人だった、と先の賈英華《かえいか》氏は説明する。

鳳池のように積極的に同性愛の道に入り込んだ宦官の多くは、古来、玉茎再生薬といわれている「金丹」という漢方薬の煎じ薬を服用している。うまくすると小さな性器の再生も夢ではない、という特効薬だそうだが、それは三、四歳時に切除した者でないと効果はみられないともいわれる。そこで考えた同性愛者の宦官たちは、動物の生殖器を食べることで、なんとかして目的を達成しようと試みた。切り離したものがたとえ再生しないまでも、精力がつき、次第に「男らしく」なれれば満足したようである。

牡牛《おうし》やロバの生殖器、「挽口《ばんこう》」といって、同じくそのメスの膣《ちつ》、また羊の卵巣、白馬の卵巣、虎の睾丸などの秘薬が不浄門をくぐって宮廷に運び込まれていた。

効果のほどを示した記録はないが、王鳳池が溥儀のために秘薬を飲んで尽くしていたことは疑いない。

「宮廷には男がいなかったから、溥儀に異常な関心が向くのは当然でした。王鳳池は男役だったので、溥儀は女役を演じたのです」

賈英華氏は確信ありげに胸を張ってそう語り、言葉を継いだ。

「私は生前の孫耀庭からあらゆる話をはっきりと聞き出しましたが、溥儀が北京を離れた以後はあの美少年太監と会うことはなかったといいます。

それればかりか王鳳池はほかの宦官とも再び顔を合わせることはなかったようです。

偶然にも、ある宦官が北京郊外のひなびた場所で王鳳池にばったり出くわしたことがあったのですが、あまり言葉も交わさずに別れたそうです。王鳳池はおそらく毛沢東が指導した中華人民共和国建国後も生き延びていたはずです」

中年になった王鳳池を見かけた人物は、以前のような優雅な暮らしぶりではなかったものの、しっとりした肌で、髭《ひげ》もなく、たおやかな女性のようだった、と話していた。

さらに一九四九（昭和二十四）年、共産党による一党独裁国家が成立した当時に見かけた人によると、王鳳池はまだ四十代なのに顔の皮膚がたるんで下がり、しわが深く、古くなった梨のようだった、という。

溥儀が東京裁判の証言台に立っていたのは一九四六（昭和二十一）年八月である。

それぞれに数奇な運命を顔に深く刻んだ二人は、違う空の下で混迷する戦後を辛うじて生きながらえていた。

第三章　憂鬱なる結婚

婉容《えんよう》と文繡《ぶんしゅう》

波乱に富む廃帝の日々を偲《しの》ぶ証言台の溥儀《ふぎ》の声はときに震えがちに、ときに栄華の夢に酔いつつ続いていた。

年四百万元の資金援助を受け、清朝帝室としてのかすかな誇りをよすがとした彼の少年期は、キーナンの次の質問によって一区切りがつく段階にようやく到達した。

「あなたは皇帝たる地位を失ったあと、北京のどこで、どのような家庭をもったのですか」

被告席の板垣征四郎や土肥原《どいはら》賢二たちは、溥儀の結婚話など今さらもう聞き飽きた、とばかりに退屈そうな表情を浮かべていた。

「はい、やはり宮殿の中に家庭をもちました」

「結婚してから、その後あなたは北京にどのくらいの期間住んでいたのですか。そのあと確か紫禁城を追われましたが、どうなさったのですか」

キーナンはそこまで尋ねると、ひと息ついてコップの水を摂《と》り、傍聴席を見渡すと一瞬顔を歪《ゆが》めた。傍聴席に目を向ける度に響く各国通信社のカメラや記録映画の機材の音が、キーナンの神経に障るのだ。

溥儀は構わず低いだみ声の北京語で、結婚から紫禁城脱出のときまでの模様をあらまし語り始めた。

「馮玉祥《ふうぎょくしょう》将軍の決定に従って紫禁城を出たあとしばらくは父・載灃《さいほう》が住む北府へ移り、次いで日本公使館を経て天津へ向かったのです」

紫禁城脱出の下りとなると、板垣たちも背もたれに寄りかかっているわけにはいかない。間もなく関東軍の関与につながる場面となり、ことと場合によっては自分たちの生命にさえ関わる問題だったからだ。かつての将軍たちはさりげない様子を装いながらも、次第に身をのり出して聞かざるを得なくなっていた。


十一歳までに二度皇帝の位に就き、二度退位するという稀有《けう》な宿命に操られた溥儀は、しかしながら、その後も「優待条件」に保護され、優雅な廃帝として紫禁城の主《あるじ》のまま生きてきた。たとえその中身が宦官《かんがん》との同性愛や、女官たちとの「目が回り、太陽が黄色く見え」るような異常性愛にひたっていたとしてもだ。

清王朝の再建を願う復辟《ふくへき》運動の希望とて、今や霞《かすみ》のように摑《つか》みどころのないものだった。統治する領土も軍隊も持たない「幻の王国」の廃帝は、このままでは思春期にして生ける屍《しかばね》となりかねないありさまだった。

城外から完全に見放された十五歳という未成熟でアンバランスな肉体が、いかに不健全であるかはジョンストンならずとも十分に見透かせたであろう。

「陛下には一刻も早く后妃を選んでいただき、婚儀の式を挙げるべきだ」

内務府の大臣たちも、溥儀の父親や、形式だけ生きながらえていた溥儀の母親たちも考えは同じだった。

結婚が成人のしるしであり、そうなれば監視の手間も省けよう。老人たちは一斉に溥儀の「大婚」へ向けて動き出した。


一九二二（大正十一）年二月、十六歳の萬寿祭（皇帝誕生日、誕辰《たんしん》ともいう）を過ぎたころから、大婚の手続きは急速に活発化した。思春期の廃帝の落ち着かない私生活を、結婚によって解消させようという動きが起きたのもうなずけよう。

太妃たちの間ではそれより早く、前年からはやばやと中宮（皇后）選びが始まっていた。互いに将来の自分の身の安定を求め、有利な条件の娘を皇后に迎えさせようと必死になっていたからだ。

このころには五人の母のうち隆裕《りゆうゆう》、荘和の二人が亡くなっており、三人の太妃がわずかな権勢を競い合っていた。

ときをほぼ同じくして、溥儀の生母・瓜爾佳《グワルギア》氏がアヘンを大量に飲んで自殺するという事件が起きたが、血脈がつながるとはいえ育てられた記憶のない溥儀の関心は薄かった。

残る三人の老婦人のうち栄恵太妃には特別の意見はなく、敬懿《けいい》太妃と端康《たんこう》太妃の間で皇后選びの駆け引きが白熱化していった。

中宮選びのいきさつについては、一緒に英語の学習相手を務めた従兄弟《いとこ》の溥佳《ふか》を取材した王慶祥（中国近現代史研究家）によって次のように記されている。

「私（引用者注・溥佳）の父載濤《さいとう》、五伯父《おじ》で溥儀の父載灃《さいほう》、及び載澤《さいたく》（引用者注・西太后の姪《めい》を妻とし、光緒《こうしょ》帝時代に活躍した外交官）、内務大臣世続、帝師陳宝琛《ちんほうちん》らが集まって、『皇上はすでに成年に達せられたから、早く皇后を決めるべし』と相談した。

そのことを溥儀と太妃ら（端康、敬懿、栄恵）に奏上して、彼女たちの同意を得たので皇后選びにとりかかった。その選択条件は、モンゴルの王公あるいは満蒙八旗の娘でなければならない、とした。

この話が伝わると、私の家には門前市をなすように、自薦、他薦の皇后候補の写真が持ち込まれた。話が天津や奉天（瀋陽）にまで伝わって、叙世昌《じよせいしよう》大総統や張作霖《ちようさくりん》までもが人を介して縁談を持ち込んできた。当時は満洲族と漢族の通婚は禁じられていたし、しかも溥儀は満洲族の皇帝だったので、漢族からの縁談はみな婉曲に断った」（王慶祥『末代皇帝溥儀改造全記録』）

誕生日の祝い行事が一段落した三月、選考作業は最終段階に入った。溥佳の父・載濤が残された写真を持って内務府の大臣や太妃たちのもとへ幾度となく参上し、候補は次第に絞られていった。そのときもっとも強い発言力を持っていたのが端康《たんこう》太妃で、この老婦人の意向で最後に四人の娘が残った。端康は溥儀を呼んで、言った。

「陛下、この四枚の写真の中でお気に召した娘に鉛筆で印をお付けください」

四人とは、モンゴル王公のヤンツアザップの娘、満洲貴族で清王朝から六品の官位を与えられた栄源の娘、同じく満洲貴族・端恭《たんきょう》の娘、もう一人は満族で軍の長官を意味する都統だった衡永《こうえい》の娘であった。

並べられた写真を前にして、溥儀が迷いに迷ったのも無理はない。どの写真の顔も非常に小さく、美醜の見分けなど容易につくものではなかった。しかも溥儀自身が結婚を人生における重大な問題だなどとは思ってもいないのだから選択の基準すら曖昧だった。

溥儀はようやく中から一枚を選んで、鉛筆で丸印を付けた。すると「お気に召した娘に印を付ければいい」と言っていたはずの端康太妃が不満顔で、敬懿《けいい》太妃の方を睨《にら》むようにしながら異議を唱えた。

「陛下が印を付けられたのは端恭の娘で文繡《ぶんしゅう》と申しますが、気性は素直と聞いておりますものの家は没落しており、しかも美しくもないではないですか。私は反対でございます」

文繍は敬懿太妃の意にかなった娘だったのだ。

そこまで強硬に言われてはもう一度見直さざるを得ず、溥儀は思案の末、今度は端康太妃が推した娘に印を付けた。

それが栄源の娘・婉容《えんよう》であった。

ところが今度は敬懿と栄恵の両太妃が面白いはずがなかった。

「陛下が一度文繍に印をお付けになってしまったからには、あの娘はもう臣下のもとへはお嫁にいけません。こうなったら妃《ひ》としてお迎えになるのがよろしいかと――」

そういって、折衷案を出してきた。

つまり婉容を后《きさき》とし、文繍を妃《ひ》としてはどうかという案だ。

溥儀はまたしても考え込んでしまった。一人の后との結婚もろくに考え及んでいないのに、二人もなぜ必要なのか――。すると内務府の王公大臣がまかり出て叩頭《こうとう》し、「おおそれながら」と次のように説得にかかった。

「清朝王室におきましては、太祖ヌルハチ公以来必ず皇后と妃を持たねばならない、という決まりがございますゆえに、そこをなんとか――」

端康太妃がこれに続いた。

「陛下、二人の父親の身分の違いをお考え下さいませ。栄源と端恭では比べものにならないほど栄源の方が格上なのはご承知のはず。

婉容《えんよう》という娘は素晴らしい教養を備え、財産があり、そのうえ絶世の美女にございます。どうか婉容を后に、文繡《ぶんしゅう》を妃にお迎え遊ばしますように」

内務府の役人はもっともらしい顔でうなずき、敬懿《けいい》と栄恵両太妃もそれ以上の反発は控えていた。溥儀はこれには抗しきれず、それが皇帝のさだめであるのなら分かった、と承知をしたのだった。

溥儀の胸中にどのような決意が込められていたのかは分からないが、結婚を決めると同時にかねてから主張していた「辮髪《べんぱつ》断裁」を決行した。

だが、お上の命によって辮髪断裁役をおおせつかった宦官は、太妃たちの激しい怒りをこうむり、「尻二百叩《たた》き」の刑罰に晒《さら》される羽目となった。

溥儀の強硬策は、旧癖にこだわり続けてきた太妃たちや内務府への強い意思表示には違いないが、迎える妻たちに西欧文化吸収への進取の気構えを見せたかった面もある。要するに、若くモダンな皇后を迎えるにあたって、精一杯気張ってみせたのだ。

紫禁城は、西欧文明への憧憬《しょうけい》とひからびた慣習の狭間《はざま》であえいでいた。

后《きさき》となる婉容は溥儀と同年の十六歳、妃《ひ》となる文繡は三つ若くまだ十三歳の娘であった。

后が第一夫人、妃は第二夫人で、溥儀は同時に二人の妻と結婚しなければならなくなったわけである。溥儀に一夫一婦制の思想を吹き込んだのはジョンストンに違いあるまい、という噂《うわさ》が紫禁城内で飛び交ったが、ジョンストンは必ずしもそうではないと『紫禁城の黄昏』の中で次のように否定している。

「婚礼計画の問題について宮廷や皇帝と言葉を交わしたが、その場で私が述べた意見はただひとつ、すなわち皇帝はほんの十六歳の少年にすぎないので、結婚問題は後日の都合のいいときに話し合うべきだと言っただけである。この意見を聞いて、皇族が何らかの影響を受けるとは思えないし、また実際に受けなかったのである」

天津のフランス租界の一角に、婉容の父・栄源は広大な屋敷を構えていた。

一九〇六（明治三十九）年、満洲の奥地黒竜《こくりゅうこう》江省竜江県で婉容は生まれたが、七歳からは天津へ転居し、欧州文化の影響下に育てられた。ミッションスクールで英語を習い、テニスや自転車に興じる租界育ちのハイカラ少女に成長したのだ。

婉容のもとへはただちに溥儀の叔父《おじ》・載濤《さいとう》親王が北京からの使者として天津に赴き、婚約の決定とその趣旨が伝えられた。

婉容は因習に満ちた王朝へ嫁ぐ不安と、夫となる人がまだ十六歳と若いことへの当惑を感じたが、親の思惑はともかく、本人の意思をもって恭しくこれを承諾した。

ところが第一次奉直戦争が直後の四、五月に勃発したため、婚儀の日程が大幅に遅れた。のべつまくなし軍閥同士による抗争が絶えない支那における内戦はけして珍しいものではない。

その後、張作霖（奉天派）と呉佩孚《ごはいふ》（直隷派《ちょくれい》）らによる武力闘争は、第二次（一九二四年九月から十一月）にまで及ぶ激越な政権掌握闘争となり、最後は張作霖が北京を手中に収める壮絶な戦いがしばらく続いた。民心は荒廃し、巷《ちまた》には貧困と絶望が渦巻き、中世から一歩も出ていない世界が現存していたのだ。張作霖は馬賊から成り上がった野人、呉佩孚は科挙に合格した高級官僚出身と出自は対照的だった。

民衆から見れば、しょせんは軍閥の頭目同士の堕落した権力闘争にしか映らなかっただろう。荒廃しているのは宮廷もまた然《しか》りだが、違うのはわずかに息をしていた王朝を維持するための大層な儀式が待っていることだけである。

第一次奉直戦争が収まると婉容は天津から特別列車で北京の后邸に移住した。

嫁入り支度や立ち居振る舞いなどを学ぶためである。

初めて見る女官や宦官から、世俗とかけ離れた旧習や儀式の仕方を指導された婉容の驚きは格別だった。天津のフランス租界育ちの娘には到底理解しかねる未知の世界だった。

しかも、婚儀の夜までは皇帝と皇后が顔を直接合わせることなどもってのほかだという。

西欧式の新しい新婚生活を夢見て育ったハイカラ娘の理想は、早くもガラス細工のような危うさをもって壊れそうになっていた。

選考から一年近くも過ぎた一九二二（大正十二）年十二月一日、ようやく冊立礼《さくりつ》（皇后を迎える式）の朝がやってきた。

婚礼式典

小刻みに躰《からだ》が震え始めていた。

婉容は三人の太妃と千人を超える宦官、三百人余の女官たちに送られて最後の門をくぐった。美しい眉の下の輝やく瞳が一瞬光を失いかけたのは、明日からの住まいだと聞かされた儲秀《ちょしゅう》宮を通過し、より格式の高い坤寧《こんねい》宮の一室にようやくたどり着いたときだった。

すべての儀式が終わった十六歳の娘が、ここで最初の夜を迎える直前に耳にしたひと言が彼女の全身を凍らせた。

「あなたの幸せを信じてしたことですから、黙って従って下さいね。実は皇后のほかに淑妃《しゅくひ》という側妃が昨日入輿《にゅうよ》されました。名は文繡《ぶんしゅう》といって同じ満洲貴人の娘ですから、仲ように暮らしていって下さりませ」

そう言い放ったのはほかならぬ栄源夫人である。栄源夫人は婉容の継母だった。

廃帝とはいえ幼くして二度も清朝王朝の皇帝となった一人の少年を生涯かけて愛していく覚

悟で北京に来たのに、第二夫人たる女が一日早く輿入《こしい》れをしているというではないか。

このような重大事を今になって初めて聞かされた怒りは簡単にはおさまらなかった。

それも、継母・栄源夫人から聞かされるとは——。

婉容は声を失うほどの目眩《めまい》を感じ、今夜ひと晩のために用意されているという坤寧《こんねい》宮の一室にたどり着くと、一人にして欲しいと叫んだ。

聞けばまだ十三歳だというその娘と、これからどう接したらいいのだろうか。

自分よりひと足先に嫁入りを済ませ、この紫禁城内の長春宮という、かつては西太后《せいたいこう》がまだほんの若いときに貴妃として上がった際に住んだ御殿に文繡は昨夜のうちに入っているという。

昨夜、十六歳の夫は十三歳の娘とどのように過ごしたのだろうか。

自分は西太后がのちに同治《どうち》帝となる子を生して初めて移り住めた儲秀《ちょしゅう》宮に最初から入ってはいるものの、一日遅れという屈辱的な思いをさせられている。

生まれて初めて知る不安と怒りがこみ上げてくるのを抑えきれない。

考えれば混乱は増すばかりで、心は悲観的な闇に向かうしかなかった。

婉容はようやく涙を拭い終わるとソファに横たわって、早朝から続いた長い儀式の一部始終をぼうと思い浮かべてみた。

十二月一日払暁、婉容は午前零時から身支度を整え始め、北京城内の帽児胡同《フートン》（現北京市東城区交道口大通り）にある后邸で長いこと待機していた。

婉容の髪は女官によって双髻《ふたつもとどり》に結い上げられ、丈が裾まである袍《パオ》を身につけていた。

門前では提灯《ちょうちん》を持つ者、旗と華蓋《かがい》を捧《ささ》げ持つ者たちが整列している。

ひるがえる旗に描かれた龍《りゅう》と鳳《ほう》の文字は、それぞれ皇帝と皇后の象徴だ。

さらには、黄金の詰まった金箔《きんぱく》の箱や嫁入り衣装などを収めた長持を何十箇と担いで連なる行列が、紫禁城に向かって歩を進めるべく待機している。

このときばかりは護衛として民国の騎兵、歩兵、騎馬巡査などが駆り出され、歩く先々の道路のすべてには黄色の細かな砂が敷き詰められるという気の配りようだった。

ひときわ極彩色に輝く婚礼行列を、北京市民が目にできるのは実に久方ぶりのことである。

まだほの暗い早朝から練り歩く一大絵巻をひと目見ようと、あらかたの市民は沿道で歓喜の声を上げて待ち構えていた。

しばし腐敗した王朝のことも内戦の混乱も忘れ、ほんのひとときだけ違う国の王朝絵巻に酔いしれているかのようである。日頃は「小朝廷」と揶揄《やゆ》して呼ばれていた廃朝も、一瞬息を吹き返したかのような朝が北京に訪れた。

同じ早朝、新郎・廃帝溥儀の使者が恭しく東華門を出て、皇后を迎える態勢に入った。

騎馬兵を先頭に、楽隊の集団が続く。さらに、装飾品や刺繡の肩掛け、冠などが詰められた黄色の各種御輿《みこし》が何十と連なり、最後尾に正副の使者が従っている。

神武門、景運門、乾清《けんせい》門の門柱には門神が打たれ、それぞれの支柱には「双喜」の字が書かれたガス灯が数十箇もともされていたろうか。

十六歳の婉容と親兄弟たち一行は、迎えに来た使者の隊列を認めると后邸の門前にひざまずき、聖旨を受け取り、婉容が御輿に乗る。

ときに午前三時四十分。

皇后のための御輿は金頂鳳輿《ほうよ》といい、黄金の鸞《らん》（鳳凰《ほうおう》の一種で想像上の鳥）を飾った轎《かご》で、二十二人によって担がれ、警備兵に囲まれながら歩を進めた。婉容一人が御輿に担がれ、行列は来たときとは違う道を通ってゆっくりと紫禁城へ向かうのだった。

新しい皇后が乗った御輿がようやく紫禁城の景運門に達したころには、門前はとっぷりとした夕闇に包まれていた。

十二月の季節風が木々に残ったわずかな葉を散らし、旗を揺らす中、ここで御輿担ぎはすべて宦官と交替した。城内へは普通の男が入れないからだ。

まず天安門を通過し太和門から紫禁城に入った婉容は、重奏な楽隊の音色が響く中、天地の神が交わるとされる交泰殿《こうたい》を通り、地上のやすらぎを意味する坤寧《こんねい》宮へと運ばれていった。

裾の長い袍褂《パオコワ》を着けた皇帝は、皇后の御輿が着くと側近の大臣や貴妃たちを引き連れて坤寧宮で待機した。

宦官と呼ばれる未知の世界の者に指示され、婉容は坤寧宮の奥まった竜座に端座している溥儀に恭しく六回拝礼を繰り返し、祝詞《のりと》を朗唱した。

だが、竜座にいるはずの夫となる人の顔を見たわけではない。印象すら記憶にない。その奥に新婚の一夜を過ごす「喜房《きぼう》」という部屋があることすら、花嫁はまだ知らない。合図に従って礼をし、ひざまずき、さまざまな縁起物の盃《はい》や饅頭《まんとう》、蕎麦《そば》などに形だけ箸をつける儀式が続いた。

こうした儀式が続く間、幾種類もの香が焚《た》かれ、そのうす煙が式場にゆったりと流れていた。これが結婚の儀式なのだと、そこで初めて知った花嫁は、写真でしか見たことのない廃帝溥儀の姿を香の煙の向こうに追い求めてみたが見えてはこない。

栄源夫人の言葉で、淑妃文繡の存在を初めて知った婉容が顔色を失ったのは、こうした儀式がひととおり終わったあとのことだ。正確には、この夜の最後の「儀式」初夜を迎える坤寧宮の一室、「喜房」に運ばれて来たとき聞かされたのだ。

ひととき休んでいる間に、栄源夫人はもとより部屋にいた関係者は誰一人いなくなって、夜の深い静寂《しじま》だけが坤寧宮を取り囲んでいた。

子宝饅頭

宮中がにわかにあわただしくなったのは十一月末からだった。

孫耀庭《そんようてい》や王鳳池《おうほうち》たち若い宦官から腰が曲がった老宦官までが総動員で駆り出され、徹夜で司房や厨房《ちゆうぼう》の残業をこなしていた。結婚用品の購入や食料品の調達、飾り付けの準備など、いくら手があっても足りないほどである。

皇后さまとのご成婚の前日に淑妃とのご結婚もあるというのだから、司房も敬事房ももう何年ぶりかの大騒ぎだった。

老宦官の記憶によれば、

「そうさなあ、光緒帝《こうしよ》さまのご即位のときはそりゃ賑《にぎ》やかなご成婚式だった。わしが上がったばかりの年だったからもう四十五年以上にもなるか。それから宣統帝さまのご即位だが、これは光緒帝さまのときに比べれば時節柄うんと控えめだったが、それでもひととおりの料理は作ったものさ。それ以外の儀式は全部ご葬儀ばっかりじゃ。光緒帝さま、西太后さま、それにごく最近お隠れなすった光緒帝さまの隆裕太后、同治帝さまの荘和太妃などのご葬儀は今度に比べれば楽な方だった。なにせ今度は豪華にやれ、だが金はない、だからのう」

老宦官は仕事の手先を休めず、滅多に見られる祭りじゃないぞ、と付け加えた。

耀庭が隣りで御輿の装飾を付けている陳澤川《ちんたくせん》師父に尋ねた。先輩格の宦官を「師父」という

敬称をつけて呼ぶのは厳格なしきたりだ。上がったときに必ず教えられる掟《おきて》だった。聞くところによれば、

「陳師父さま、私も陛下のご婚礼を拝見したいのですが、だめでしょうか。聞くところによれば、今度の皇后さまはお若くてしかも絶世の美女だとか――」

剽軽《ひょうきん》な性格から周囲の者に好かれていた耀庭であればこそ頼める相談だった。

「うーん、門外へ出るのは無理だが、門の内側で身なりをきちんと整えていれば、わしと一緒に見られるかもしれん」

そこで王鳳池も一緒になって懇願した。

「ひと目拝見できさえすればいいのです。陛下のご立派なお姿を遠くからでも拝めれば――」

「でもな、婚礼の行列が着くころにはこの季節じゃ外はもう暗かろう。ましてや式典となれば夜のことだし見えまいて。

そうじゃ、深夜、皇后が坤寧宮《こんねい》にお着きになる時分に灯《あか》りを持ってお出迎えの行列の末に並ぶことにすればよい。ただし、騒いだり、立ち上がってはならぬぞ」

二人は十二月一日、暗くなるとすぐに坤寧宮の手前でひざまずいて皇后の一行が来るのを待ち続けていた。

皇后を乗せた御輿が景運門を通過したとの報《しら》せが走ったのが夕刻六時ごろだったか。

それから幾つかの礼拝が繰り返し行われ、各国外交官、中華民国の議員、高級武官といった

燕尾服《えんびふく》を着た参列者たちが居並ぶ間をゆっくりと通過すると、ようやく最後の儀式が始まる坤寧宮に到達するのだ。相変わらず秀麗な眉と目を向けて、鳳池が隣りの耀庭にささやいた。

「耀庭師父はご存じですか。文繍さまが第二夫人として淑妃というお名前を頂いたにもかかわらず、景運門の前で皇后さまをお出迎えしなかったということを。

ひと足先にお輿入れされた淑妃さまは、皇后が紫禁城にお着きになる際にはひざまずいてお出迎えしなければならないという決まりがあるのだそうです。

皇后さまはそういうしきたりをまだご存じないので何事も起こっていませんが、周囲の者は冷や汗をかいていたと、さっき走ってきた使いの者が教えてくれたのですが」

耀庭は「やはりそうだったのか」と黙ったままうなずいたあと、

「皇帝陛下は聞くところによるとな、そんなことはするに及ばぬ、と第二夫人に伝えたのだという噂だ。どうやらあのイギリス人の家庭教師の教えで、皇后と淑妃の間に差別はない、どちらにも同じように振る舞えとのお考えのようだ」

と小声で返したのだった。

式典のすべてを見聞して記録に残した溥佳によれば、文繍を迎える際は結納すらなければ、輿入れの儀式も極めて簡略なものだったという。

二人の使者が爵位を示す「宝冊《ほうさく》」という証書を端恭の家に届けるだけで、婉容の輿入れの前日、宮中に入った。

皇后より先に側室が輿入れするというのはいささか風変わりかも知れないが、第二夫人は女官の頭だ、という考えからすれば当然の慣わしでもあった。清王朝のしきたりでは、女官の頭は三百人の女官ともどもお出迎えするのが当然とされていたのだ。


新皇后が担がれた御輿が、闇の中をほのかな灯りに照らされながら耀庭たちの眼前を通り過ぎてゆく。清王朝の輿入れには複雑な約束ごとが多い。「迎娶《げいしゅ》」といわれる皇后の輿入れには、「鳳凰轎《ほうおうきょう》」と呼ばれる華麗な絵入りの椅子轎《かご》が使われる。

子孫繁栄を祈願する意味が込められた駕籠《かご》で、天安門に始まりいくつもの門をくぐって夜のうちに最終地点である坤寧宮に入ることが決まりとなっている。

耀庭たちをはじめとする大勢の宦官が叩頭を繰り返す中、天地を揺るがすほどの鉦《かね》や太鼓の音が響き渡った。儀仗兵が警備する中を婉容の駕籠が通り、係の女官に従って新婦が坤寧宮の奥まった喜房に向かう。

「これ鳳池、頭を上げるなと言っただろう」

ひと目でも婉容の姿を覗《のぞ》き見しようとする鳳池を耀庭が小声で叱ったが、耀庭とてそう言いながら叩頭の合間に盗み見をしていた。

喜房では最後の祝い事の行事となっている「子宝饅頭」と「長寿蕎麦」を食べる儀式が始まっている様子だった。日本の皇室伝統の儀式では「三箇夜餅《みかよもち》の儀」に相当するだろうか。民間でいう「床盃《とこさかずき》」である。

「あの饅頭は今朝がた私たちが作ったものですよ、こりゃめでたい、めでたい」

鳳池は自分が手を加えた饅頭が今、新婦のお口に少しでも入るかと思うと、それだけで躰が芯まで熱くなるのを感じたものだ。

敬事房の宦官と数人の女官が式台の前にぬかずき、遠くから意味こそさだかには分からないが霊能者《シャーマン》による朗唱が聞こえてくる。

低い声の満洲語の呪文のようなその節が、祝いの歌であることだけは耀庭たちにも理解できるのだった。

孤独の初夜

支那の王朝のしきたりでは、皇帝と皇后が宮殿の同じ建物に居住するということはない。

溥儀は結婚後も独身のときと同じように養心殿に住み、婉容は後宮の中でも格の高い儲秀宮《ちょしゅう》を住まいとし、文繡は長春宮に住むと決められていた。

長春宮は第二夫人用の屋敷だが、先に述べたように過去には若き西太后が一時期住んだこともある由緒ある宮殿である。十六歳の皇帝夫婦と十三歳の側妃は、つまり、三人三様の「新婚生活」を始めることとなった。

ただし皇帝夫妻の新婚初夜だけはそのどちらかの屋敷に赴くのではない。先ほど婉容が最後の儀式を終えた坤寧宮の喜房にある「洞房《トンファン》」がその場所となる。現代の感覚からすれば異様に若い結婚のように思われるが、かつては日本の皇族や公卿《くぎょう》の家庭でも同じように結婚は早かった。

余談ながら、例えば明治天皇の皇太子（のちの大正天皇）は満二十歳で満十五歳の九条節子《さだこ》を妃に迎えた。のちの貞明皇后である。

さらに文学とはいえ『源氏物語』の宮廷世界をみれば、光源氏は元服直後というからおそらく十二歳にして四歳年長で十六歳の葵の上と結婚し、のちには十三歳の紫の上（若紫）を見初めて手込めにしたと思われるなど、若さではわが国も清王朝にひけをとらない。

ソファから見上げれば、洞房は深紅の柱、深紅のカーテンに染め上げられ、その奥には真っ赤な天蓋《てんがい》が吊《つ》られた大きな木製の「竜床」が覗けた。

燃え上がるような紅蓮《ぐれん》の部屋でようやく起《た》ち上がった婉容の躰に向かって、ふいに幾人もの女官の手が伸びてきた。手際の良いやり方で、女官たちは婉容の躰にまつわりついているさまざまな装飾品を取り外していった。

今まで着けていた絹の重厚な緞子《どんす》に代わって、触れれば落ちそうな心細いヴェールのような布が着せかけられた。頭からかぶったその繻子《しゅす》には柔らかくごく細い金色の絹糸で刺繍された龍と鳳が浮き出ている。どこまでも皇帝と皇后の象徴としてつきまとってくる刻印を着せかけると、女官たちはさっと身を引いた。

入れ替わるように、一人の少年が目の前に立ち現れ、真っ赤なヴェールの夜着を着た婉容をじっと見つめていた。

隣室には新たに三人の宦官が黙ったままひざまずいて控えており、その影絵のように薄い輪郭が、天蓋から下がった赤いレース越しに揺れている。

のちに溥儀は大部の「自伝」なるものを刊行した。

著者名が溥儀となっているところから、溥儀自身の著作物と思われがちだが、事実は違う。溥儀が語り、中国共産党の記者・李文達がすべて書いたものだ。

『我的前半生』（邦題『わが半生』一九七七年筑摩書房刊、一九九二年ちくま文庫）と題された記録だが、この書には出版にあたって複雑な背景があったことはあまり知られていない。

邦訳されて多くの関心を集めた『わが半生』の直接の原本は、一九六四年に北京で群衆出版社から発刊されたものだ。中国共産党政治局は一九五九年、特赦で戦犯管理所から解放されて北京に帰った溥儀に自叙伝を出版させる決定を下した。毛沢東、周恩来、劉少奇といった政治局の最高幹部全員が参加し、本の出版に向けて全力を挙げよ、との指示が出された。選挙権などの市民権を与える前に、共産党が用意した記者にこれまでの生涯を語らせようという工作だ。

その目的は、自己批判とともに思想改造の宣伝用サンプルとして活用するためである。

その際、政治的に不都合な部分は削除し、書き改める操作が加わったのはこの国ではむしろ当然の作業といえよう。

幾度もの手入れ（一九五九、六〇、六二、六四年バージョンがある）を重ねた末に、公安部の直轄下にある群衆出版社から第三稿『我的前半生』として刊行された。

邦訳された「筑摩版」はその第三稿からの訳出である。

訂正過程で、草稿のチェックはすべて周恩来総理の専権事項となり、周恩来のサインなしに活字化されることはあり得なかった。

したがって、自伝とはいえ中国共産党の歴史観から外れた記述はすべて改変されていることを承知した上で読まなければならない。

それでもなお、満洲建国や東京裁判の偽証に関わる箇所（それらの項に関しては後述）以外には、随所に興味をそそる読み物としての価値が残されている。

周恩来がたとえ「政治的に」残した記述だとしても、『我的前半生』から廃帝の心中の一端をうかがい知ることは十分可能だ。

初夜の場面で、溥儀と婉容の間にはどのようなやりとりがあったのか。

「龍と鳳の刺繍をした真赤な繻子を頭にかぶった皇后が私の目にはいったとき、私ははじめて好奇心から、彼女がどんな姿をしているのか知りたいと思った。

伝統に従えば、皇帝と皇后は、新婚の初夜を坤寧宮のわずか十メートル四方の喜房［新婚夫婦用の部屋］で過ごさねばならなかった。この部屋の特色は、何の飾りつけもなく、炕《こう》（引用者注・オンドルの意）が四分の一を占め、床を除いては、すべて赤く塗ってあることだった。『合卺礼《ごうきん》』［新郎新婦がいっしょに酒を飲む式］を終り、『子孫餑餑《ポーポ》』［餑餑は干菓子の一種］を食べて、この一面暗紅色の部屋にはいると、私は非常に気づまりだった。花嫁は炕の上に坐《すわ》って、下をむいている。私はしばらくまわりを見まわしたが、目の前が一面真赤なこと以外なにもわからなかった。赤いとばり、赤いふとん、赤い着物、赤いスカート、赤い花、赤い頬……一面に溶けた赤いロウソクのようだった。私は非常にぎごちない感じで、坐っても落ち着かず、立っても落ち着かない。私はやはり養心殿がいいやと思い、そこで戸をあけて帰ってしまった」

溥儀自身が李文達に語ったように、その晩新婚の皇帝と皇后は同衾《どうきん》することなく新郎は自分の御殿へ引き上げてしまったのだった。

だが実は溥儀本人が極めて肝心な事実を共産党幹部には告白していなかったのである。周恩来向けの作文である『我的前半生』に書かれていないこととは、その晩、新婦は月経の周期にあたっていた、という事実だ。

後日『我的前半生』が出版許可される条件のひとつに「中国国民が読んで不快にならない範囲」という規定が採用されている。今日では理解されにくいが、「月経」が「不快」の範疇《はんちゅう》に入り、規定にひっかかったものと思われる。だが、初夜の下りを証言した宦官の言葉をもとに、前出の清朝研究家・賈英華《かえいか》が克明な記録を著している。

賈英華著『末代皇帝的非常人生』（人民文学出版社）がそれで、関連部分を引いておこう。太監《たいかん》から直接聞き取った記述にはリアリティがあり、感興をそそられる。本邦未訳なので以下のとおり原書から訳出してみた。

「大婚の初夜に一人取り残された皇后婉容は、心づくしの錦の衣装をまったく目にかけてもらえず、まるで蔑視でもされたようなもので、複雑な気持ちで夜明けを迎えた。末代皇后は、このときから長い『怨婦』の旅を始めたのだった。

長年の間、末代皇帝溥儀と皇后婉容の初夜については謎とされていた。

宮廷の秘め事に詳しい太監・信修明は以前、こんなことを書き残している。

『皇帝の結婚の日の選択は、吉日とは決していえないものであり、過去三回にわたり間違いを犯している。清朝末代の三大婚礼、初夜はいずれもそれぞれの皇后の月のものが来る時期にあたり、円満でない結果を招き、結果として夫婦の間が親しいものになることはなかった。これは運命というものだろうか？』

つまり、末代皇后婉容だけでなく、清朝末期の三代にわたる同治皇后、光緒皇后、そして宣《せん》統《とう》皇后は、いずれも初夜は一人で過ごすこととなったのである。その理由は、例外なく、月経の時期にあたってしまったからなのだ。

清朝末期の三代皇帝に子孫がなかったことは、人々がよく知っている史実だが、その背後にこんな理由があろうとは、ほとんど明かされていない。

さらに信修明は末代『天子婚姻』について、以前こんな具体的な記述を残した。

『初夜において、皇后婉容が月のものにあたったということで、皇帝はそれから皇后のいる中宮には来なくなった。皇后は知恵を働かせ、百計を尽くして皇帝の歓心を得ようとしたが、皇帝が中宮で夜を過ごすことはなかった』

注目すべきことは、溥儀が『我的前半生』で回想しているように、彼は大婚初夜に皇后と寝室をともにしておらず、養心殿に帰ったという点である。しかし何のために養心殿に向かったのであろうか。これもずっと謎であった。

自分はかつて資料の記録・整理をしていたとき、溥儀が最後の妻・李淑賢《りしゅくけん》に話したという大婚のいきさつを記した李淑賢直筆の史料を見つけた。

ここには溥儀の大婚初夜のことが今まで初めて明らかにされていたのである。

『大婚の儀式は夜に行われた。溥儀は新婦婉容の頭を覆う赤い布を持ち上げて彼女の顔を見た。容貌は確かに、悪くないものだった。彼は坤寧宮では眠らず、養心殿に行って太監と夜明けまで遊んだ――』

こうして、溥儀の大婚初夜の謎は徹底的に明らかになったのだ」

溥儀が踵《きびす》を返して養心殿へ帰ってしまったあとに取り残された新婦はしばし呆然《ぼうぜん》としていた。われに返った婉容が最初に感じたのは、長い時間洗面所へも行けなかったために生じた尿意だった。見まわして厠《かわや》を探したが、天津の屋敷や北京の后邸にあったような西洋式の便器はどこにも見当たらない。代わりに喜房の隅にあったのは木製の浄桶《おまる》だった。婉容は仕方なくその浄桶にまたがって用をたすと、そのままベッドに倒れ込んで泥のように眠ったのだ。

ランタンだけがかすかにともる小路を人目を避けるように駆け抜けると、溥儀は養心殿へ影のように戻った。

乱れた心を落ち着かせるために彼は愛用の硯《すずり》に向かって書の練習を始めた、と書く史料もあるが、それはどうやら違うようだ。

養心殿には王鳳池がただちに呼ばれ、朝まで二人が親密な夜を過ごしたことは敬事房宦官の多くが証言している。

子宝さぐり

翌朝の後宮路地裏は、大あくびをかく宦官、半分居眠りしながら目をこすって使いに回る下級女官だらけであった。

気の置けない同輩同士、下級宦官の中だけでのことではあるが、昨日ひと晩、夜通しの大見物で誰もが眠気を抑えきれないのだ。

耀庭《ようてい》と同年配で司房担当の宦官が耀庭に声を掛けた。

「なあ耀庭、いったい陛下は喜房にそのままお泊まりにでもなったのかね。明るくなるまで坤《こん》寧《ねい》宮の陰でじっと待っていた奴がいたそうだが、遂にお帰りになる陛下のお姿は見なかったというじゃないか」

聞かれた耀庭にも真相は摑《つか》めず、皇帝陛下がいつ喜房から帰ったのかははっきりしないままだった。

「どうやらコトはうまくいかなかったようだと、もっぱらの噂だ。誰にもよく分からないらしいがね」

集まった宦官たちは口々にそう言って怪訝《けげん》そうに首を捻《ひね》っていた。

さまざまな噂が飛び交う中で、孫耀庭だけは傍らにいたはずの王鳳池《おうほうち》がいつの間にか姿を消していたのを思い出していた。

黙って鳳池が消えたということは、つまりナンだな、そういうことだったのか——耀庭だけはうすうす感づいたが黙っていた。

そこへ宮廷内でも有名な美人の老婦人がやって来るのが見受けられた。

「やあ、『子宝さぐり』の婆《ばあ》さんがくるぞ」

司房の老宦官・信修明が、あでやかな満族の衣装を身につけた志胆西《したんせい》夫人をいち早く目にとめ、にやりと笑った。若い宦官は意味が分からず信宦官に尋ねた。

「『子宝さぐり』ってなんですか、信師父さま」

志胆西夫人はかつて西太后によって井戸に放り込まれ非業の死を遂げた珍妃《ちんぴ》の兄嫁にあたる老貴人である。

「あのな、『子宝さぐり』っていうのは、つまり——」

そこまで言いかけて信修明は「えッへん」とひとつ咳払いをして続けた。

「つまりだな、皇后のお躰を検査することさ。皇帝が皇后と結ばれたとき、寝室の脇にいてコトがうまく運んだかどうか見届けて、記録を取っておくお役目で、『おめでた』があったかどうかも調べるそうだ」

「『おめでた』っていうのはナンでしょうか」

若い宦官は「おめでた」も知らない。

「まったくうるさい奴だな。『おめでた』検査っていうのはだな、つまりその、処女の証《あかし》である血の跡があったかどうかを見届けるのさ」

坤寧宮《こんねい》の裏へ消えて行った志胆西夫人の横顔が引きつって見えたのは、どうやら噂どおりということか。盛大な大婚式を挙げた皇帝夫妻が新婚初夜に結ばれなかったという話は、宮廷内に広まり、宦官たちは笑い話の種にした。

内務府は不可解な沈黙を守ったままだ。耀庭は婚礼見学に便宜を図ってくれた陳澤川《ちんたくせん》師父に真相を尋ねてみたが、結果はやはり想像したとおりだった。

「陛下と皇后の初夜は何もなかったそうだ。志胆西の婆さんが不機嫌なのは皇帝がさっさとご帰還されてしまったから『子宝さぐり』も『おめでた』検査もまったく用なしで、婆さんの出る幕がなかったからだと、敬事房じゃ笑い話になっていたぞ」

陳師父から密《ひそ》かに聞き出した耀庭は、鳳池の奴、してやったりか、と膝を叩いて独りで納得した。

溥儀《ふぎ》が新婦の赤いスカーフを取り除いて、ひと目顔を見ただけで踵《きびす》を返して帰ってしまったのは、男としての自信がなかったためにほかならない。不安と羞恥心におののいていたのは新婦の婉容《えんよう》ではなかった。婉容は困惑したものの怯《おび》えてはいなかった。

戸惑い、困惑の末に逃げ出し、美少年宦官の待つ寝殿に飛んで帰ったのは溥儀の方だった。婉容の側《そば》についていた敬事房宦官の一人、三桃は、しきたりにより皇帝と皇后の性生活は逐一記録に残した、と語っている。

夫婦間の性生活を外部からうかがい知るのは通常困難なものだが、紫禁城には通用しない。その記録をめくれば、二人の間に同衾の記録はほとんど見当たらない事実が判明する。たとえ寝室をともにしたとしても、実際に性行為が円滑に行われた痕跡はまったくないというのが実態だった。

それは皇妃文繍《ぶんしゅう》の場合も同様である。

紫禁城では皇帝は養心殿に住み、皇后はその北側へ幾つかの門をくぐり抜けて行かなければならない儲秀宮《ちょしゅう》に、文繍は養心殿より北西にやや離れた長春宮に住むという事情があった。

三人は三様に違った方法で連絡を取り合わなければならない。

前ぶれなしに自由な行き来はできない決まりになっている。

必要があれば係の宦官を使者に出して、あらかじめ用件を伝えておく。

皇帝と皇妃の行き来の場合には、皇后にも連絡を入れて、その承諾を必要とした。

長春宮へ溥儀が出向くとなれば、婉容は否とは言えないものの気鬱になるのは当然だった。

したがって溥儀も自然に足が遠のき、性生活は無論のこと、ともに過ごす昼食の回数さえ減るようになる。

文繍もまた重い憂鬱を抱えながら、感情を抑えて過ごすこととなった。

宮殿炎上、宦官追放

「火のヨーウージン！　鍵をしっかり掛けまショーウ」

相変わらず当直の宦官が大声で調子をとりながら夜警に回っていた。

皇帝の住まいである養心殿から幾つかの門と路地を経て坤寧宮へ、さらに皇后、皇妃たちの住まい儲秀宮、長春宮へと叫び声は伝達されてゆく。

一九二三（大正十二）年六月二十七日、夜九時を回ったころあいだった。

婉容は儲秀宮の寝室で髪を梳《す》く女官に身を任せていた。溥儀の夜の訪問など、結婚から半年あまり過ぎたが一度もない。昼食をときどきともにするときは楽しかったが、話が続かず途切れるとかえって気まずいものになる。

溥儀が始めたばかりのテニスの相手をしたり、自転車で遊ぶくらいの子供同士のような暮らしぶりだった。天津のフランス租界で育った皇后は当然テニスをたしなみ、そのときばかりは二人とも健康そのもののように見受けられた。

あたりが暮色に包まれ始めると、昼間の夫婦同士の関係はなかったようなものになる。

今夜も女官たちに囲まれただけの晩餐《ばんさん》を終えたところだ。

皇帝、皇后が食事をするのを進膳といい、その食事を作る厨房を御茶膳房と呼ぶ。

宦官がその御茶膳房から毎晩のように盛りだくさんの料理を運んでくるのだが、皇后が箸をつけるのはその中のひと皿かふた皿だけである。あとは長いあくびをしてパジャマに着替え、女官が髪飾りを外すのを合図にベッドに入るしか仕方がない。

三人ほどの宦官が蚊取り線香と浄桶《おまる》を提げて置いてゆく。

女官や宦官がいる側で浄桶を使う自分を自分で笑えるほど慣れっこになっていることに気付くと、ひと筋の涙がこぼれてきた。女官たちは表情も変えず、黙って見届けるのだ。

今朝もベッドの側に湯を入れた桶が運ばれてくると、裸になって立っているだけで女官が全身くまなく洗い清めた。

熱かった湯も、長い距離を運んでくる間に湯加減がほどよくなる。

自分では指ひとつ触れることもなく、女官の手にゆだねて洗われる。十分に成熟した少女が、脚も開いて立ったまま身を任せるのは苦痛だった。婉容は懸命に羞恥心を抑えて、湯桶にひたっていた。その間に宦官は使い終えた浄桶《おまる》を運び出す。

そうやってすべての羞恥心が取り払われ、挙げ句の果てには月経の有無や周期をそれとなく観察し続けられるのである。

儲秀宮《ちよしゆう》の西側の窓に真っ赤な焰《ほのお》が映ったのは、退屈な食卓を片付けさせてようやく身を横たえようとしたときだった。

婉容の目に、舞い上がる火の粉と異様な煙の渦が飛び込んできた。

北西に路地を二本ほど挟んだ先にある建福宮あたりから火が出たように見えた。城内がいきなり騒がしくなった中で、婉容は窓辺に立ったまま燃え上がる火事の焰に見とれていた。

大婚からしばらくしたある日、溥儀とジョンストンに誘《いざな》われて武英殿の奥で地獄絵巻を見たときの神秘的な感慨を思い出していた。

火焰の中で崩れ落ちる宮殿の火柱は、消滅しかかっている清朝の末期に嫁いだわが身を象徴しているかのようにも思えてならなかった。

その夜、溥儀は早い夕食を摂《と》ると建福宮で映画を観《み》て、九時ごろ養心殿に帰ったばかりだった。建福宮は数百年の歴史を誇る壮大な宮殿で、その中には劇場も設置されていて、映画も鑑賞できる。大きな炎が突然燃え上がったのは、その直後だった。

「建福宮が火事だぞ！　水だ、水桶だ！」

宦官たちが大騒ぎを始めて、水桶を持って走り回ったが火の勢いが衰えるはずもなかった。

紫禁城の北西のはずれから出た火事は、近隣に駐在するイタリア公使館の消防隊が真っ先に発見し駆けつけた。固く閉じたままの門を叩いて開けさせ消火にあたった。

朝まで延焼は収まらず、ようやく鎮火したものの建福宮とその付近一帯は無惨な焦土と化した。溥儀はひと晩中焦り、怒り、室内をせわしなく歩き回っていた。

朝になって焼け跡に立った溥儀の最初の言葉は、後片付けをしていた宦官たちの心臓をさらに締め付けるものだった。

「これは朕《ちん》を焼き殺そうとした宦官の仕業に違いない。宦官なんてどうしようもない奴ばかりだから追放しろ」

火災によって貴重な美術品が大量に焼失し、先祖伝来の財産が大量に灰になったのは取り返しのつかない失態には違いなかった。

なにしろ建福宮の周辺には、延春閣、古雲楼、碧琳館《へきりんかん》、広生楼といった宝物殿が並んでいた。古来伝わる金仏、金塔、チベット伝来の経文の版などの珍品に交じって、溥儀たちが結婚したあと収められた婚礼調度品もすべてここに集められていたのだ。

火災の原因ははっきりしなかったが、溥儀は宦官による放火だと信じて疑わない。

内務府の調査では、映画館などの古い電気系統の故障から発した漏電ではないかという。骨董《こっとう》美術品の多くが灰になっただけでなく、火事騒ぎに乗じた盗難事件も発生した。溥儀や太妃たちは犯人捜しにやっきとなった。

消火活動のために外部から城外の人間が多数入ったため、犯人が内部にいるとは断定できないのに、宦官が盗んだと信じる溥儀は強硬な主張をした。

「奴らの中から虎でもハエでもいいから探し出すのだ。犯人が特定できないのなら、責任者の宦官を拷問にかけろ」

だが、いくら重刑で締め付けても効果は得られなかった。溥儀の宦官追放に対する執着は異様さを増していた。

火事から数日後の出来事である。

溥儀は養心殿に仕えている趙栄昇《ちょうえいしょう》というまだ若い宦官を庭に引きずり出すと、手ひどい刑罰を与えた。

「火を付けて朕を焼き殺そうとしたのはお前だろう。そうでないのなら誰がやったのか白状しろ」

青竹の刑具でしたたかに打たれた宦官は「私めは何もしておりません。どうかお許し下さい、陛下」としか言いようがなかった。何も知らない宦官は抵抗もできなければ、いい訳もできない。

気が済むまで趙栄昇を痛めつけると、青竹を放り出し、気の毒な宦官は解放された。

誰にも抗《あらが》うことのできない、絶対の権力行使としての暴力――。

宦官はその前では虫けらのように無力だった。だが、その溥儀は后妃たちを「女」として扱う権力はからきし振るえなかった。無力な「男」でしかない。

孫耀庭は遠くからこの様子を眺めていたが、どうにも手の打ちようはなかった。

助け起こすのが精一杯だった。奇妙なことだが、起き上がった趙栄昇はどうしたことか儲秀宮へ向かってよろよろと歩いて行った。もつれた足で虫の息になってやって来た趙栄昇を見つけた婉容は、肩の下に腕を入れ廷内へ招き入れた。

「陛下は私めをお疑いになって、このようなお仕置きを受けました。私は無実です。助けて下さい、見つかれば殺されます」

婉容はその晩から空いている一室を趙栄昇に与え、溥儀が気付いて取り返しに来ないよう女官たちにも十分な注意を払わせた。

怪我の治療をしてたっぷりと栄養を与え、傷が回復するまで婉容は若い宦官の面倒を看たのだった。極めて危険で、特殊な行為には違いなかったが、婉容はごく平然とした態度で庇護《ひご》を求めてきた趙栄昇に特別の恩情を施したのである。

男性を喪失した宦官だからこそ平常心でかくまえたのだろうか。

いや、婉容は若い宦官に特別な感情を抱いていたのかもしれない。

溥儀が宦官との同性愛に溺れる、という心理は分からないことはない。また、同じように夫に相手にされない婉容が女官と同性愛に走ったとしても理解できるだろう。だが、婉容と宦官とが幾晩にもわたって同じ屋根の下で過ごしたとなれば、常識を超えた想像力が働かされる。

実はかつて支那においては、宦官が女性との間に性的な関係を持つ例は数多く実在していた。まして后妃のような高い地位にある女性が若い宦官を窗《ひそ》かに招き入れることはままあることだった。何を言っても拒まない相手だからだ。神秘というほかないが、こうした関係は人間の性行動というものには際限がないのだということを教えてくれる。

明朝時代までは宦官と普通の女性が夫婦になった例も数多く記録されている。

宦官同士の同性愛はむしろ軽蔑されるが、宦官が僧侶にでもなって夫婦円満に暮らす場合など、清朝時代でも賞賛の的になっていたほどである。

官僚に見下され、太妃や皇帝に手ひどい折檻《せっかん》を受けた宦官のゆき着く先は優しい女性しかなかったのかもしれない。

婉容と趙栄昇の間に何が起きたのか。火事より以前から、二人に何らかの接点があったのだろうか。

趙栄昇は溥儀の前では虫けら同然の扱いを受けていたし、婉容を満足させる性的能力を持ち合わせていない。だが、趙栄昇が命がけの反撃を試みた可能性は否定できないのである。

「反撃」の証拠はないものの、婉容がこのときまではつゆほども知らなかった深刻な事実を趙栄昇の口から知ったことは明らかになっている。

皇帝陛下が実は何人もの宦官との間で同性愛にひたっているのだと趙栄昇は語った。夫が性に関する特殊な嗜好《しこう》を持っていると初めて知った婉容の頭の中はいっそうの混乱をきたした。そして、初夜の晩のあのもやもやした謎も同時に解けてくるのだった。

火事騒動によって、婉容には降って湧いたような絶望感がもうひとつ増えてしまった。

紫禁城の「近代化」

溥儀は後年、『我的前半生』の中でも出火の原因は、盗賊行為並びに自分を暗殺しようとした計画を隠蔽するための謀略だったと述べ、周恩来に訴えている。

「出火の原因と損害についての真相は、ともに調査のしようがなかった。だが私は盗人が故意に火を付けて証拠隠滅を図ったのではないかと疑った。この火事から数日後、養心殿のある窓から再び火事が出たが、幸運なことに発見が早く、石油を染み込ませた綿に燃え移ったところを見つけて消火した。

私の疑惑はますます深まった。これは誰かが火を付けて証拠隠滅を図っているだけでは済まない、私を謀殺しようとしているのだと考えた。

実際に窃盗と放火による証拠の隠滅は事実であり、教師たちもこの点についてははっきり認めている。しかし、私の謀殺に関しては、私が神経過敏ではないか、と言った」

宦官たちの手にかかって殺されるかも知れないという妄想にも近い溥儀の恐怖は、誰が諫《いさ》めても収まるものではなかった。溥儀は遂に内務府に宣言を発した。

「すべての宦官を紫禁城から追放せよ」

皇帝の意思はまたたく間に城内に広まり、収拾のきかない混乱状態に陥った。

耀庭たちは半信半疑で行く先を案じた。

「追い出されたらわれらは行くところもないな」

「まさか陛下は本気ではないだろうが」

内務府の役人がすぐには対応しなかったので、業を煮やした溥儀は数人の有力な師父を呼んで同じ台詞《せりふ》を宣告した。内務府も師父たちも、さらに太妃たちも加わり、「これまで何百年も続いた宦官制度を変えるわけにはいかない」と説得を試みた。溥儀はただ一人孤立し始めているのを感じた。

するとある朝、突然紫禁城を飛び出し、実家である北府に飛び込んで、父・載灃《さいほう》の応援を取り付ける作戦に出た。

「王爺《おうや》、私は宦官をすべて追放するつもりです。どうか内務府をご説得いただきたい」

皇帝であっても父親を直接呼ぶときには敬称を付けるのが礼儀とされている。

突然大問題を突きつけられた載灃はおろおろし、うろたえた。

「まあ、こういうことはな、ゆっくり知恵を出し合って、それで――」

「王爺がご承認下さらないのなら、私はここから動かず、もう宮城へは戻りませんよ」

頑として動かない風情の溥儀を見て、載灃はしぶしぶ納得せざるを得なくなった。

載灃は世襲で二代目の醇《じゅん》親王を継承し、兄の光緒帝が没したあと息子の溥儀が皇帝に即位すると摂政王として国軍の権限を形式上掌握する立場にあった。

無論、政権は共和制の中華民国にあったが、一九二三（大正十二）年当時は袁世凱と孫文の長い対立が表面化し、実権を握った孫文の健康状態も悪化（一九二五年死去）しつつあって国政は流動的だった。

上海、武漢などから北上しつつあった蔣介石《しょうかいせき》が実権を握るのはまだ少し先のことで、いずれにせよ政権基盤は著しく安定を欠いていた。

二百六十年の王朝を管理してきた内務府は、溥儀の父親が屈服したのを知ると、次のような指令を発し一大改革に踏み切った。

「太妃と皇后、淑妃の身の回りの世話に必要な最少人数を残して、ほかのすべての宦官を追放する」

「必要最小限度」の数は百七十人あまりだった。そのほかの約千八百人の宦官は一挙に解雇されることになったのである。溥儀はただちに紫禁城を出るように命じ、二ヵ月分の給料が内務府から、一ヵ月分が皇帝から下賜された。宦官追放について、実はジョンストンの手引きがあったのではないか、との噂は絶えない。

一貫して紫禁城の近代化という名の下に西欧化を推し進めてきたのがジョンストンだったからだ。

紫禁城内では初めてという電話の引き込み工事が行われたのもこの時期のことだった。

溥儀は父・載灃《さいほう》のいる北府や中華民国大臣の館《やかた》には「電話」という西欧の玩具《おもちゃ》があることを知り、欲しくてたまらなくなった。内務府の古参官僚は顔色を変えて反対した。

「そのようなことをしたら、祖宗からの制度を崩すことになります。誰でもが陛下と直接お話しができるようになりますと、天子さまの尊厳に傷もつきますし――」

「王爺の屋敷へ行ったら電話機というものがあったぞ。王爺の方が朕より早かったではないか」

内務府はそれ以上の抵抗を諦めた。

勝ち誇ったように溥儀は養心殿に電話線を引かせ、紫禁城の外部にいる有名人にだれかれ構わず電話を掛けて遊んでいた。電話の引き込みも、きっかけはジョンストンの提案によるものだったことは誰にも分かっていた。紫禁城の近代化により、イギリス政府の目指す合理的な金融市場開放へ向け、一歩ずつ近づくのは目に見えていた。

電話に加えて、以前からジョンストンは溥儀にテニスを熱心に勧めていた。

それが心身の健康を気遣ってのことだという理由は誰にも理解されやすいし、溥儀も次第に日焼けして健康そうに見えた。

そのテニスをやるのはいいとしても、焼け落ちたばかりの宮殿跡をただちに整備せよ、と廃帝に命じられた内務府は再び途方に暮れたものだ。

「広大な焼け跡はテニス・コートに絶好の場所だ」

イギリス貴族のスポーツだというふれこみもあり、溥儀のテニス熱は日を追って過熱していた。建福宮一帯の焼け跡は、こうして近代的な装いも新たなテニス・コートに様変わりしたのである。

天津のフランス租界で育った皇后も当然テニスをたしなんだ。

しかもジョンストンは、テニス・コートで婉容に新しい英国式の名前まで贈呈した。

「今日から皇后さまにはもうひとつ、エリザベスというお名前をお付け致しましょう。これでヘンリーとエリザベスというご夫婦が成立しましたね」

大英帝国の女王陛下と同じ名前をもらった婉容は、久しぶりに満面の笑みを見せてうなずいた。ついでに言えば、エリザベス女王一世の父親はヘンリー八世であり、溥儀はすでにジョンストンからヘンリーという極めて由緒ある名を付けてもらっているのだ。

清朝では歴代、皇后と同じ文字が名前に付いていた場合、入内《じゆだい》する際にはその一字を変えなければ礼を欠くという慣習があった。

日本の皇室にも同じ作法がある。

旧会津藩主松平家からお輿入れした秩父宮勢津子妃の本名は松平節子《せつこ》だったが、このままでは姑《しゆうとめ》にあたる大正天皇の皇后と同じ漢字（貞明皇后は節子と書いてサダコと読む）の使用になるので婚約時に文字を変え、勢津子としたのである。

さて、エリザベス女王ならば、非礼には当たらないのか。

「貴下はイギリス政府植民省から派遣されている身分であることを決してお忘れなく」

ときのイギリス公使マックレーは、ジョンストンに精一杯の皮肉を込めて忠告した。

これにはジョンストンも顔を赤くして恥じたと記録にある。

婉容の「床下がり」

北端にある裏門の神武門の前は、動員された内務府の兵隊たちの怒号と追われる宦官たちの金切り声でごった返していた。

降りしきる大雨の中で、耀庭たち大勢の宦官はひと抱えの布団だけを持って、うなだれたまま門を追われて行った。

耀庭が堪え難かったのはいちいち兵によって身体検査をされたことだ。

「長い間、陛下に精一杯お仕えしてきたのに泥棒扱いされて調べられるなんて」

あまりの仕打ちだと宦官たちは去り行く紫禁城に向かって怒りの声を上げた。

「それにしても、こうまで落ちぶれては郷里へも帰れない。親が嘆き悲しむだけだ」

天津・静海県《せいかい》をあとにして北京へ向けて旅に出た昔が甦《よみがえ》ってくる。あれから八年のお務めをしたことになるが、結果はこのザマだ。八歳で父に去勢してもらい、十四歳の冬、知人を頼って北京の北府に雇われたときの感激は忘れられない。これで今に親孝行ができるぞ、栄耀栄華《えいようえいが》をこの手で摑んで年をとったら錦を飾るんだ、と誓ったあの日が忘れられない。

耀庭は無念を抱いたまま静海県の故郷にひっそり帰ると、農業の手伝いに汗を流していた。

ひと月ほど経《た》ったある日、耀庭の家に紫禁城からの使者が訪ねて来た。

「端康《たんこう》太妃さまからの言いつけで参りました。太妃さまはもう一度耀庭を呼び戻すように、とのことで」

あまりに多くの宦官と女官を一挙に解雇してしまったために、太妃たちは人手不足に悩んでいたのだ。かつて端康太妃の側に仕えていた経験から耀庭は呼び戻され、銀色の頂をかぶった太監大総監の前に引き出された。ところが耀庭は端康太妃のもとへはすぐ送られず、廃帝のいる養心殿へまず挨拶に行け、と命じられた。大総監としては、太妃のもとに遣わすのはいったんお上にお目通りさせたあとでないとまずいと考えたのだろう。

下手をすれば自分の責任問題になりかねないからだ。

「どうした、耀庭じゃないか。永和宮さま（端康太妃）に呼び戻されたというが、大総監の何かの勘違いであろう」

そう言うや、溥儀はきょとんとしている耀庭には委細構わず、意外な命令を発した。

「この者を皇后のもとへやれ」

禍福はあざなえる縄のごとし――言い伝えは生きていた、耀庭にとっては恐ろしい老太妃に仕えるよりよほど嬉《うれ》しい話ではないか。その日から孫耀庭は皇后側仕えの小太監という身分になった。思いもよらない大出世といっていい。

追放以前はたまたま皇帝に挨拶ができる機会があったとはいえ、身分はしょせん司房の末端宦官で、清掃が主務の下働きに過ぎなかったのだから。

儲秀宮《ちよしゆう》の入り口には「大圓寶鏡《だいえんほうきよう》」と書かれた扁額《へんがく》が掛かっており、西太后の落款《らつかん》がボンと捺《お》されていた。

「大圓（円）」とはおそらく紫禁城を包み込む宇宙空間を指し、「寶（宝）鏡」は天子が使う貴重な鏡のことだが、鏡にはミラーとは違う深い意味が込められている。

耀庭は浄身したあと数年、村の塾へ通って漢詩の読み書きなど勉学に励んだ経験から難解な書の意味を多少は理解できた。

一九二四（大正十三）年の夏、再雇用されて一年、耀庭は婉容の側仕えにすっかり慣れ親しんでいた。玉座は外の間の中央に置かれていたが、普段皇后は東の間で休むことが多い。前を通るとき、耀庭たちは頭《こうべ》を垂れ拝礼しなければならない。

耀庭のほかに三人の宦官が当直に就く以外は数人の女官がいるだけの小所帯になったので、すべての作業を交替しながら皇后の日常生活を支えていた。

多くの銀蓋のついた椀《わん》や皿を運ぶ慣習は変わっていない。朝食だけでも二十品は優に超えており、御茶膳房の宦官と耀庭たち総出で毎朝運び込む。独りで向かう食卓で、婉容が箸をつける気さえしないで皿を下げさせるのも以前と同じだった。食事が終わると宦官がおしぼりを持ってきて手を拭かせ、鉢と水を差し出して口をすすがせる。残った料理は宦官と女官たちに分け与えられる。

さらに残った食物は下働きの宮女たちへ分けられ、最後の残飯は豚や鶏など家畜の餌になり無駄は出ない。

近代化の波で変わったことといえば、入浴の桶がホーロー引きの浴槽になったことだろうか。便器は依然として浄桶《おまる》が屋内に置かれており、使用後には耀庭たちが交替で洗っていた。

皇后の入浴場所は寝室から化粧室へと移ったが、相変わらず仕切りなどなく、耀庭たちからも丸見えだった。衣装をすべて脱ぎ捨てた婉容は、老女官二人に任せたまま躰を洗わせる。

自分では何もしないで、うっとりとした表情でわが身に見とれていることもある。

「自己陶酔にひたっておられるんだな」

洗い終わってもバスタブの縁《へり》に腰掛けたままで自分の裸の躰を眺め回す姿を見る度に、宦官たちはそう言って噂したものだ。

まだ十六か十七歳になったばかりの若い肌に触れる男は今はいない。

自己陶酔からわが身を眺めているのか、悲哀を込めてため息をついていたのかは定かでない。

婉容は夜寝るときは戸を閉めず、天蓋ベッドの薄いカーテンを引くだけで休む。

耀庭が知る限りでは、溥儀が夜訪ねて来たことはごく稀《まれ》にしかなかった。

来たとしてもすぐに帰ってしまい、寝室をともにしたという話は聞いたことがなかった。

それでも廃帝が儲秀宮へお成りとの報せが届けば、敬事房の宦官は急遽走《きゅうきょ》って来なければならない。万一にも立ち会いが遅れて記録が残せないような失態を犯したら、目もあてられないほどの刑罰を受けるからだ。

しかし、記録に残すような「おめでたい」ことは遂に起こらなかったのだ。

「おめでた」が起きないということは、皇后の「月のもの」が毎月訪れるということになる。

月経の確認は女官の仕事だが、宦官たちも興味津々で見守っていた。

婉容にしてみればいい迷惑で、天津の生活からは信じられないような不作法で薄汚い慣習に思えただろう。后妃たちは月経がきたら自ら養心殿まで出向いて、皇帝に「床下がり」を報告しなければならないという習慣が依然として続いていた。

同時にお付きの女官を通じて医師に脈をとらせる。

ところが婉容と溥儀の夫婦仲が疎遠になると、婉容はその役を耀庭に回してきた。

「お前、そっと陛下のところへ行って、お暇を下さるよう伝えておくれ」

言われた耀庭は、「かしこまりました」とばかりに溥儀のもとへ走り、ひざまずいて次のように報告する。

「ご機嫌よろしゅうございます。ご報告がございまして――。私めの主人の皇后さまがお暇《いとま》を頂きたいと申しましております」

機嫌さえ良ければ溥儀は、

「ああ、そうかい。いいよ――」

と返しただけで用は済む。約一週間経ってその期間が終わると、耀庭は再び養心殿を訪ねる。

「皇后さまはお暇が終わりましたとお伝えするように申されております」

これを毎月のように繰り返していると、自分だけでなく、周囲の宦官や女官からさえからかわれて、耀庭は頭を抱えた。大の男ではなく、大の宦官が皇后の身代わりで「月のもの」の報告に奔走している姿は誰から見ても滑稽なものだった。

このごろでは皇帝と宦官数人との関係は宮廷内でもかなり知れ渡っていた。

日ごとに沈み込んでゆく婉容を見ていれば、噂好きの宦官たちが身振りまでまじえて大袈裟《おおげさ》に想像をたくましくするのも無理からぬことだった。

「陛下がまったく皇后を相手にしないで宦官とよろしくやっているなんて、世も末さ。こっちの方が情けなくなるってものだ」


一方、淑妃文繡《しゅくひぶんしゅう》はどうなっているだろう。

文繡は溥儀によって最初に印を付けられた、という裏話を敬懿《けいい》と栄恵両太妃から入内直後《じゅだい》に聞いていたはずだ。それだけが彼女のプライドをかすかに引き留めていたが、そのほかの条件では明らかに婉容《えんよう》にかなわなかった。

出自はともかくとしても、背の高さも頭ひとつ婉容の方が高く、容姿全体、機転の利き方、西欧風教養など多くの点で見劣りがした。

けれども文繡は書道や読書をよくし、目下の者への気配りや振る舞いに優しさが滲《にじ》み出るのが取り柄だと噂されていた。

十三歳で輿入れしたときにはまだ初潮もみられなかったほどで、確かに幼い印象があった。十四歳の夏、「女になった」ことが溥儀に報告されてからは、溥儀も文繡への気配りを以前よりは厚くしていた。食事の回数を皇后と同じにするとか、自分付きだった優秀な宦官を長春宮へ差し回して世話をさせるなどである。

それでも夜の訪問はあり得なかったし、婉容の嫉妬があからさまなので三人一緒に食卓を囲むことなどは滅多になかった。

耀庭が婉容の側にいたとき、一度だけ文繡が儲秀宮を訪ねて来たことがあった。賈英華の『末代太監孫耀庭伝』からその日の様子を覗いてみたい。

「何の前触れもなく宦官たちを従えて淑妃がやって来て、水が飲みたいという。お茶を差し上げましょうと言うと、汲《く》みたての井戸の水が飲みたいという。水桶を急いで探して中庭にある深い井戸から冷たい水を汲み上げた。淑妃が『それをこぼして』と言うので、再び水を汲ませて茶碗《ちゃわん》にいっぱい注いだ冷水を出すと、淑妃はひと息にそれを飲み干し、礼も言わずにさっさと帰って行った。

耀庭は淑妃がお腹《なか》をこわすのではないかと心配したが、お付きの宦官は『淑妃さまはお丈夫で一年中病気もされないから大丈夫だ』とのことだった。

耀庭はついでに気になっている点を尋ねてみた。

『淑妃さまは皇帝さまとうまくいっていないようだが』

『相当うまくいっていないな、陛下が淑妃さまのところへお越しになってもお出迎えもされないんだ。陛下がふざけて窓をノックされても顔も上げずに聞こえない素振りさ。陛下が部屋にお入りになると、ようやく立ち上がるがね。書でも書いていれば、すぐには立たないしね。陛下に対してあんな態度をとる妃《きさき》はいままで見たこともないな。側室らしさなんてかけらもないぞ』

耀庭はあきれたが、相性は調べ済みのはずだから、合わないわけがないんだがなあ、と言うに留《とど》まった」

仕える者には親切だと言われていた淑妃文繍の振る舞いの噂は、耀庭には怪訝に思われた。皇后には何も仕返しができないから、側近に八つ当たりするために来たのか——。だとすれば、気の毒な側室の気まぐれと思うほかなかった。

婉容とアヘン

その年の十月中旬のある朝である。

溥儀と婉容は朝食をともに摂りながら、珍しくお喋《しゃべ》りをしていた。

北京の秋は空も木々も美しいが、寒気の訪れが早い。

溥儀は長袍《ツアンパオ》・馬褂《マーコウ》（長衣と外套《がいとう》）を着て、サングラスを掛け革の帽子をかぶっている。婉容は花飾りが刺繡された旗袍《チーパオ》（チャイナ・ドレス）に、高い髷《まげ》を結って形の良い脚を組んでいた。

婉容は朝方、養心殿からの連絡で溥儀が朝食をともにしたがっていると聞くと、女官に命じて洋食の支度をさせた。最近の婉容は食事を洋食にすることが増えている。

西欧風な食事の演出をすれば、彼女は文繡や溥儀よりも優れた近代的素養を際立たせることができ、潑剌《はつらつ》として見えるのを知っていた。

実際、彼女の生涯の中でこのころがもっとも幸せだったのではないだろうか。

テーブルに揃《そろ》えられたナイフやフォークの使い方も、婉容が最近になって溥儀に教えたものだ。洋食の食べ方やマナーも満足に知らなかった廃帝は、すべて婉容の手ほどきによって覚えた。

いつになく溥儀も旺盛な食欲を示した。

婉容も持ち前の表情豊かな唇から白い歯がこぼれていたのを、耀庭ははっきりと記憶している。だが、溥儀と婉容のこのように幸せな時間は長く続くものではなかった。溥儀はさっきまで愉快そうに笑ってオムレツを食べていたかと思うと、突然ナプキンを放り出して立ち上がり、独りで帰ってしまった。要するに気まぐれなのだ。

何が気に障ったのか、周囲の誰にも分からない。

食後にテニスでもしようか、などという気の利いたことは言ってもくれない。気難しい夫の心の内が見えないまま、婉容は鬱々とした愁いをデザート代わりにたっぷり味わい、部屋に閉じこもった。

こうしたことの繰り返しが続くと鬱屈した日々から這《は》い上がれず、やがてこぼれるような笑みを再び見かけることもなくなる。

同じベッドで寝ることもないので、二人の距離は縮まらないままなのだ。

王慶祥はその著『末代皇后和皇妃』(吉林人民出版社)の中で、婉容がアヘンに手を染めるようになったのはこのころからだと概略次のように述べている。

「この時期の婉容は悠然としていて、このうえなく楽しかったようにみえる。しかし、実際はそうでもなかった。婉容は、むなしさとさびしさをないまぜにするような環境のなかで暮らしていた。かの女は、毎日の生活に、約二百両《テール》の銀をついやしていた。

しかしこれとひきかえに手に入れたのは、たんなる無聊《ぶりよう》にすぎなかった。かの女は読書をしたり、習字をしたり、絵を描いたりすることもあった。しかし、心のうちの憂うつをとることはできなかった。

これがもとで、かの女はだんだんアヘンを吸うようになった。はじめは腹痛や頭痛をなおすために吸ったが、あとで、それが中毒になった。

趙栄昇という太監は、もっぱら皇后のアヘン吸飲をお世話した。婉容は食事がおわると八つのアヘン玉を吸うので、そのつど二十数分も伺候しなければならなかった、という。趙栄昇は、アヘンの吸飲に伺候するときの様子を、つぎのようにくわしく紹介している。

アヘン吸飲に伺候するときには、床にひざまずかなければならない。皇后は、左側で四つのアヘン玉を吸ってから寝返りをうつ。そのとき、アヘンの道具を反対側にもっていき、かの女が右側で四つのアヘン玉を吸うのに伺候する。

もちろん、長く仕えていると、人間も機械になってしまい、きちんとできるようになる。しかし、最初のときは、ひどく緊張した」

溥儀は自分がアヘンには関心がない、というよりむしろ嫌悪していたので、婉容のこの習慣をひどく嫌っていた。溥儀のアヘン嫌悪は生母の自殺とも深い関係があった。

太妃たちとの入り組んだ因縁への反逆、もしくは強い意趣返しが自殺の奥にあったとされるが、直接の死因はアヘンをいちどきに大量摂取したことによるものだ。溥儀と婉容の間にまたがる性生活のすれ違いとアヘン吸引は、この先長く尾を引くこととなる。

十月二十日、端康《たんこう》太妃が永和宮で五十一歳の生涯を閉じた。

婉容を皇后にと、強く推した太妃でもあった。

義和団事件の騒乱時、追い詰められた西太后が光緒帝寵愛《ちょうあい》の貴妃珍妃を井戸の底に放り込んで殺した一件はすでに述べた。端康太妃は二十四年前に殺された珍妃の姉である。妹に比べれば凡庸な外見だったが、珍妃も光緒帝もそして西太后も死に、さらに隆裕太后も先立ってからは清室（清国帝室）後宮の権力を一手に担ってきた存在だった。

その葬儀が終わった直後に事件は起きた。

北京クーデター

十一月三日、溥儀と婉容がまだ続いている弔問客の相手をしていると、耀庭が門前で大異変が起きたと走り込んで来た。

耀庭はかつて長いこと端康太妃に仕えていたためか葬儀の間は涙を溜《た》めていたが、今はそれどころではない、というあわてふためきようだ。

「陛下、大変でございます。馮玉祥《ふうぎょくしょう》が軍隊をよこして、こ、こんな紙に署名をしろと――」

本来なら内務府のしかるべき大臣クラスがやって来るところである。

葬儀と重なったとはいえ、一宦官が馮玉祥軍の正式文書を持って走ってきたのだから、大和門など表門は相当混乱を極めていたであろうことは溥儀にも想像できた。

馮玉祥軍の要求書は、これまで続けてきた民国の「優待条件」を破棄するので、ただちに故宮から出て行け、という内容だった。中華民国政府はすでに紫禁城とは呼ばずに、故宮と呼称していた。皇帝夫妻は突然厳しい要求を突きつけられ、顔色を失った。


耀庭には第二次奉直戦争が起こったことまでは分かるが、そのために何で清室が紫禁城を追い出される事態になったのかが、さっぱり呑《の》み込めない。

こういうときには知恵者の老人・信修明師父に聞くのが一番だ。

さっそく信師父を司房に訪ね、いったい何がどうなったのか尋ねてみた。

「うーむ、それがややこしいのだ。第二次奉直戦争がこの秋大々的に始まったことはお前も知っておるだろう。北京は直隷《ちょくれい》軍のお膝元だ。ところが、天下分け目の万里の長城、山海関で両軍が激しい戦闘を繰り広げている最中に、直隷軍のしんがりを守っていた総大将の馮玉祥が仲間を裏切ってしもうたのじゃ」

とですか」

「というのは、馮玉祥将軍が直隷軍を裏切って、奉天軍閥の張作霖将軍と手を組んだということですか」

「うん、簡単に言えばそうなるな。直隷派総司令として張作霖その他の奉天派軍閥と呉佩孚《ごはいふ》が戦っている最中にな、こともあろうに味方だと思っていた馮玉祥《ふうぎょくしょう》が張作霖と裏で通じていたらしいのじゃ。

前門の張作霖、後門の馮玉祥に挟まれた呉佩孚軍は張作霖軍に敗れ、寝返った馮玉祥が大総統の曹錕《そうこん》を監禁してしもうたそうじゃ。これで直隷軍が瓦解して馮玉祥のクーデターがまんまと成功したというわけじゃ」

「それにしても、お上以下全員にいきなり紫禁城、いや故宮って言わないと怒鳴られるって聞きましたが――、いきなり城を出て行けとはねえ。どうも頭が悪いのか、それでなぜ約束が一方的に反故《ほご》になったのかが分からないんですがね」

耀庭は、しきりに首を捻っていた。

耀庭でなくともいきなり城を出て行けとは少々乱暴に過ぎると思えるが、中華民国政府にしてみれば当たり前だった。

もう満洲族のお遊びにはつき合えない、という最後通牒《つうちょう》が出たとも言える。

紫禁城も故宮と言い改められたのだ。馮玉祥将軍は張作霖の支持を得て北京臨時政府の執政として段祺瑞《だんきずい》を充てた。長い間軍閥闘争の渦の中を渡り歩いてきた生き残りの将軍である。

十一月五日、馮玉祥の部下鹿鍾麟《ろくしょうりん》が「大総統指令」を持参すると、内務府大臣に向かって口上を述べた。

「われわれ中華民族は、国務院総理の名のもとに清室優待条件を修正する文書をここに持参した。大清宣統帝はただちに署名されたい」

「中華民族」という言葉は、そもそもは一九二〇年ごろ孫文らによって唱えられた名称である。自らを「中華民族」と宣言し、近隣の少数民族を支配する上で漢族を「支那人」と自称した。支那そのものの原形が出来上がったのは紀元前二二一年の秦の始皇帝による統一からだ。しかし、漢族にとって本当の意味で支那になるのは、日清戦争敗北以降、さらに限定すれば一九一二年に清王朝が滅亡した以降ということになる。

支那には「大国」「中心にある王国」という意味があって、「偉大なる国」という誇りを含んでおり、本来侮蔑語ではあり得ない。実際、その当時日本に留学していた学生や若き魯迅などは、自らすすんで支那人と称している。ついでながら「支那」の語源には諸説あり、英米語の「Ｃｈｉｎａ」、フランス語の「Ｃｈｉｎｅ」からの変化、「秦」に由来するなどさまざまある。

乱立する軍閥をまとめ、清王朝による満洲族支配を終わらせ辛亥《しんがい》革命を遂行する際、都合の良いネーミングとして「中華民族」と「支那」を意識的に呼称してきた。

人口総数が何倍も多い漢族が中心となって少数民族（満洲、モンゴル、ウィグル、チベット）を吸収し「五族協和」を図る、というスローガンがあったためでもある。

軍閥割拠で国内収拾が遅れた挙げ句、二度にわたる奉直戦争が「中華」普及を遅らせた。今回、馮玉祥《ふうぎょくしょう》による「中華民族」政府が成立した段階で、ようやく漢族支配と「中華民国」が成立したことになる。

しかし、厳密に言えば張作霖という奉天派の親玉の手を借りての制圧だったので、完全に漢族支配が成立したとは言いがたい。だが、四年後の一九二八（昭和三）年六月に蔣介石が北伐を成就、北京を制圧して張作霖が追い落とされることによって区切りがつく。

張作霖は長じて満洲馬賊に身を投じ上り詰めた人物ではあるが、生まれは遼東半島の海城県で満洲人ではない。


ところでその中華民族の代表が持ってきた「大総統指令」による優待条件破棄とは、どんな内容だったのか。

まず、溥儀が皇帝の称号を廃すること、これまで民国政府から支給されてきた四百万元を五十万元に減額すること、すぐに故宮を出て住居を探すこと、これまでの皇帝の陵墓は保護されること、私有財産は王室に、公有財産は政府に返すこと、などが列挙されていた。

その朝、養心殿の食堂でひと騒ぎがあった。

食事が始まると同時に、婉容《えんよう》について来た耀庭の耳に三人の激しいやりとりが聞こえてきた。宦官が控えるのは少し離れた屏風《びょうぶ》の後ろだ。溥儀と婉容、文繡《ぶんしゅう》の会話があまりに大声だったので、聞くなと言う方が無理というものだった。

執政から父親の住む北府へ移るよう強制退去命令を出された溥儀は、昨夜のうちに載灃邸《さいほう》に電話を入れ、しばらくの同居を頼んでおいた。

内務府の電話が乱暴に外され、一本だけ残された養心殿の電話だけが外界との唯一の窓口だった。

ベッドに入っても溥儀は寝つけなかった。拳銃を手にした鹿鍾麟《ろくしょうりん》に紙片を渡され、震える手先で署名した瞬間を思い出すと悔しさがこみ上げてくる。それでも、最後の朝食を三人で摂るべきだと考えた彼は、総管太監に翌朝の支度を命じたのだった。

長春宮と儲秀宮へも連絡させ、最後の一瞬を三人でテーブルを囲み笑って過ごす予定だった。

そう聞き及んで婉容についてきた耀庭は、突然始まった激しい応酬《おうしゅう》に思わず物陰に下がった。

まず溥儀が重華宮に住む敬懿《けいい》、栄恵の両太妃の宝石隠しの話を始めた。

紫禁城からの退去命令に対して、真剣に反対したのはこの二人の老太妃だけだった。

端康《たんこう》太妃亡きあと今では清朝帝室最後の太妃であり、中世を象徴する遺物のような存在である。

二人とも力ずくで追い出されるくらいなら自殺してやる、と逆に脅しつけたほどだった。

だが、結局は少しでも多くの宝石をどうやって持ち出すかに、知恵を絞って終わった。

その様子を溥儀は見聞きしたのだ。

「老太妃たちは端康太妃が残した宝石も争って奪い合ったが、夕べも凄《すさ》まじい勢いで宝物を隠して持ち出す算段をしていたようだ。皇族の男子はいずれ処刑されるかもしれないが、お前たちもまた民国兵によってひどい目に遭わされるかもしれない」

かぶせるように婉容が声を荒らげた。

「まあそんな恐ろしいことが起きるのですか。私有財産は自由に持ち出してもいいと聞きましたわ」

晩秋の太陽の微光が差し込む食卓に箸を伸ばす者はいない。

文繡が負けじとばかりに言い張った。

「私たちは平民になったのよ。皇后さまのお考えのように勝手には持ち出せないわ。私は漬物樽《だる》の中に白菜と一緒に混ぜて持ち出してみせるわ」

小鼻を膨らましながら文繡が得意そうに言うと、再び婉容が文繡を睨《にら》みながら叫んだ。

「あんたなんかどの道殺されるわ。私は皇后だからそれなりに遇されると思われるけれど、側室のあんたは民国兵に町じゅう引き回された挙げ句に、大衆の目の前でお腹を裂かれるのよ。そのあとは引き起こされて後ろから蹴られるわ、そうすると腸がバッと飛び出してあんたは自分の腸の中でもだえ死ぬの。野犬がすぐに集まってきて食いついてくるわ」

三人とも、もはや朝食どころではない。

さげすむような口調でむごいことを言われた文繡は、できるだけ平静を装いながらそれでも言い返した。

「いいえ、私は側妃ですから一瞬のうちに首を刎《は》ねられるだけでしょうけれど、皇后の方こそお腹を裂かれ、手脚を一本ずつ切られ、鼻を削《そ》がれてもだえ死ぬに決まっているわ」

耀庭は胸苦しさに嘔吐《おうと》感さえ催すほどであった。

廃帝がようやく間に入って二人をなだめ、自分にも言い聞かせるようにつぶやいたのを合図に皆が席を立った。

「皇后の父・栄源や王爺・醇《じゅん》親王にも相談して最善を尽くすから二人とも安心しなさい。よもや馮玉祥《ふうぎょくしょう》や段祺瑞《だんきずい》に殺されることはあるまい。とにかく北府へただちに移動しないと、兵隊が攻撃を仕掛けてくると内務府が言っているんだ。生きていてこそ太祖ヌルハチ帝への恩義を返せるというものだ。死んでなるものか」

午後二時、神武門の前に馮玉祥側が用意した自動車が数台並んだ。追い出されるのは北にある裏門からだった。

鹿鍾麟が溥儀に向かって慇懃《いんぎん》に頭を下げ、

「この車であなた方を北府までお送りしますが、向こうでは勝手に出歩いては困ります」

と告げた。

馮玉祥軍によって、溥儀の父親の邸《やしき》が軟禁には都合良かろうとされたのである。武装兵がものものしく居並ぶ中、溥儀、婉容と宮女と耀庭、文繡、内務府大臣たちがそれぞれ自動車に押し込まれ、警備車に挟まれて醇親王王府へ向かうのだ。

自動車に乗る寸前、溥儀は頭に載せていた皇冠を築山に向かって投げ捨てたが、誰も無言であった。

耀庭は「皇后さま、お時間です。参りましょう」とだけ言葉を掛け助手席に座る。

持ち出せた物はごくわずかな身の回りの品だけである。大小の包を膝に抱えた一行は、紫禁城をあとにした。

目を赤く泣きはらした后妃二人のほかは、放心したように去りゆく神武門を眺めていた。

追い出された宮中の女官や宦官たちが肩に布団を負い、下を向いて道路脇を歩いている。車窓を眺めていた溥儀は、自分が一般市民と何も違わない身分になった、と即刻思い知らされた。

同時に、「滅びるのだ」という実感が湧いてきた。

支那では数えの二十歳を弱冠と称し、冠をかぶって祝う習慣があった。満十八歳の溥儀は冠を捨て、清王室、そして宦官とともに滅びたのである。

第四章　流浪する廃帝と離婚劇

北府脱出

東京裁判大法廷の時計は、溥儀《ふぎ》が紫禁城を追われ、父親の王府に軟禁された経緯説明までで正午近くになっていた。

キーナンはウェッブ裁判長の表情を確認するとうなずいて、午前の部最後の質疑に入った。いよいよ溥儀と日本の外交官、関東軍幹部との接触が始まるデリケートな問題に関わってきた。以下、キーナンと溥儀のやりとりである。

「あなたが日本公使館に移られたのは、何年のことですか。そのときの日本公使館はどこにありましたか」

「当時なぜ私が日本公使館に逃れたかと申しますと、新聞紙上に不利にして危険な宣伝が行われたからであります。英語の先生をしておりましたジョンストンが私と一緒にドイツの病院に行ったのです」

「どういう話し合い、どういう経路を経て日本公使館に行かれたのか、あなた自身はご存じでしたか」

「ジョンストンが英国公使のマックレーやオランダ公使オーデンカという人にも相談したのです。英国公使は『英国公使館はあまりに狭すぎるので日本の公使館の方がいい』と言ったのです」

「その先はあなたはどこへ行かれましたか」

「段祺瑞《だんきずい》臨時執政の許可を得て、天津に移ったのです。それは二十歳（数え年）から二十七歳までの間でした」


一九二四（大正十三）年十一月五日、北府に移動した溥儀は、さまざまな手段を講じて脱出計画を練っていた。

例えば、張作霖《ちょうさくりん》派と組んで再度の復辟《ふくへき》を図る計画、ジョンストンを介して日本公使館に保護してもらう計画、イギリス公使館へ保護を求める計画などなど多々である。

動揺を隠せず、落ち着かない廃帝に付き添う旧内務府の高官や宦官《かんがん》たちもまた右往左往、先行きの不安が消えることはない。溥儀は表門に近い邸《やしき》、婉容《えんよう》は東側の邸、文繡《ぶんしゅう》は反対の西側の邸とそれぞれ別れて住んだのは以前と同じだ。三人が一緒に落ち着いて食事を摂《と》ることもなく、明日やることも、将来の展望もまるで見えないのも三人三様とはいえ紫禁城と同じだった。

溥儀が顔を見せる日とてない東邸で、耀庭《ようてい》は相変わらず婉容の世話をしていた。

食事は皿数だけは多くても、かつてとは比較にならないほど粗末なものだった。

「まずい料理をこんなに持ってきたって食べられるわけがないでしょ。喉が渇いた人の顔にバケツで水をぶっかけるようなものね。すべてが飛び散り一滴の水も口に入らないのと同じよ」

ぶつぶつ言いながら、婉容は紫禁城を去る日の最後の朝食を思い出していた。

「皇后の方こそお腹を裂かれ、手脚を一本ずつ切られ、鼻を削《そ》がれてもだえ死ぬに決まっているわ」

文繡《ぶんしゅう》に言われた最後の言葉が甦《よみがえ》り、婉容は苦い胃液を飲み込んだ。耀庭が運んできた皿には丸揚げにされた亀と豚の腸の料理が載っていた。饅頭《まんとう》だけをとってちぎり、無理やり喉へ押し込むと、お茶をすすった。

そこへ、溥儀の弟、溥傑《ふけつ》と結婚したばかりの唐怡瑩《とういよう》がふらりとやって来た。義理の妹である。

「ご挨拶だけに寄らせていただきました。皇后さま、よくお休みになれますか」

「大丈夫よ、眠れるわ。まあ、お茶でも召し上がっていったらいかが」

唐怡瑩はあでやかに着飾っていたが、すでにアヘンも吸い始めていた婉容の横顔には美貌に翳りがはしり、表情も冴えない。

皇后のあしらいがおざなりなことに気付いた貴族出身の唐怡瑩は、

「ありがとう。それでは、父上さまにもご挨拶がありますもので」

と言うと、はやりのハイヒールのかかとを鳴らしながら去って行った。

溥儀とは年子の溥傑は、十七歳で最初の結婚をしていた。彼は自叙伝の中で、

「夫婦仲が円満にいかず、名ばかりの夫婦に過ぎなかった」

と最初の結婚についてひと言だけ述べている。

溥傑は何も語っていないが、このころすでに妻の唐怡瑩はヤング・ジェネラルと世間でもてはやされていた張学良（張作霖の長男）と不倫関係にあった。

一九二八（昭和三）年春、溥傑は若い妻を残したまま日本の学習院へ留学し、さらに士官学校へ進む。一九三七（昭和十二）年には、日本の華族令嬢と二度目の結婚式を挙げ、波瀾万丈《はらんばんじょう》ながら睦《むつ》まじくその生涯を送ることとなるが、詳しくは後述する。

龍の飛翔

十一月二十九日朝、ジョンストンは北京市内の自宅から北府へ向かっていた。

溥儀が体調不良を理由に「ドイツ人医師のいる病院へ行きたい」と連絡をしてきたためである。何かの理屈をつけて、軟禁状態から脱出する算段のひとつが実行に移された。ジョンストンはこの機会を捉えて、皇帝を安全な公使館区域へいったん避難させる秘策を模索してきたのだ。

この脱出をジョンストンは、「龍《りゅう》の飛翔《ひしょう》」と称した。

溥儀は側近の陳宝琛《ちんほうちん》と鄭孝胥《ていこうしょ》を連れジョンストンを待ち構えており、合流するや忍ぶように門を出て車に乗った。

鄭孝胥は侍講という役に就いており、皇帝に講義をする役、つまりご進講職が本務だった。

馮玉祥《ふうぎょくしょう》軍の兵士に出くわさぬよう細心の注意を払ってジョンストンが運転手を誘導し、公使館区域のある東交民巷へと急ぐ。

東交民巷は天安門の東にあり、一帯は義和団事件当時から日本、アメリカ、イギリス、ドイツ、フランスなど各国公使館が建ち並ぶ一種の治外法権区域だった。

この区域へは馮玉祥軍の兵も手を出せない。

ドイツ病院に着くとジョンストンは懇意の医師に溥儀を預け、皇帝の安全確保を託すと、その足で今度は日本公使館へ急いだ。

受け入れを頼むには日本公使館の芳沢公使が話しやすいだろうと判断していた。

ところがあいにく公使は不在だった。そこで斜め前にあるイギリス公使館を先に訪ねることにした。日本が間に合わなければ、マックレー公使を説得しイギリス公使館へ亡命するのも一案だと考えたからだ。

マックレー公使は在邸していたが、一筋縄ではいかなかった。

皮肉たっぷりの顔で公使はこう言い放った。

「ここはちょっと狭くて使いづらいのです。皇帝のご滞在には日本公使館の方が広くて快適でしょう。ところで、貴下が第一に忠誠を誓うべきは英国皇帝ではなかったですかな。まあ、廃帝の側《そば》にいられるように、貴下を英国公使館の賓客として扱うことはいつでも構いませんがね」

皇帝をかくまうことは無理だが、ジョンストンが公使館を訪ねるのは勝手だ、と言われ体よくあしらわれた。

マックレー公使が、国際紛争に巻き込まれないよう配慮したといえなくもない。

イギリスは政権が極めて流動的だった中華民国と揉《も》めたくなかったのだ。溥儀が市ヶ谷法廷で陳述した下りは、この日のやりとりを後日かいつまんで耳にした部分だろう。

このあと、オランダ公使とも接触を試みたがまとまらなかった。

残るは日本公使の帰りを辛抱強く待つだけしか手はなかった。

午後三時、ジョンストンは戻ってきた芳沢公使とようやく面会がかなった。溥儀が北府を逃げ出したのが見つかれば、大騒ぎで市内の捜索が始まるだろう。安全と思われる東交民巷の病院でさえ逮捕の危険がないとは言えない。そうなれば北府軟禁程度では済まなくなる。生命の保証さえおぼつかないと危惧したジョンストンは、芳沢公使に溥儀の保護を真剣に訴えた。

芳沢謙吉公使はときに五十歳。

外務省に入省（明治三十二年）してから欧米局長、亜細亜局長を歴任したのち、前年駐中華民国特命全権公使として赴任してきたばかりで意気軒昂《いきけんこう》だった。

芳沢について言えば、犬養毅《いぬかいつよし》（昭和六年～七年首相、五・一五事件で暗殺される）の女婿で、戦後は初代中華民国（台湾政府）大使として台北に赴任するなど中国通外交官としての経歴は長い。廃帝溥儀を日本公使館で受け入れて欲しい、と言われた公使は、しばし当惑せざるを得なかった。すぐには返事ができず、部屋の中を行ったり来たりしていたが、ようやく結論を出した。芳沢は回想録『外交六十年』で次のように述べている。

「私は政府に請訓する暇がないので、外国の政治犯である外国人に対して、私は庇護《ひご》権をもっているのと、また所謂《いわゆる》懐に入った窮鳥であるから、これを承諾した」

結論を出した芳沢は、自分たち夫婦の寝室を明け渡して溥儀が宿泊できるよう用意させた。前年九月に起きた関東大震災に際して、溥儀が三十万ドルもの見舞金を送っていたことも好印象を与えていたかもしれない。

いずれにせよ安堵《あんど》したジョンストンの役割は、さっそく溥儀を連れて来るだけだった。

ドイツ病院で待っている間、溥儀はジョンストンの帰りが遅いので気を揉んで落ち着かない。

そこで、溥儀に付き添っていた鄭孝胥《ていこうしょ》はかねてより顔見知りである日本軍の竹本多吉中佐

（日本公使館守備隊長、最終階級大佐）と連絡をとることを提案した。

一刻も早くどこでもいいから逃げ込みたかった溥儀は、ただちにその案に飛びついたので、鄭は竹本中佐の家へ連絡に走った。紫禁城にいるときからの知り合いだった竹本守備隊長は、不幸に見舞われた皇帝に同情を寄せていた。

「是非に」と頼み込む鄭孝胥に、

「兵営のようなわが家でよければお招きしましょう」

と返事をした。

竹本の家は日本公使館と同じ敷地内にあり、公使公邸とは別の門をくぐるものの、隣り合わせである。

ジョンストンが奔走している間に、溥儀は鄭孝胥の手引きによって竹本邸へ向かった。

竹本守備隊長は公使にさっそく面会し、皇帝の身柄を公使に預けた。

その晩溥儀は芳沢公使の寝室でゆっくり休んだが、まだ婉容《えんよう》、文繡《ぶんしゅう》は北府に置き去りにされたままだ。

旬日のうちに芳沢は段祺瑞の了解をとりつけ、十二月半ばには奪還に成功し三人は合流したのである。

婉容と文繡は数人の宮女を連れて北府をあとにしたが、耀庭たち宦官はついて行けなかった。

芳沢はそのために二階の三室を溥儀たちに譲ることになった。溥儀たちは日本公使館で翌一九二五年二月後半までの二ヵ月半を過ごすことになる。

ところが後年になって溥儀は、そのとき竹本中佐と芳沢公使の間には自分をめぐる争奪戦があり、日本公使館内は文官と武官の激しい争いがあったのだ、と『我的前半生』に記している。つまり、日本軍はこのときから自分を利用しようと奸計《かんけい》を企《たくら》んでいたのであって、自分は好きこのんで日本公使官に「逃げ込んだ」わけではなかったのだ、と周恩来に弁明しているのだ。日本公使館が溥儀を受け入れた（公使の言う「政治犯の庇護」）結果、今日に至るまで多くの誤解が生じてきた。

ジョンストンは芳沢公使の当惑ぶりを伝え、日本側がなにも政治的計算から溥儀を保護したわけではないことを『紫禁城の黄昏』において正確に記述している。

「後にシナ、満洲、日本を巻き込んだ政治的事件を考慮に入れると、それよりも（引用者注・事件に関する多くの混乱した報道ぶりを指す）深刻なのは、シナの新聞やその他のいたるところで、次のような容疑で日本が執拗《しつよう》なまでに告発されていることである。

すなわち日本公使館が皇帝を受け入れたのは、日本の『帝国主義』の狡猾《こうかつ》な策略の結果であり、彼らは皇帝がやがて高度な政治の駆け引きのゲームで有力な人質になりうることを見越していたからだ、と。

前述した話からも分かるであろうが、日本公使は、私本人が知らせるまで、皇帝が公使館区域に到着することを何も知らなかったのである。また、私本人が熱心に懇願したからこそ、公使は皇帝を日本公使館内で手厚く保護することに同意したのである。したがって、日本の『帝国主義』は『龍の飛翔』とは何の関係もなかったのである」

日本公使館の厚遇

溥儀にとっては命綱のような存在だと周囲からも見られていたジョンストンが、日本公使館への移動以降どうしたことかさっぱり現れなくなった。そもそも政治亡命に尽力したのはジョンストンだったが、亡命した溥儀にはもう彼は用済みだったようだ。

溥儀の特徴ある性格のひとつに、気まぐれ、というのがある。

気に入っていた玩具《おもちゃ》をポイッと捨てるように、ジョンストンを捨てた。

ジョンストンの一挙手一投足まで真似《まね》て西欧文化を取り込み、イギリスへの出奔すら夢見ていた溥儀の心が変わった理由は定かでない。

日本公使館で生活を始めた廃帝が見習ったものは、英国とは反対にある極東の国の公使館に勤務する池部書記官だった。

ここでもまた溥儀の豹変《ひょうへん》ぶりが現れる。段祺瑞との交渉によっては優待条件を復活できる、と信じていた鄭孝胥《ていこうしょ》を溥儀はかえって信用しなくなっていた。

その代わりに現れたのが池部書記官と意気投合した遺臣の一人、羅振玉《らしんぎょく》だった。ジョンストンや鄭孝胥にとって代わる側近として、日本公使館に受けのいい羅振玉が拾われたのだ。

羅振玉は、池部書記官の次のような説得を主《あるじ》に伝えた。

「他日、中国に大乱が起こったときは、お上でなければ収めることはできません。そのためにも今は一刻も早く外地へ逃れ、大きなはかりごとをめぐらすべきかと思います」

溥儀はこの話を聞き、「日本租界へ脱出しなければならない」と思うようになっていた。

婉容《えんよう》、文繍《ぶんしゅう》が連れて来た宮女たち以外に、溥儀があとから呼んだ鄭孝胥、羅振玉といった遺臣たち、宦官、女官、料理人などが滞在することになり、芳沢公使は二階建ての別棟を一軒空けて提供した。

宦官の耀庭は婉容についてくる員数に入れてもらえず、北府で待機していたがやがて諦めて再び故郷へ戻って行った。

一九二五（大正十四）年正月を迎えた公使館は、挙げて新しい客とともに新年をにぎにぎしく祝った。正月を機に、別棟には頻繁に訪れる内務府大臣や各国の賓客対応のための応接間が用意され、西洋式の肘掛け椅子を正面に据え玉座代わりとした。紫禁城の小朝廷が追放され、今では日本公使館を仮の宿にした虚構の皇帝として日々賓客を引見していた。

日本公使館が用意してくれた二階家は、ひとときながら清朝の復活の宮廷と様変わりしたのである。

特に二月五日、溥儀二十歳（数え年）の誕生日は壮観だった。

芳沢は、盛大なパーティを催せば気分もすっきりし、存在感を内外に示せる絶好の機会となりましょう、と積極的に溥儀の背中を押した。

公使館の大広間が開放され、床には黄色い絨毯《じゅうたん》が敷き詰められた。

玉座となる例の肘掛け椅子にも黄色い緞子《どんす》の座布団が置かれ、下男たちはすべて清朝の赤い紐《ひも》がついた帽子で頭を飾った。

天津、上海、広東、福建など遠方からの賓客、遺臣たちと、東交民巷の各国公使館からの参加者を合わせると数百人を超えるほどの賑《にぎ》わいぶりだった。

数えで二十歳となった主人公は、藍花絲葛長袍《らんかしかつちょうほう》（青い模様がついた絹の長衣）に黒緞子《どんす》の馬褂《マーコウ》を羽織るという満洲王朝の権威を示すきらびやかな衣装で玉座に座っていた。

叩頭礼《こうとうれい》が繰り返される大広間では、さながら清朝再来の面影さえよぎる儀式が延々と続き、次のような廃帝の演説は、上海の新聞に大きく掲載されたほどだった。

「余は今年二十歳、年はまだ若く、お祝いをいわれる年齢ではない。まして今は他人の家に身を寄せているときであるから、誕生祝いをするときではないかも知れない。しかし、遠路はるばる来られた諸君と、余はこの機会に会い、親しく語り合うことを願っていた。

生涯を宮城の奥深くで囚人同様の生活を送り、諸々自由にならないのは余の喜ばぬところである。余は早くから外国留学の志があった。普段より英語の研究をしてきたのも外遊の準備のつもりであった。

ひと言っておきたいことがある。外国に働きかけて干渉してもらうように余に勧めてくる者がいるが、そのような勧告には死んでも従わない。余は外国人の勢力をかりて、中国の内政に干渉することは決してしないつもりである」


あの追放騒動はいったい何だったのか、今では誰にも理由が分からなくなっていた。

馮玉祥《ふうぎょくしょう》と張作霖は名目だけの同盟関係すら維持できなくなっていた。

敵同士としてつい先ごろまで戦っていた呉佩孚《ごはいふ》と張作霖が馮玉祥と対立し始めていたからだ。

その裏には段祺瑞を日本政府が陰ながらバックアップするという政局の推移もあった。

馮玉祥は「赤い将軍」と呼ばれるくらいロシア革命に共鳴していた。

ときの天津総領事吉田茂はそうした馮玉祥を好まず、幣原《しではら》喜重郎外相宛に段祺瑞を高く評価するよう電報を打っている。

降って湧いた漁夫の利とでも言えようか、溥儀の「玉座」に突然スポットライトが当たったのがこの日の誕生パーティだった。

誕生パーティが一段落した日、池部書記官と羅振玉が溥儀のところへ来て、こう告げた。

「公使館では何かとご不便が多いでしょう。私たちが十分な下準備を整え考えましたから、まず天津の日本租界へ行かれるのが一番かと」

池部の発言はもちろん公使の腹の内を受けてのものである。誕生日より前になるが、溥儀は公使に重大な申し入れをしていた。

「日本国摂政宮皇太子裕仁親王に表敬挨拶のため、日本を訪問したいがどうか」

というもので、公使はこの問題の処理に頭を悩ませてきた。間もなく芳沢公使宛に、本国外務省から一通の訓電が入った。幣原外相からである。

「帝《みかど》がわが皇室に敬意を表したき希望を有されるのはもっとも義なるとともに、わが政府も現下の帝に深く同情を有する次第なるが、この際、わが皇室において帝の訪問を受けるよう取りはからうのは困難なり。欧米諸国歴訪の途次、一時立ち寄るが如き場合は別として、帝のわが国への亡命せらるることは避けしめたし。

帝としては、引き続き北京付近にとどまることが諸般の関係上得策なるも、民国の態度等を懸念するにおいては、天津外国租界に永住の途を選ばるることしかるべし」

溥儀が日本へ来て摂政宮に拝謁するなどということは、今の状況では極めて複雑な国際問題を引き起こしかねない。

そうでなくても国際宥和《ゆうわ》派の幣原外相が危ない橋を渡るはずがなく、この件は穏便に断られた。

溥儀は日本公使館から天津行きを勧められ、噂《うわさ》に聞く大都会をひと目見たくてたまらなくなった。さっそく羅振玉を天津へ送ると、日本租界に適当な屋敷を探させることにした。

天津の日本租界への移動にあたっては、芳沢の好意により天津日本総領事館の警察署長と私服警官が北京公使館まで呼ばれ、彼らが警護に当たった。

一九二五（大正十四）年二月二十三日午後七時、溥儀は芳沢公使に謝意を述べ、北京前門駅から車中の人となった。

お供は警護の私服警官のほかは池部書記官と羅振玉だけ。

皆、職業不詳の平服で、溥儀は汚れた学生服、列車は三等車の硬い座席という念の入れようである。婉容や文繡たち一行はそれでなくても目立つので、翌日移動ということになった。

竹本中佐が婉容の前に進み出てこう告げた。

「明日《あした》の朝、皇后方にはご出発していただきますのでどうかご安心を。ただし、目立たぬよう本書をお買い上げいただき、誠にありがとうございました。
質問にお答えいただけたら幸いです。

◎ご購入いただいた本のタイトルをご記入ください。

『　　　　　　　　　　　　　　　　　　　　　　　　　』

★著者へのメッセージ、または本書のご感想をお書きください。

●本書をお求めになった動機は？

①著者が好きだから　②タイトルにひかれて　③テーマにひかれて
④カバーにひかれて　⑤帯のコピーにひかれて　⑥新聞で見て
⑦インターネットで知って　⑧売れてるから／話題だから
⑨役に立ちそうだから

生年月日	西暦　　年　　月　　日（　　歳）男・女			
ご職業	①学生	②教員・研究職	③公務員	④農林漁業
	⑤専門・技術職	⑥自由業	⑦自営業	⑧会社役員
	⑨会社員	⑩専業主夫・主婦	⑪パート・アルバイト	
	⑫無職	⑬その他（　　　　）		

このハガキは差出有効期間を過ぎても料金受取人払でお送りいただけます。

ご記入いただきました個人情報については、許可なく他の目的で使用することはありません。ご協力ありがとうございました。

郵便はがき

料金受取人払郵便

代々木局承認

6948

差出有効期間
2020年11月9日
まで

1518790

203

東京都渋谷区千駄ヶ谷4-9-7

(株) 幻冬舎

書籍編集部宛

1518790203

ご住所　〒

都・道
府・県

フリガナ

お名前

メール

インターネットでも回答を受け付けております
http://www.gentosha.co.jp/e/

裏面のご感想を広告等、書籍のPRに使わせていただく場合がございます。

幻冬舎より、著者に関する新しいお知らせ・小社および関連会社、広告主からのご案内を送付することがあります。不要の場合は右の欄にレ印をご記入ください。

不要 □

皇后は商人の娘のような恰好《かっこう》を、淑妃は百姓娘にご変装していただきますのでよろしく。列車は三等車で席も離ればなれになりますが万事は御身大切のためでございます。お二人とも何が起きても素知らぬふりをなさっていてください」

婉容は憮然《ぶぜん》として聞いていたが、納得いかず問い返した。

「民国の承認も得られ、日本公使館の庇護の下に公然と天津へ行けるのではなかったのですか」

「畏《おそ》れながら、お上におかれましても学生姿に変装なさってこの試練に立ち向かわれておりますゆえ、どうかご辛抱を。女官たちも田舎娘姿でお一人ずつとし、残りは後日改めまして」

こうして婉容と文繡は翌朝、津浦線上海行き普通列車三等車輛《しゃりょう》の片隅にあわただしく乗り込んだのである。

婉容は三年前の朝、天津から逆に北京へ向かう特別列車の席に腰を下ろし、夢を見ていた自分を思い出さずにはいられなかった。

廃帝の婚約者として北京の后邸に入る列車のシートは柔らかく、清朝を象徴する黄色だった。今回の逆コースの座席は、破れ目のある薄汚れた硬座だ。

ひとつだけ理解できないのは、行き先がなぜ日本租界なのか、ということだった。

天津にあるイギリス租界には清室（清朝帝室）が求めた別邸があり、書画・骨董《こっとう》の宝物も多数運び込まれているではないか。さらに婉容の父・栄源の別荘もある。

なぜ廃帝はそういう場所を選ばずに、日本租界へ行くと決めたのか分からなかった。

だが、じきに婉容は諦めた。

まあ、ここまで片腕を斬り落とされることもなく、鼻を削がれることもなく、生まれ故郷へ帰れるだけで良しとしなければならないじゃないか——。

天津・日本租界

溥儀は二月二十三日夜半、天津駅に降り立った。

真っ暗なホームで吉田茂総領事と天津駐屯軍将兵数十名が出迎えた。

日本租界宮島街にある張園《ちょうえん》への投宿を予定していたが、その晩は準備が間に合わなかったため急遽《きゅうきょ》「ヤマトホテル」に一泊することになった。吉田は鼻眼鏡をちょいと上げる仕種《しぐさ》をしてからねんごろな挨拶を終えると、用意した車に同乗してホテルまで送った。吸うわけにもいかない葉巻を手先でもてあそびながら、吉田総領事は溥儀にとも、従者の羅振玉にともなくつぶやき始めた。

「かつて蒙古人は牧畜民族であったので草原を愛し、満洲族は狩猟民族であったがゆえに森林を守ってきた。ところが北支から移動してきた漢族の大部分は清朝末期には生活苦に追いやられた農民だったから、山野を開墾して収穫してきた。土地が痩せるとこれを棄《す》て、森林を伐採して燃料にする。つまり、次から次へ新開地に移動して行き、いわゆる掠奪《りゃくだつ》農法に頼った。その結果何が起こるかと言えば、雨が降れば土は流れ、国土は荒廃し、山々は樹木を失って岩盤が露出する。熱河に見られるように奇岩絶景は名物となったかもしれないが、鬱蒼《うっそう》たる緑の国土は黄土と化し荒廃してしまった。

これからは山谷に植林し、ダムを建設して雨水を溜《た》め荒れ狂う河川を制御しなければならない。わが日本は全民族のためにこれを完遂して疲弊した国土に王道を引くお力添えをしたい。陛下におかれては公正を期する政策を実行され、数十種も発行されて混乱を来している紙幣を統一し、教育の普及をはかって満洲国建設のためご尽力を賜りたい」

吉田の呟きが演説に変わったころ、領事館の車はヤマトホテル前に着いた。

「では、どうかごゆっくりお休み下さい。陛下のご安寧を祈念しております。私は近いうちに本国政府に呼び戻される身です」

「吉田総領事のご親切は忘れません」

通訳を通して吉田の慇懃《いんぎん》な礼に応えたあと、溥儀は安堵して貴賓室に身を横たえた。

翌日移動した張園《ちょうえん》は、贅《ぜい》をこらした庭園と三階建ての赤煉瓦《あかれんが》の楼閣があり、人目を惹《ひ》く洋館だった。

その翌日には婉容と文繡も到着し、少し離れた部屋にそれぞれ落ち着いた。

持ち主の張彪《ちょうひょう》はかつて満洲八旗統制の地位にあって武勇を誇った軍人だったためか、溥儀から宿代を取らず、一家で自由に住むよう計らってくれた。

羅振玉《らしんぎょく》が探しあてた物件だが、日本租界の宮島街にあり天津特務機関のあるビルとは筋向かいという立地条件はあとから考えれば奇縁でもあった。

運命を決めるときというものは、誰にも分からないものだ。

この張園に約四年半、さらに同じ区域にある静園《せいえん》に移って二年半と、合わせて七年も日本租界で暮らすことになろうとは、このときにはまだ誰にも分かっていない。


三月十二日、清王朝を倒したものの、「革命いまだに成功せず」という一節を残した孫文の死が伝えられた。

孫文は北京の病院で死ぬ直前まで、この張園で最期の数ヵ月身をひそめていた。

指導者の死を悲しむ民国市民は天津の市街に集まって悲嘆に暮れていたが、いまだに清室の復辟《ふくへき》を夢見る者たちにとっては朗報だった。

溥儀はそのどちらともいえなかった。

彼は依然として外国への亡命に希望を託すとともに、わずかながら清室復辟への希望を棄てきれないでいた。

清室優待条件は廃止されたものの、溥儀とその一族は清室の威厳や体面を維持しなければならなかった。わずかな人数ではあるがすでに白髪となった宦官が侍従として仕えていたし、婉容や文繡にも少人数の侍女が付いていた。だが、広い庭園はあっても洋館は一棟しかない。

婉容と文繡は狭い廊下を挟んではす向かいに部屋を持っていたから、しじゅう顔を合わせ、人の出入りや物音もお互いに聞こえていた。紫禁城ではいくらなんでも考えられなかった些細《ささい》なことだった。人と人が住む生活距離の問題さえもがここでは表面化した。

婉容はある日、日本への関心を日増しに強めている溥儀に、「イギリスへの亡命生活をなぜ真剣に考えないのか」と問いただした。

溥儀は「私はどこへも旅立てない。できるならば清室の復辟を願うだけだ」としか答えなかった。

「それでは、せめてもっと広い屋敷に移れないのでしょうか。淑妃のすることなすことがあまりに近くで見えるのは辛《つら》いことです」

「何が辛いのかな。淑妃も正妻じゃないのか、と日本軍人に言われたと言っては泣き出す始末で困っているところだ」

「今さら何を泣くことがあるのよ。私の方こそ『お腹を裂かれ、手脚を一本ずつ切られ、鼻を削がれても死ぬに決まっているわ』って言われたって涙も流さなかったわ。それより、二度続けてする大きなくしゃみ。部屋を歩き回るときの大きな足音。特に椅子から立ち上がるときはうるさいの。廊下の突き当たりには水洗の厠《かわや》があるのに彼女は使わないで、部屋に浄桶《おまる》を持ち込んでするのよ。そのときの音も気に障るわ。そっちこそなんとかならないのかしら」

本来なら面と向かって文繡本人に言いたい文句を、婉容は溥儀にぶつけた。いつもより感情が昂《たか》ぶっているのは、アヘンによるものだと溥儀は分かっていた。

一九二七（昭和二）年に入ると、国民党を率いる若き将軍蔣介石《しょうかいせき》はめざましい勢いで北伐を開始した。三月には揚子江に達し、南京を占領している。

日本では張作霖と親交の深い田中義一内閣が四月に成立し、第一次山東出兵に続いて東方会議が開催された。

日本外交はソ連の南下を意識した支那、満洲政策に専念せざるを得ない状況になっていた。

天津の夏はことのほか暑い。張園からも近いイタリア租界には手ごろな公園があった。古木の緑の間に池があり、しばしの涼を楽しめたので、七月のある午後、溥儀は宦官を一人連れて散策に出た。

そのとき、目の前の池で白人少年が縁《へり》から足を滑らせ、水中に落ちて大きな悲鳴を上げた。

その少年が、第一章冒頭で紹介したソ連側世話役に就いていたゲオルギー・ペルミャコフだった。ペルミャコフは戦後になってそのときの模様を次のように愉快そうに語っている。

ロシア租界には革命から逃げてきた白系ロシア人の家族が大勢住んでいたので、溥儀にも池に落ちた少年が遊びに来たロシア人であることはすぐに分かった。

目の前でいきなり水びたしになった彼を認めると、溥儀は口を片手で押さえるような仕種で笑い転げた。

「ふおっ、ふおっ、ふおっ」

という、男か女か分からないような笑い方だったので、ペルミャコフは忘れることができなかった、というのだ。

ところが、池からようやく上がった少年は、溥儀の前でもう一度滑り落ちてしまった。

溥儀はさらに大声で笑った。

「ふおっ、ふおっ、ふおっ」

その笑い方は、宦官のそれに生き写しだったが、九歳のペルミャコフにはまだ理解できない。

ペルミャコフが理解したのは終戦後、ラーゲリで再会したときである。

立派に成長したペルミャコフに向かって溥儀は言った。

「あれはお前でしたか」

溥儀は再会を喜んだあと、同じようにもっと大袈裟《おおげさ》な声で笑った。

「ふおっ、ふおっ、ふおっ」

ペルミャコフの記憶では、溥儀の英語は下手だった。ロシア語も下手だった。日本語は多少喋《しゃべ》れたが遂に自分からは一度も話さなかったという。

ソ連軍に逮捕された溥儀が用心して日本語を決して喋らなかったという逸話は面白い。ペルミャコフによる回想談はこのあとラーゲリ時代から東京への移送まで続くが、それはまだ十九年も先のことである。

秋には蔣介石が北伐をほぼ成し遂げ、残るは北京に居座る張作霖を奉天へ追い落とすだけとなっていた。日本歴訪の旅に出た蔣介石は、十一月五日、田中義一首相と会談し、国民政府による中国統一への協力を要請する。

話の核心は北京に居座る張作霖をどうするかに絞られていた。

帰国した蔣介石は、十二月一日、上海で宋財閥の三女、宋美齢と盛大な結婚式を挙げた。

蔣介石四十歳、宋美齢は三十歳だった。宋家の財力をほしいままにする美齢は、九歳のときからアメリカへ留学し、流暢《りゅうちょう》な英語を使いこなす才媛と謳《うた》われていた。これにより蔣介石は軍事力だけでなく、経済力や妻による外交力も誇示する地盤を築いたのである。

この日は溥儀と婉容の五度目の結婚記念日でもあり、婉容の関心は一入《ひとしお》だった。婉容は二十一歳、ひと晩先に輿入《こしい》れした文繡はまだ十八歳という若さである。

文繡は蔣介石の結婚事情を調べて、溥儀に詰め寄ったものだ。

「皇上、本来であれば宋美齢は蔣介石の第三夫人と呼ばれるべきですわ。蔣には二十年来連れ添い、男の子が二人もいる妻と、上海女学校を出た妾《めかけ》や愛人がいます。彼女たちと離縁してまで宋美齢を迎えるとはなぜだとお思いになりますか、陛下」

溥儀は一瞬返答に詰まった。

反対側の椅子には婉容が英字新聞を読むふりをして聞き耳を立てている。

「それは宋美齢が若くて美しい上に、英語が得意で資産家の娘だからだろうが――」

「美しくて資産家の娘で英語が得意な女なら、このあたりにも一人くらいはおいでになるのにねえ」

いかにも負けず嫌いな文繡の巧妙な嫌がらせは、かつて皇后選びの際には自分が最初に印を付けられたのだ、という事実を三人の前で思い出させるためだった。

文繡との離婚

溥儀はときおり婉容と文繡を連れて天津の繁華街へ買い物に出掛けた。

一九二九（昭和四）年七月三日の午後も、同じように三人で張園を出た。日本租界を抜けフランス租界やイギリス租界へ足を延ばせば、若い后妃たちの機嫌が良くなる品々に事欠かなかったからだ。

憂さ晴らしをさせるには彼女たちに高価な買い物をさせるのが一番てっとり早かった。宝石類や最新流行のドレスなどを二人が思う存分競って買いまくり、高級レストランで食事を堪能《たんのう》すれば、一瞬とはいえ三人の間の危うい緊張の糸は緩む。

それはそれで溥儀には気休めとはなったが、もはや溥儀の財布がもたなかった。紫禁城時代とは比べものにならないとはいえ、持ち出した金銀財宝、書画・骨董などを少しずつ売ったり、外国銀行に預けてある現金の利子などでなんとかやり繰りしてきた。さらには海外脱出に備えて大量の土地や建物を所有していたので、その土地やビルの売却で廷臣たちの給料、食費をまかなっていたのだ。

だが、天津生活が長くなった昨今では、后妃たちの贅沢に制限を加えなければならなくなっていたのが実情だった。張園では何の役にも立たないと思われる三人の親族を二十人以上も養い、教育費まで負担している始末である。

いくら女たちの憂さ晴らしにつき合うといっても、そろそろ限界が見えていた。

「来月からは婉容が月に三百元、文繡は二百元までとするから承知してほしい」

溥儀の頼みごとに、点心をつまんでいた二人の顔がいきなり険しくなった。

「陛下だって随分と高価なお買い物をなさっておられるわ。先月お買い遊ばしたピアノやスイスの時計、ロンドン製の背広、それから蓄音機、あれはよろしいのですか」

天津のフランス租界育ちの「お嬢様」で、経済観念など微塵《みじん》もない婉容にこうまで言われても溥儀には返す言葉がない。溥儀自身が使っていた月々の金額は並大抵ではなかったからだ。

本人が『我的前半生』で周恩来に告白している。

「自分を西洋人のような姿にするため、私はできるだけ外国人商店の服飾品やダイヤで飾り、雑誌の『ジェントルマン』に出てくる西欧貴族のような服装をした。外出する度にもっとも凝ったイギリス製の洋服を着て、ネクタイ・ピンにもカフスにもダイヤをつけ、指にはダイヤの指輪、手にはステッキを持って、ドイツのツアイス社眼鏡を掛け、躰《からだ》じゅうに香水やオーデコロンを発散させ、さらに、二、三匹のドイツの猟犬と変わった服装をした妻と妾を連れていた」

第二夫人だからといって、婉容の目の前で百元安くされた文繡のプライドはまたもや傷ついた。一番高い買い物はこの女たちだった、と溥儀は思わずため息をついたものだ。

加えて六月末に張園の家主張彪が死去したため、後継ぎの息子から「これからは高い家賃を支払ってもらう」と宣告されたばかりだった。

一九二九（昭和四）年七月九日、溥儀一家は同じく日本租界の協昌里にある静園へ移ることになった。

段祺瑞政府（北洋政府）の元駐日公使陸宗輿《りくそうよ》の持ち家でこれまでは乾園と呼ばれていた。溥儀はここを「静かに時機の到来を待つ」という意味を込めて静園と改名した。

清朝崩壊以降、北京の政権は内乱によって毎年のようにその覇者が替わっていた。直隷《ちょくれい》派の政府、安福派の政府、奉天派の政府、国民政府という具合に頻繁に政権交替が起きていたのだ。だから政府と名付けるのはどうかと思われるほどで、政権が替わったと思えばよい。そして政権が何度替わっても、支那は変わらないのである。

そうした政変の中にあって、溥儀は鄭孝胥を日本へ送る際に元駐日公使陸宗輿との縁をつないだと思われる。自らが落魄《らくはく》の身となりながらも、政権交替の機微を捉える術《すべ》にかけては人後に落ちないものがあった。

張園から提示された家賃より二百元ほど安いだけだったが、今の清室の財政はこの程度の差さえ節約しなければならないほど逼迫《ひっぱく》していた。

いっそう狭くなった住まいで三人が顔をつき合わせている生活に問題が起きないはずがない。冷え冷えとした暮らしは、婉容のアヘン吸引の回数を増やした。文繡との陰険な対立による心労、癒されない性生活、憂さ晴らしの買い物もできない鬱憤——。

かつて紫禁城でもアヘンの吸引で気を紛らわせることはあったが、ここへきてのアヘン吸引はかなり頻繁で、虜《とりこ》になりつつあった。

夫との信頼をつなぐせめてもの性生活さえ失われたままの二十二歳の皇后にとっては、もはやアヘンの陶酔だけがささやかな平安へ導いてくれる手段だった。


見せかけだけの夫婦関係に嫌気がさしていたのは文繡とて同じである。

もとを言えば、十三歳で朱色の高い塀の中に輿入れしてきたときから彼女は天真爛漫《てんしんらんまん》で、けして美人ではないが文才などもあり分をわきまえた皇妃と見られてきた。

それが、わがままな皇后の侮蔑に堪え、嫉妬するようになり、遂にはもつれた糸のようにほぐれぬ感情を自分でももてあますようになっていた。

紫禁城時代には溥儀の扱いにもまだ神経を使うところが見られたが、名誉も財力もなくなった今では気配りの余裕もありはしない。

静園へ移って間もないある日、溥儀は庭の籐《とう》椅子に腰掛けて妹たちと涼んでいた。

一階応接間のソファでは婉容が宦官に手伝わせながらアヘンに火をつけ吸引している。

そのとき、文繡《ぶんしゅう》付きの宦官がちょこちょこと息せき切って走り出てきた。

「陛下、大変でございます。淑妃さまがベッドの上で苦しがって転げ回っておられます。どうやらカミソリで手首を切ろうとなさったようなので私めが取り上げたのですが、また――」

報告の途中で溥儀が怒り出した。

「放っておけ。彼女はこのところ同じやり方で人を困らせたり、脅かすのだ。構わないで好きなようにやらせろ。あいつの頭の中は、脳みその代わりに饅頭でも詰まっているんじゃないのか」

宦官はうろたえ、小声でつぶやいた。

血が流れていると聞いた婉容の方が顔色を変え、アヘンのせいか躰がぶるぶる震えている。その婉容を溥儀が自分の部屋に引き取らせ休ませているのを文繍は扉の陰から覗《のぞ》いていた。

仕方ないから今晩の夕食は三人で囲むか、と溥儀が考えていたとき、文繍は大きなハサミを腹に突き立て「死んでやる」と騒いでいた。

文繍の写真はあまり残っていない。

盛り上げた髪を三つの髷《まげ》に結い、玉飾りを付けた小柄な姿がもっとも印象的だ。

鼻が低く、やや小鼻が開いて見えるものの、聡明《そうめい》そうな額と目、引き締まった小さな唇からは意志の強さがうかがえる。

彼女にくらべると婉容の写真は、いずれも華やかでにこやかな笑みをたたえている。

スタイルもよく、あか抜けした洋装が似合う。もっともそれはアヘンに毒される以前のことだが。文繍は容貌ならやはり婉容には及ばない。

しかも皇帝にうとんじられ、皇后に卑下され、果てしなく流浪する身となっては悲しいことだが死の偽装をもって抗議する以外、彼女の武器はなかったのだ。

「この家を出て、自由になりたい」と泣き叫ぶ声が屋敷じゅうに響いていた。

一九三一（昭和六）年八月二十五日、文繍は何度目かの自殺未遂を演じた末に、溥儀から静園を出ることを許された。

妹と宦官に付き添われた文繍は、溥儀の専用自動車に乗ると静園の門を出た。

国民飯店へ行くよう運転手に言いつけ、そのまま投宿してから宦官にきっぱりと告げた。

「先に帰りなさい。淑妃はここに一人で残ります。そして、裁判所に対し離婚を要求します」

そのとき国民飯店の三十七号室に三人の男が入って来た。いずれもあらかじめ文繍から招かれていた弁護士たちだった。その場で、弁護士が作成した溥儀宛の手紙が宦官に手渡された。

宦官が持ち帰った手紙を読んだ溥儀は読み終わると仰天し、色を失った。

手紙の中身はおおむね次のような内容だった。

「皇帝に九年間も仕え、その間一度も寵愛《ちょうあい》を受けず、一人で暮らし憂いに涙する日々が続いた。その上ひどい虐待を受け、もはや堪え難いところまできた。今回別居を要請するについては、溥儀が毎月、日を決めて彼女のところを訪ねることを条件とする。もしこれが受け入れられなければ、裁判所の法廷でお会いすることになろう」

その晩、もちろん文繡《ぶんしゅう》は帰って来なかった。

先祖から二百年以上続いてきた清室の歴史始まって以来の不祥事であることは間違いない。

文繡の出奔は弁護士を用意していたことからみても、計画的なものだった。

調べてみたら、彼女の衣装、装飾品などはすべて持ち出されていることも分かった。

「離婚など清朝始まって以来、未曽有のことだ。なんとしても和解したい」

あわてた溥儀は、ただちに宦官と侍従を国民飯店へ送ったが、すでに文繡の行方は分からなかった。

しかもその翌朝の新聞各紙には文繡の家出が大々的に報じられる始末で、溥儀としては相手の弁護士と会い、決着を図る以外手だてはなかった。

婉容は文繡に自由を与えるべきだと溥儀に主張した。

要は離婚を認めてやれば、今度こそ溥儀の寵愛を独占できると考えてのことだ。交渉は泥仕合と化し、文繡が処女のままであることを証明するというところまで問題がこじれた。

処女の証明ができたとして、それが双方どちらが有利になる材料だったのかは不明なのだが。

和解協議が繰り返される間、文繡はフランス租界で知人の家に住みながら一歩も譲らない条件闘争を繰り返していた。

十月二十二日、両者の協議が折り合って、ようやく離婚が成立した。協議離婚の条件は以下のようなものだった。

一、協議成立の日より、双方は完全に夫婦の関係を絶つこと。
二、溥儀から文繡に対し五万五千元の終身生活費を支払うこと。
三、文繡が日常使用していたあらゆる身の回りの品や生活用品を持ち出す自由を与えること。
四、文繡は永久に再婚しないこと。
五、双方は互いに名誉を傷つけないこと。
六、文繡は裁判所から調停要求の訴状を撤回し、今後二度と訴訟を起こさないこと。

この条件で溥儀は離婚に承諾したものの、皇帝の権威を取り繕う必要から大清帝国皇帝の名義で勅令を発した。

「淑妃はみだりに行宮《あんぐう》の館《やかた》を離れ、明らかに先祖伝来の制度に違反したので、もとの封位号をとりけし、平民とする。これを遵守せよ」

文繡《ぶんしゅう》は自由の身とはなったが、弁護士、仲介者、家族などに生活費をとられ、残り少なくなった資金で女学校を建てて教師になった。自ら教壇に立ち生涯を子供の教育に費やし、しかも再婚もしなかった。

溥儀はこの離婚について、のちにこう語っている。

「表面から見れば文繡は婉容に追い出されたのだ。だが、今思えば、彼女がいち早く私と離婚したのは正しい選択だった。お蔭《かげ》で婉容の二の舞を演じなくて済んだ。これは彼女の勝利であるばかりでなく、幸福の始まりでもあった」

溥儀が約束した終身生活費は、溥儀自身の生活崩壊により一九四五年以降支払われたとは思われない。

文繡の最期は経済的にも行き詰まっていたようで、一九五〇（昭和二十五）年九月、北京で餓死に近い状態で発見された。離婚後二十年余の平民生活を過ごした彼女は、初めて離婚を経験した皇妃として小さな墓に平民として葬られたのである。

満洲事変

一九三一（昭和六）年は、いくつかの意味で溥儀にとっては忘れられない年となった。

清室が離婚問題で揺れているさなかの九月十八日夜、奉天近郊の柳条湖において満鉄線路が爆破されるという事件が発生した。世にいわれる柳条湖事件である。

満鉄線路の爆破は関東軍の謀略だとする説が定着してきたが、いまだに真相は謎に包まれた部分が多い。謀略によって得をするのは関東軍とは限らなかった。

一九三六（昭和十一）年十二月に起こった西安事件によって第二次国共合作が成立し、周恩来と蔣介石が手を結んで対日戦争にあたる協定が結ばれた。

蔣介石と日本軍を戦わせて漁夫の利を得るのはスターリンだからである。

いずれにせよ、この柳条湖事件をきっかけとして満洲事変の戦端が切り拓《ひら》かれた。

関東軍は満洲全域の支配を進め、領有し、独立国家を建設する計画を練り上げていた。

主軸は板垣征四郎（関東軍参謀、大佐）と石原莞爾（同中佐）らであった。この満洲事変が契機となって念願の復辟に結びつくものなのかどうか、溥儀は期待を込めて見守っていた。

日本の学習院に留学させていた弟の溥傑が夏期休暇で帰国した。

溥傑の日本留学は一九二八年四月からだったから、およそ三年ぶりの顔合わせである。

溥傑は日本へ行く前までは「張学良軍に入り、奉天の講武堂（陸軍士官学校）へ入学したい」と溥儀を説得していたが、許されなかった。

そもそものきっかけは、溥傑と妻・唐怡瑩《とういよう》が、揃《そろ》って張学良と彼の天津に住む第二夫人・谷《こく》瑞玉《ずいぎょく》に世話になっていたからというものだった。

「お前は張学良にうまく利用されているだけだ。学問を棄てて軍刀を提げれば復辟がかなうわけではない。もし軍人になりたいのなら日本の士官学校へ進むがよい。それには日本語の勉強が必要だから、吉田茂前総領事に紹介された人物を日本語教師につけよう」

満洲事変以来、急速に日本びいきになっていた溥儀ならではの処置だった。

溥儀が吉田から紹介された遠山猛雄という教師に基礎的な日本語を学んだあと、溥傑は妹の夫・潤麒《じゅんき》を伴って日本へ向かったのだ。

帰郷した溥傑と潤麒は、日本で親しくなった吉岡安直《やすなお》少将（最終階級中将）や水野勝邦子爵から得た情報を溥儀に熱っぽく伝えた。

それによれば、

「満洲事変を機に復辟の可能性が高くなった。関東軍はやがて宣統《せんとう》帝溥儀を祖先の地に迎えて、満洲国を設立するだろう」

というもので、溥儀はすっかり気を良くしていた。

今名前が挙がった吉岡安直なら支那駐屯軍の少佐参謀だったころ、ときおり張園に訪ねて来てテニスなどしたこともあり、水野子爵からは漢詩が墨書された立派な扇子を贈られたことがあった。扇子に書いてあった詩は難解だったが、教えられた意味は忘れもしない。

「逆臣のために日本海の孤島に流された後醍醐天皇を、南朝の遺臣たちが救出しようと心に誓う」というものだ。

溥儀は自分の境遇に重ね合わせ、関東軍への期待感を日増しに高めていた。

だが、関東軍からの誘《いざな》いはすぐには来なかった。実は関東軍内部では、溥儀の担ぎ出し構想を事変勃発後間もない九月二十二日にはほぼ確定していた。満洲三千万人の民衆が納得し、もっとも適任と思われるのは清朝最後の皇帝溥儀を迎える以外に考えられなかったからだ。彼をどうやって天津から脱出させ、どうやってその地位に就けるかの道筋だけが連日論議された。

軍中央部や幣原外相は国民政府との関係も重視していたため、関東軍も安易には動けない事情があったからだ。

暗夜の天津脱出

十一月十日午後七時、天津脱出が遂に実行に移された。その夕刻は新月に近い細い糸のような月が黒い雲に時たま覆われるかと思えば、いきなり雨と強風が襲う暗夜であった。脱出には絶好とはいえ、海を渡るのには危険も伴っている。

二日前の八日朝、静園に異変が起きた。

「大変でございます！」

侍従があわてふためいて溥儀の部屋に駆け込んできた。

「陛下、バクダンが二発、贈り物の果物かごに入っておりました」

蔣介石政府や国民軍の高官が押しかけてきたり、このところ人の出入りが多く治安が心配されていた矢先だった。果物かごはつい今しがた見知らぬ男が「東北保安総司令部顧問　趙欣伯」という名刺を挟んで届けてきたものだった。

「門衛は朝から何をたるんでいるんだ。馬鹿者揃いで話にならん」

溥儀は怒り、静園の一同がおろおろしているうちに日本の天津警察署と軍司令部から人が来て、爆弾は持ち去られた。二発の爆弾の送り主が判明したのは三十年後のことだった。

張学良の弟・学銘と溥儀が会った際、学銘が真相を語っている。

時代は飛ぶが、一九六一年三月のことである。

「天津にいたとき、爆弾のプレゼントを受け取ったことを覚えていますか。あれは私の兄・学良が人を使って送ったのですよ」

そう言って、学銘は楽しそうに溥儀の前で膝をポンと叩いてみせた。

張学良の工作意図は、溥儀が日本人の手で脱出できないように、脅迫の意味でやったことだという——。

そうでなくても怯《おび》えていた溥儀はもはや部屋からも出られず、土肥原の約束が一刻も早く実現されるのを待つだけだった。

爆弾事件の二日後の朝、吉田通訳官が溥儀を訪ねて来た。

「宣統帝におかれては、いよいよ猶予の時間はありません。今夕七時にお迎えに上がります」

「分かった。早いところ手配を頼む」

「皇后さまたちはあとから必ずお迎えに参りますからご安心下さい」

溥儀だけが信頼の厚い鄭孝胥《ていこうしょ》と長男の鄭垂（溥儀の対外外交担当）を伴《とも》に連れ、先に脱出する手はずだった。その七時ちょうど、吉田が手配した幌《ほろ》つきのスポーツカーが暗夜をついて静園の門にすべり込んだ。吉田の指示でスポーツカーのトランクルームに溥儀は身を隠し、吉田はもう一台の車であとをつけてきた。

この二日間、天津市内の日本租界とその周辺は、騒乱があったことから終日支那人の車輛は通行禁止となり、人の往来も誰何《すいか》され、出奔には好都合な条件が整っていた。

なんとか運転できる侍従を運転手に仕立てたのはいいが、下手な運転のために電柱に二度ぶつかり、塀にぶつかり散々の目に遭わされた末に指定された中継点の料亭敷島に溥儀は届けられた。料亭敷島には日本軍の大尉が待っており、日本軍の外套《がいとう》と軍帽など一式を取り出し、すぐに変装させられた。

黒眼鏡をかけた溥儀に吉田が付き添い日本軍の軍用車に乗ると、町外れを流れる白河の岸沿いに走らせ埠頭《ふとう》に着いた。白河とは北京の西を流れる平定河の下流であるが、このあたりまでくると大型船でも通れるほどの大河となる。

そこは日本租界ではないので、不安げな表情を浮かべる溥儀に吉田は言った。

「大丈夫です。ここはイギリス租界で支那の手は及びませんから」

暗い桟橋を歩いて行くと、間もなく灯《あか》りを消した小型の汽船が目の前に現れた。

すでに鄭孝胥《ていこうしょ》父子が着いており、ほかに通訳の上角利一と工藤鉄三郎（のちに、溥儀から「忠」の名を与えられる）が待っていた。

安心した溥儀が汽船に乗り込んだときは、彼の腕時計は午後八時を指していた。

船の腹には「比治山丸《ひじやま》」と白いペンキで書かれている。

日本陸軍輸送部塘沽《とうこ》出張所所属のランチだった。

ほかに機関銃で武装した数人の日本兵が諏訪績准尉指揮の下に護衛として乗船してきた。

何の変哲もない小型汽船は、この特殊任務のためにデッキには土嚢《どのう》が、船側には鉄板が張られ、多少の装備が施されていた。

吉田が下船したのを合図に、船は岸壁を離れた。

埠頭は白河沿いにあった。

船はエンジン音を気にして速度を出さず、ひと晩かけて河口まで下って行った。

「ここはもう外国租界ではありません。支那の勢力下ですので見つかれば機銃で攻撃されかねません」

戦後になってかつての大陸浪人として名を馳せた工藤忠が、『文藝春秋』（昭和三十一年九月号）で意外な事実を明らかにしている。

それによれば、支那兵の監視が厳しい水域を通る「比治山丸」には、揮発油を詰めたドラム缶が積んであったのだという。万一支那軍に発見されて計画が頓挫した場合には、火をつけてランチもろとも焼き払う計画だった、というのだ。

工藤も当夜は知らされていなかった。

知っていたのは天津軍から派遣された指揮官の諏訪だけだったという。この計画は支那派遣軍の発案とされているが、土肥原が知らぬはずはなかったであろう、と工藤忠は書いている。爆破されれば船もろとも工藤も吹っ飛ぶというわけで、のちに土肥原に「ひどいな」と言ったとも。

一方で、溥儀を監視し脱出阻止を図っていた天津総領事と日本の警察側はまんまと闇にまぎれて脱出され、地団駄を踏んで悔しがった。

その無念ぶりを戦後になって桑島主計《かずえ》総領事が手記（『文藝春秋　臨時増刊』昭和三十年八月刊）で書き残している。

それによれば、「十一日の朝、警察署長が悲壮な口調でやって来て、何とも申し訳ない。昨夜、宣統帝が脱出して行方不明になりました、と泣きそうな顔をして告げに来たので、よく頑張ったのだからやむを得ない、と激励して帰した」という。

安東や奉天で総領事館勤務の経験がある吉田茂は満洲事情に明るい。のちに後輩の桑島を慰め、こう言っている。

「そう肩を落とす必要はない。宣統帝の脱出は誰にも止められなかっただろう。なにしろ相思相愛の駆け落ちみたいなものだったからな」

「比治山丸」の役割は溥儀一行を渤海湾《ぼっかいわん》口の太沽《たいく》沖に送るところまでだった。

明け方前、渤海湾には日本郵船の商船「淡路丸」が待機していた。日の出前の暗い空の下、全員が揺れる縄梯子《なわばしご》をよじ登って「淡路丸」に移乗した。船に馴《な》れない溥儀はすでに船酔いしており、かなり危険な作業だった。

極秘脱出行の証拠写真が残されている。

「淡路丸」の船上で撮られた重要な証拠品と言えるだろう。

渤海から遼東湾へ向かう海上で溥儀を囲んだ十人ほどの記念写真で、溥儀が中央で中折れ帽にマント姿で船長や鄭孝胥と鄭垂、上角、工藤などとともに威儀を正して写っている。

十一月十二日午後の撮影で、軍機に属する貴重な紙焼きを工藤忠が持ち帰り保存していたものだ。「淡路丸」はその後夜陰をついて渤海湾を北上し、朝もやの中を營口《えいこう》市の満鉄埠頭までたどり着いた。

約六十時間を船中で過ごし、日付は十一月十三日朝を迎えていた。

營口は遼寧《りようねい》省の遼東湾出口である。

ここまで来れば関東軍の守備範囲であり、一同安心して船内で朝食を摂った。

「陛下、兵卒と同じタクアンと味噌汁《みそしる》にメシだけですが、卵を一個調達しましたから召し上がってください――」

工藤から差し出された食事は溥儀が見たこともない粗食だった。

空腹だった溥儀は一気に掻《か》き込んだ。

朝十時、接岸した「淡路丸」の桟橋を降りながら溥儀は、一瞬目を疑うような仕種を見せた。

埠頭には期待したような黄色い小旗を振る小学生の姿が見えない。

大地を揺るがす万歳の声も聞こえない。

軽い失望の代わりに、上陸した溥儀を出迎えたのは、「内藤正男」と名乗る小柄な男だった。

彼は溥儀の数歩手前で両脚を揃えて敬礼し、一礼した。

丸い鉄縁の眼鏡をかけた背広姿の男に溥儀は見覚えがあった。

静園で会ったのか、天津のどこか社交場で会ったのか、定かには思い出せないが確かに「ナイトウ」と紹介された記憶があった。

そのときには感じなかったが、今見る彼の視線に、溥儀は一瞬緊迫した気配を感じた。

その小柄な紳士こそ、この先幾度か溥儀に影のように寄り添う甘粕正彦《あまかすまさひこ》だった。

第五章

満洲国皇帝の光と影

川島芳子

静園《せいえん》に残された婉容《えんよう》は、ひと夜の戒厳令の間に姿を消した廃帝の行為を裏切りとも思わないほどただ呆然《ぼうぜん》としていた。彼女のこれまでの結婚生活で、何度目の脱出劇だろうか。

紫禁城から北府へ、北府から日本公使館へ、公使館から天津へ、天津では二回の引っ越しがあり、そしてまた天津からどこやら知らない土地へ向かって廃帝は密《ひそ》かに脱出した。

置き去りにされても、もはや恨むほどの意味も感じなかった。

のたうち回りながらも、なんとか生き続けているわよ、見えない廃帝に向けてそう叫んだ。

今度こそ、日本領事館は厳しい監視の目を静園に向けていた。

やがて宦官《かんがん》によって廃帝が満洲のある都市で日本軍の庇護《ひご》を受け、即位を待っている、との報《しら》せが届けられた。

「そうですか。でも私は行くつもりなどありませんから」

婉容は日本軍の関係者が廃帝の衣服や日用品、装飾品などを取りに来る度に「何でもすべて持っておゆき」と怒鳴っては、心を落ち着かせていた。

十二月も押し迫ったある日のこと、静まり返った静園に日本軍人が訪ねて来た。

一人の将校が面会を求めていると聞かされたときも、また怒鳴ってやればすっきりする、と思ったほどだった。

名も告げず窓の外に立っている小柄な将校の横顔を見たとたん、婉容は思わず叫んだ。

「なによ、金璧輝《きんへきき》じゃないの」

どうしたわけか、金璧輝は日本軍の軍帽を目深にかぶっていた。

敬礼しながら、はじけるような笑い声を上げて近づいてきた彼女は三年前に会った金璧輝とは別人物のように思われた。

あれは一九二八（昭和三）年初夏の昼過ぎだった。

張園《ちょうえん》のバルコニーで、粛親王善耆《しゅくしんのうぜんき》の第十四王女・顕玗《けんし》が訪ねて来るのを婉容は待っていた。

粛親王は清の太祖ヌルハチの孫ホーゲ（初代粛親王）から数えて十代目の子孫で、かつ宣統《せんとう》帝廃位に猛反対し、その後も清室復辟《ふくへき》運動に尽力してきた王族である。

その娘が廃帝と后妃に挨拶のため来訪すると聞いたときから、婉容は胸を躍らせて待っていたのだ。正式な皇后としては会えないものの、旧清朝を代表する立場にいる身としては誇らしくもあった。

去年、蒙古族の将軍の息子カンジュルジャップと結婚したばかりと聞かされていたが、溥儀《ふぎ》も婉容もまだ初対面だった。

やがて現れた客は絶世の美女というわけではないが、たとえ十人並の容姿だとしてもその豊かな表情や話し方は人並み以上に美しかった。

動作や頭脳の冴《さ》えはきりりとして、女の婉容が思わず見とれるほどである。

「支那名、金璧輝でございます。もっとも近ごろでは日本名の川島芳子《かわしまよしこ》の方が通りがいいようですが。いや、失礼しました、皇上におかれましては、ご機嫌うるわしく遊ばされなによりと存じます」

溥儀は夫も連れて来るのかと思っていたようで、

「一緒でないのは残念に思う、この次は是非会いたい」

とねんごろな挨拶を返した。

「恐れ入ります、実はお恥ずかしいことですが、結婚生活はあまりうまくいっていないものでで」

金璧輝は六歳のとき、粛親王と親交の深かった日本人で満蒙独立運動家の川島浪速《なにわ》の養女として日本へ渡っていた。

一九〇七（明治四十）年五月生まれというから、溥儀の一歳下だった。

溥儀が三歳で即位し、六歳で退位するという過酷な運命に晒《さら》されているころ、彼女は日本へ渡り知らない言葉の世界で生きていた。

そう思っただけで、溥儀も婉容も璧輝に特別の親近感を寄せたものだ。

日本で芳子と名付けられた彼女は、複雑な思春期を信州松本で過ごし、自殺未遂を起こしたあと断髪し、女を棄《す》て、男装した。

「そのあと旅順へ帰って、関東軍の斎藤恒《ひさし》参謀長の仲人で結婚したのですが、どうも夫の親族となじめずに別居中というわけです。そもそも政略結婚ですからね」

自嘲気味に言いながらも、暗さがない。

「一日暮らせば、男はだいたい分かります」

そう言われて婉容は感心し、羨ましくも思った。

あのときの璧輝が訪ねてきた、いや今は日本軍将校の川島芳子として目の前にいた。

「いったいどうして日本軍の軍服などお召しになっているのですか」

それには答えず、芳子は来訪の意図を口に出した。

「中宮は自由を得るためにも、私と一緒にここを発《た》って満洲へ行くべきです。こんなところでわび住まいをしているより、満洲で立派にお暮らしなさい。それも一刻も早く」

婉容はこれまでかたくなに満洲へ行くのを拒絶していたが、芳子にぱっと言われるとなぜか嫌だとは言えなかった。

「いいわ。もうここにいる必要もないから、すぐにでも事務的な手続きをとってくださらない」

湯崗子《とうこうし》温泉に投宿していた溥儀は、一週間ほどで旅順のヤマトホテルへ移った、という新情報を芳子は手に入れていた。

「準備は万端整った。さあ、大連経由で旅順へ行きましょう」

婉容は粗末な服と化粧で身分を隠し、芳子が雇ってきた子供の手を引いた。廃帝脱出と同じように白河を下り、渤海《ぼっかい》湾を大連へ向けて船で渡った。廃帝は營口《えいこう》へ向かったが、婉容たちは大連を目指していた。ついでながら言えば、大連と旅順はよく満洲と勘違いされることがあるが、満洲ではない。大連、旅順は遼東半島南端にあって関東州に属し、日露戦争後に得た日本領だった。

川島芳子は髪を七三に分け、男装で付き添っていた。

芳子は船の中で胸の内ポケットを軽く叩《たた》いてみせ、護衛用にピストルを持っているのだと目で知らせた。ここへ来るまでの三年間に大きく生活が変わったと、船中で問わず語りに話し始めた。

上海では日本人の田中隆吉という公使館付武官の少佐（のちに陸軍省兵務局長、少将）と同棲《どうせい》していたとも。

その田中は情報機関に関わっていて、それ以来自分も日本と清朝復辟のために働いているのだと小声で付け加えた。

「カエレワガムネニ　リユウ」

胸ポケットからそんな電報を何通も出して、婉容の前に並べて見せるのだ。

川島芳子はこの田中隆吉のほかにもその後、関東軍の多田駿《はやお》中将（のちに北支那方面軍軍司令官、大将）や国粋大衆党総裁の笹川良一（戦後は日本船舶振興会会長）といった大物著名人との噂《うわさ》が絶えなかった。

満洲への玄関、大連埠頭《ふとう》は十二月に入ってすっかり灰色の空に塗り潰されていた。

アカシアが咲き乱れるという五月ならいざ知らず、鉛色の倉庫が並ぶ大連埠頭は行き先の不安を暗示するかのように暗かった。汚れた服を着た子供の手を引いた婉容もまた三等乗客らしい身なりだった。男装の芳子に至っては、どこの誰だか国籍さえも不明だった。

彼女たちが桟橋を歩いて渡り終えると、奇妙なことにつかつかと寄って来る小柄な男が目についた。知り合いがいるはずはなかった。

芳子はさすがにすぐ反応した。

「しまった。手回しが早いな、内藤正男が来ている。いいわね、できれば知らん振りして通り過ぎたいの」

小柄なその男に婉容もかすかな見覚えがあった。

あれは静園で自分の誕生パーティを開いた夜だった、と記憶が甦《よみがえ》ってきた。客の前では親密さを装う溥儀が婉容をダンスに誘《いざな》い、タンゴを踊っているときだった。つまらなそうにふてくされていた文繡《ぶんしゅう》にあの男が声を掛けてダンスに誘ったのを婉容は横目で見逃さなかった。

「小男のくせして、恰好《かっこう》つけて」

そのときはそう思っただけで、記憶の扉の奥に忘れ去っていた。その「内藤正男」がなぜ、ここに現れたのか、芳子は説明してくれない。男は低い声と威圧的な態度で告げた。

「この先に停めてある自動車に黙って乗って下さい。御身のためです」

自動車は大連の市街地を離れ、異国情緒ただよう家並みの一角で停まった。

「ここは清朝のある遺臣の方の邸《やしき》ですから、安心して泊まっていて大丈夫です。明日は川島さん、あなたが旅順におられる皇上のホテルへご案内することになっていましたね。では失礼」

内藤正男が引き上げると、芳子はいまいましげに言った。

「畜生め、あいつが関東大震災で有名になった甘粕正彦よ。元憲兵大尉で人殺しの」

婉容が何も知らないと言うと、芳子は日本人なら誰でも知っているという有名な事件のいきさつを語った。関東大震災なら婉容も聞き知っている。

清室からも大枚の義援金を送った記憶があるからだ。廃帝が北京の日本公使館で芳沢公使から厚遇を受けたのもそのお蔭《かげ》だと思っていた。

甘粕が憲兵大尉であった時に大震災が発生し、無政府主義者大杉栄夫婦と七歳になる甥《おい》が彼によって殺害されたのだと芳子は言う。

その後は刑期未了のまま贅沢《ぜいたく》なパリ暮らしをし、今では愛国者として奉天あたりで君臨するやさ男、それが芳子の甘粕評だった。

「この世と地獄を往き来する回転扉のような男なんだよ。まあ、どうでもいいけどね。明日《あした》の朝は早出で旅順に行くから、ゆっくり寝なさい」

再び軍服に着替えていた芳子は、男だか女だか分からないような口調で「お休み」を言うと、さわやかな笑顔を残して消えた。

翌朝、再び汚れた服で変装した婉容は、満鉄の駅から旅順へ向かった。

キリスト教徒でもなければ何の関心もない十二月二十五日午後、帝政ロシア風のヤマトホテルに入った。

執政就任

溥儀一行は列車に乗り換え、奉天の手前にある鞍山で降りた。

案内する「内藤」は途中ほとんど無駄口を利かなかったが、鞍山に着く直前に威儀を正すようにしてひと言溥儀に挨拶をした。

「先ほどは失礼しました。私は甘粕正彦という者です」

溥儀は静園のパーティの夜の男の横顔に、今目の前にいる甘粕の顔を重ねてみた。

関東軍から密かに送られて来たのだと察せられたので質問をすれば、

「いずれ板垣大佐から説明があるはずです」

としか答えなかった。

駅前から乗った馬車は、東の山あいにある湯崗子《とうこうし》温泉の対翠閣という旅館の前で停まった。

満鉄が経営するというこの旅館に着くと、甘粕から三ヵ条が言い渡された。

満洲へ来た以上、生命の安全は保証する。

一切は関東軍の指示に従われたい。

許可なく誰とも会ってはならない。

これには鄭孝胥父子《ていこうしょおやこ》も工藤も唖然《あぜん》としたが、溥儀の顔にははっきりと絶望と不快の色が浮かんでいた。それは一種の軟禁状態だった。

十一月十八日、不安でくつろげない数日を湯崗子温泉で過ごしたのち、溥儀たちは列車で旅順のヤマトホテルに送られて来たのだ。

旅順に来ると、これまでとは大きく雰囲気が変わった。

ヤマトホテルにはひと目溥儀に挨拶だけでもと、各界の著名人が名刺と土産物を携えて群がってきた。だが、彼らを甘粕はにべもなく追い返した。

小柄で柔和な目を見る限りは、甘粕のどこにそんな力が潜んでいるのか溥儀にも分からない。甘粕の中に権勢欲や物欲といったものは感じられなかった。多少とも私欲があれば、もっとうまい世渡りができたはずだ。溥儀の周辺にいる遺臣たちでさえ、栄達を狙って日夜激しく相争っている。

溥儀は幼いころから特殊な生い立ちを経て、人を信じない人間になっていた。甘粕と自分はどこか似通ったところがあるようにも思えた。

だが、後年の歴史をみれば分かるように、甘粕は溥儀ほど処世術に長《た》けてはいなかったし、保身に身を焦がすこともなかった。

人目の多いヤマトホテルを棄てた甘粕は、溥儀を旅順内にある粛親王の別荘に移した。

「奉天へ行けばすべてが解決される」と土肥原は言ったが、解決の糸口が見えたのはそれから三ヵ月経《た》った一九三二（昭和七）年二月二十三日の旅順だった。

関東軍司令官・本庄繁は、その日の日記に次のように記している。

「此日板垣旅順に至り、国号その他を定む。国号は満洲、元首は臨時執政」

二月に入ってから集中的に関東軍主導で満蒙新国家建設委員会が開かれてきた。十九日には溥儀をとりあえず満洲国執政とすることと、共和制を敷くことが決定された。ちなみに「関東」とは漢人との境界線である万里の長城の東端にある山海関《さんかいかん》の東側、という意味である。地勢的には満洲全土が含まれる広大な土地だった。

関東軍の司令部は当初旅順に置かれていたが、昭和六年九月の満洲事変以降、新京（現長春）に移転していた。

板垣征四郎は重い陸軍鞄《かばん》を提げて、新京から旅順の溥儀を訪ねた。

すでに共和制と決定されたことを知っていた溥儀は怒りに震えていた。

溥儀に同行してきた鄭孝胥《ていこうしょ》父子も工藤も羅振玉《らしんぎょく》も復辟の機会を捉えるべく必死で交渉を続けていたはずだったのに、という思いが消えなかった。

しかし、関東軍内部では帝政では満洲三千万の民衆を納得させにくいと判断していた。共和制として溥儀を総統とする案が妥当だとし、当初は不服としていた鄭孝胥にも了解を得たという。鄭孝胥はその代わりに新政府の総理に就く条件を板垣から提示されていたのだが。建国を急ぎ、かつ国際社会から面倒ないちゃもんをつけられずに済むには共和制の方がやりやすいのは当然だった。

粛親王の邸へ乗り込んできた板垣は、司令官の意見として次のような見解を溥儀に伝えた。

「民本主義にのっとり、政体は執政政治とする。執政が善政を布《し》けばその徳を称《たた》えて民衆から帝政を望む声が上がるだろう。民衆の生活程度は格段の進歩を遂げ、世界に誇れる国造りができるはずです。そのときは一年後かもしれないが、皇帝の位に就かれることとなりましょう」

溥儀は一年の猶予だと言われて妥協し、結局この案を容《い》れた。

だが冒頭、廃帝の怒りは爆発しそうだった。

板垣が、

「満洲国は満、漢、蒙、日、鮮の五族による新たな国家であり、元首は執政。執政として愛新覚羅《あいしんかくら》溥儀氏を推薦します。元号は大同、首都は長春、ただし新京と改め、国旗は五族の協和を表す五色旗であります」

と宣言したときだった。

それが列強の非難に対しては一番の方策なのだ、と説明したときはほぼが引きつっていた。

だが、鄭孝胥《ていこうしょ》がやってきて叩頭《こうとう》し、

「関東軍司令官の推薦により、すでに臣は国務大臣に就任し内閣を組閣致しました」

と言われると、ようやく溥儀も落ち着きを取り戻し、微笑すら浮かべて板垣に手を差しのべたのである。つまり、鄭孝胥が満洲国の初代総理に決定されたというのだ。

「皇上、誠に畏《おそ》れ多いこととは存じますが一年のご辛抱で帝政になりますれば、三千万同胞は落涙して陛下をお迎え致します。執政の地位は皇帝とほとんど変わらないと申し上げておきます。ここはしばし、ご猶予を」

ではなぜ皇帝と呼ばせてくれないのか。そう言いたかったが、溥儀は言葉を呑《の》んだ。鄭孝胥のこのひと言で最後の決断を下した溥儀は、長春へ赴き執政就任式に臨む決意を固めた。

一九三二（昭和七）年三月一日は満洲国の誕生記念日となった。

奉天、吉林、黒竜江《こくりゅうこう》の三省が中華民国から独立するのだ。

満洲事変から半年も経たないで生まれた新国家は、各地で子供たちが振る日章旗と五色旗によって祝賀ムードに満ちていた。

前年末、旅順のヤマトホテルへいったん投宿した婉容は、溥儀の移動先、粛親王の別邸へと旬日後には合流し再会を果たしていた。

すぐに一緒になれなかったのは、変事を嫌った甘粕の差配によるものだ。

新年から建国前夜のあわただしい人の往き来に惑わされて、三月を迎えた。

執務室から廃帝のいらついた声が聞こえてくる。

関東軍の板垣の使者と、九日に行われる建国祝賀祭の打ち合わせをしているのだ。

使者は穏やかな声で説明を繰り返していた。

「閣下、『満洲国執政就任次第書』を持参しました。六日から式当日までの細かな式次第と警護の陣容などが記載されております。

隠密行動の必要性から、粛親王邸を出ていったん湯崗子《とうこうし》温泉対翠閣へお入りいただき、六日朝、ご出発願います」

「今、閣下と言われたがなぜ陛下ではないのか。私は帝位に就けないのなら出馬はしない」

「しかしながら、閣下――。これは暫定的な措置でありまして、閣下をやがて皇帝に推戴する日は近いものと確信しております。あくまでも暫定措置です」

繰り返される帝政へのこだわりは、婉容からみればどうでもいいことに思われたが、廃帝の声はかすかに震えていた。

その三月六日、執政溥儀は何台もの自動車の列に囲まれて湯崗子温泉から長春に向かった。營口《えいこう》上陸のときと同じく、甘粕正彦が同行している。

違うのは營口では溥儀を失望させたが、今度は五色旗と日章旗を掲げた祝賀パレードが繰り広げられ、軍楽隊が行進し紙吹雪が舞い散っていることだ。

長春は間もなく新首都となり新京とその看板が塗り替えられる。

その瞬間に式台に立った溥儀は、上機嫌だった。

「執政とは名ばかりです。実権は皇帝と変わりないと思って下さい。清室の弱点である国防はわが関東軍が、鉄道は満鉄が引き受け、教育も産業も日本国家が責任をもってあたるのです」

それを期待しよう、板垣が言った言葉を反芻《はんすう》しながら溥儀はいくつもの文書に笑顔で執政印を捺《お》していた。

このとき溥儀は二十六歳、板垣大佐四十七歳である。

溥儀は帝位に就けないのなら出馬しない、と言って「一年後」を遂に約束させた。

日本側としては溥儀をいきなり皇帝に就けるのでは「清朝復活」という印象が強まり、「五族協和」の精神が薄れ、多くの民衆から反発を買う危険が高いと苦慮した末の決断だった。ほかに適当な人物がいるわけではなかったので、あくまでも溥儀を説得する以外に手段はない。

「脅迫された」と溥儀は言うが、板垣にしてみれば脅迫を受けたのはむしろ自分の方ではないか、市ヶ谷の法廷で聞き耳を立てていた板垣の表情は苦笑で歪《ゆが》んでいた。

「常時いろいろな脅迫、危険を感じるような事件が連続して発生しました。その結果、天津にいた日本の駐屯軍司令官・香椎浩平《かしいこうへい》が旅順に行くよう私に強制したので、私はやむを得ず旅順へ行ったのです」

一九四六（昭和二十一）年八月十九日午後、市ヶ谷の証人席で溥儀は「脅迫」と「強制」を執拗《しつよう》に強調した。

　引き続き行われたキーナンの質問に対しても溥儀は同じような回答を繰り返していた。被告席に座る板垣や土肥原《どいはら》たちはときに呆然とし、ときにさりげない態度で聞き耳を立てていた。

　この日のキーナンと溥儀のやりとりのあらましを、もう少し引いておこう。

「板垣大佐があなたに対し、新満洲国の領袖《りょうしゅう》となるよう申し立てたとき、あなたはどういう返事を与えましたか」

「当時私は板垣大佐に対して拒絶しました」

「中国人のあなたの顧問（引用者注・鄭孝胥《ていこうしょ》父子や羅振玉《らしんぎょく》などを指す）と板垣の会議についてはどうでしたか」

「板垣が私の顧問たちに、もし執政就任を拒絶すれば生命に危険が及ぶと申しましたので、やむを得ず応ずるように勧めました」

「あなたは日本側に抵抗する意思がありましたか、どうですか」

「本当の気持ちとしては拒絶したかったのですが、武力的圧迫と、生命の危険があるというのでやむを得ず屈服致しました」

　このあたりになってくると、キーナン検事の質問がまるで日本側弁護人の質問のようではないかと耳を疑うほどの変化を見せ始めていた。

「脅迫された」「生命の危険があった」の連続で、主席検事すらいささか嫌気がさしてきたのだ。加えて、証人台の下に置かれたシベリアで作成された証言用ノートを見ながらの返答に、ウェッブ裁判長からは「新たに作成されたノートは見てはだめだ」と忠告される始末だった。

かつて帝室教師を務めたジョンストンは『紫禁城の黄昏』の最終章でこう記している。


「シナ人は、日本人が皇帝を誘拐し、その意思に反して連れ去ったように見せかけようと躍起になっていた。その誘拐説はヨーロッパ人の間でも広く流布していて、それを信じる者も大勢いた。だが、それは真っ赤な嘘《うそ》である。（中略）さらに皇帝が『満洲の国王になるくらいなら、自害すると皇后と約束していた』という主張も同じである。

（中略）皇帝が誘惑されて満洲に連れ去られる危険から逃れたいと思えば、とことこと自分の足で歩いて英国汽船に乗り込めばよいだけの話である。皇帝に忠実で献身的な臣下の鄭孝胥は、皇帝の自由を束縛する牢番《ろうばん》ではないことを強調しておきたい。皇帝は本人の自由意思で天津を去り満洲へ向かったのであり、その旅の忠実な道づれは鄭孝胥（現在の国務総理）と息子の鄭垂だけであった」

溥儀という稀《まれ》にみる特殊なカードを使ったスターリンと蔣介石《しょうかいせき》による「偽証」工作は、到底溥儀があらがえるようなものではなかった。

さらにアメリカとイギリスが加わった連合国間の激しい戦後処理の利害競争が溥儀を翻弄したことも間違いない。

廃帝に憐憫《れんびん》を感じることも憤怒を感じることもできるだろう。それゆえに、数奇で奇怪な溥儀の生涯を象徴する法廷となった。

「自由意思」で新京の式台に立ち、手を振って歓呼の声に応える溥儀は、実に晴れ晴れとした表情を浮かべていた。

三度目の皇帝即位

執政による新政府は新京の中央にある大きな洋館に置かれた。

長春が新京と名称が変わるのは一九三二（昭和七）年三月十四日発布の法令からである。

溥儀たちはやがて市街地のすぐ近くに建てられた帝宮に移り住むのだが、それまでは市内の古いビルを改修した建物に住んだ。

執政府が置かれた一角は勤民楼と命名された。

住居部分は緝熙楼《しゅうきろう》と呼ばれる二階建ての立派な館《やかた》で西側に溥儀が、東側に婉容が住んだ。

緝熙楼には婉容専用の膳房があった。宦官が三人と劉媽《りゅうぼ》（劉婆《ばあ》や）という召使い、それに二人の日本人侍女が皇后に、いや正確には執政夫人に伺候した。

新京の街が誇るのは最新の上下水道を完備していることだった。もちろん、満洲国国務院が国都建設事業計画を急速に実行に移した結果である。

当時の支那には衛生観念というものがなく、厠《かわや》(便所)さえ一般には存在していなかった。至るところで垂れ流し状態だったので、井戸水に汚水が流れ込むという不衛生な環境のままだった。そこで一挙に下水を完備させ、百パーセントの水洗便所化を果たしていたのである。

アジアではほかに例をみない先進的街造りと言ってよかった。

婉容たちは雑誌で見る西欧のホテルの便所と同じ衛生環境になってみて、初めて板垣が言った言葉の意味を解した。

「民衆の生活程度は格段の進歩を遂げ、世界に誇れる国造りができるはずです」

それさえも当時はそら耳で聞き流していたものだった。

溥儀が使う西棟には幾つかの応接間と執務室以外に主寝室と女官部屋があり、二人の女官が身の回りの世話をしていた。さらに客用の寝室があったので、溥儀はひととき王鳳池《おうほうち》を呼び寄せ、そこに住まわせたこともある。

表向きには十数人いる宦官の中の一人に過ぎないので、特に目立つまいと溥儀は思っていた。

しかし、関東軍の中から「宣統帝はどうも同性愛者ではないのか」という噂《うわさ》が立ち始めるのにそう時間はかからなかった。表向きはいっけん婉容と睦《むつ》まじく見える瞬間があったものの、よく注意していれば冷ややかな関係だということは誰にでも分かった。

満洲国建設宣言に続く執政就任式から二年が過ぎた初春である。

一九三四（昭和九）年三月一日、約束より一年遅れではあったが帝政実施が決定され、溥儀は皇帝に即位した。

年号は「大同」から「康徳」と改まり、康徳皇帝というのが正式称号である。

二十八歳になっていた溥儀にとっては、生涯で三度目の皇帝即位となった。

婉容は二度目の皇后即位である。

もちろん溥儀の感激は一入《ひとしお》だったが、国務総理に就いていた鄭孝胥は涙を流して溥儀に祝意を述べた。

「皇上、清朝復辟にはまだ道半ばでございますが、満洲国の皇帝となられれば全国統一の足がかりともなりましょう。長い間のご苦衷、お察し申し上げます」

落ちる涙も拭わず、叩頭を繰り返しながら口上を述べる老臣の言葉に溥儀の胸も熱くなった。

「即位式には是非とも龍袍《ロンパオ》を着たい」

即位が内定したとき溥儀は鄭孝胥にそう告げた。

だが、関東軍が反対していることを知っている鄭は溥儀を諌《いさ》めた。

「皇上、畏《おそ》れ多いこととは存じますが今は清朝復辟《ふくへき》の式ではございません。菱刈隆《ひしかりたかし》関東軍司令官の申すとおり即位式は大総帥服で堪《こら》えて下さいますように。その代わり私から折衷案として、即位式は大総帥服、告天礼には龍袍をお召しになれるよう交渉致します」

新京の三月一日は酷寒である。

午前八時、青天だが零下十二度という空の下で、告天礼がまず行われた。龍袍《ロンパオ》姿の溥儀は天壇に上がると、大清皇帝伝統の作法にのっとって太祖への報告を済ませた。続いて宮内府へ移り、大総帥服に着替えて即位式に臨んだ。

改めて皇后となったにもかかわらず、婉容はこの重要な二つの儀式に参列しなかった。もっともらしい弁解だけはあらかじめ用意されていた。

「皇帝の即位は陣中即位であるから、戦陣に女性はふさわしくない」というのが表向きの理由である。だが、関東軍首脳の間では、婉容が皇后としてどうもふさわしくない、ともっぱら信じられていたことが真相だった。婉容は自室にこもったまま出て来なかった。

アヘン吸引の常習者、夫婦仲の悪さ、精神不安定という幾つかの原因が挙げられていたが、溥儀もその推論に賛成していた。

皇帝に就任した溥儀は、日々の落ち着きを取り戻したかに思われた。

思い出したようにではあるが、婉容の寝室を夜遅くに訪れることもあった。けれども時間は短く、何事も起きなかったと報告された。婉容に冷たくあしらわれたのだとも噂された。

溥儀の性的な能力が失われているという事実は誰よりも本人がよく知っていた。同衾《どうきん》する時間が短いまま自分の寝室へ帰る溥儀に、医師が治療を勧めるようになったのはそんな噂が広まり始めたからだ。日本人の医師から週一回、ホルモン注射を受けるというところから始まった。関東軍の強い意向を受けたものだといわれる。

「このままでは皇帝の世継ぎができない。皇帝の治療と、きちんとした配偶者を見つけることが急がれる」

帝政実施となったからには、当然の心配事といえた。

溥儀は医師の診断を受けるとともに、側室を探す件にも賛意を示した。

憮然《ぶぜん》とする婉容以外に、反対者はいなかった。

六月六日には、天皇（昭和天皇）の名代として弟宮の秩父宮雍仁《やすひと》親王が新京を訪れた。

私的な会合以外には即位式さえ出席させられなかった婉容だが、このときには皇后として出席がかなった。日頃、アヘン吸引のせいで足元もおぼつかないことがある彼女を知っている側近たちは、いち様に不安を隠しきれなかったものだ。

秩父宮は六月六日朝、お召艦「足利」で大連港に上陸した。

一週間ほどの滞在ののちに、奉天と大連を経て帰国するというスケジュールだった。

満鉄の特別列車で新京駅に到着した夕刻六時、ホームには出迎えた溥儀の姿があった。「康徳皇帝陛下の御正装にて立たせ給えるを拝し奉る」と通訳に指名された外務省の林出賢次郎の公式記録にある。

翌七日の公式行事は午前九時、宮内府勤民楼で始まった。

秩父宮が、皇帝に天皇陛下からの親書とともに「大勲位菊花大綬章」を、皇后には「勲一宝冠章」を贈る儀式が執り行われた。

このときの婉容は大変に機嫌もよく、長い間着ることもなかった衣装や鳳冠《ほうかん》、宝飾品の数々を取り出しては皇后として認められた喜びを噛《か》みしめていた。

秩父宮は皇后に対しにこやかな表情で声を掛けた。

「皇后陛下には従来儀式等にはあまりお出まし遊ばされぬご様子と伺いましたが、本日特にご出席遊ばされましたことは、皇帝皇后両陛下が日満親善のためにいかにお心を用い給われているかを示すものでありまして、この点は帰国の上、わが天皇陛下にご報告申し上げるつもりです」

この秩父宮の満洲訪問にあたっては、事前に皇帝の訪日と天皇陛下への拝謁がほぼ決定されていた。秩父宮訪満はその地ならしの意味もあった。その意味からいっても皇后婉容が何事も起こさず、天皇の名代に礼を欠くことなく終始したのは清室、関東軍双方にとって誠に幸運だった。

婉容は受けたばかりの勲章を胸につけ、きらめくような立ち居振る舞いをみせ、側近たちの心配は杞憂《きゆう》に終わった。

関東軍の副参謀長だった岡村寧次《やすじ》少将（のちに支那派遣軍総司令官、大将）も胸を撫で下ろした一人だった。

「それは奇跡としか言いようがなかった。満洲国皇后は元来ヒステリー症に罹《かか》っており、いまだかつて人前に顔を出すことはなかった。満洲国の要人でも、一人も彼女に会ったことはない。しかし、皇帝が秩父宮殿下を招宴したときに、皇后は思いがけないことに臨席し、皆をびっくりさせた。話によれば、病状が突然好転したそうだ」

それは事実だった。

けれども、婉容のアヘン吸引は新京に来ていっそう頻度を増しており、すでに中毒症状を発症し、イライラがつのっていたのが実情だった。

秩父宮招宴における婉容の皇后としての輝きはまさに奇跡であった。

そして彼女が清室へ輿入《こしい》れして以来、おそらく最初にして最後の光芒《こうぼう》を放った一瞬だったのではないか。その直後からはお出ましの回数は再び激減し、鬱々とした日を送っていた。

婉容懐妊と溥儀の「病気」

秩父宮との会見行事が無事終わって、夏も終わろうとするころのことだった。中宮が緝熙楼《しゅうきろう》東側の自室で嘔吐《おうと》しているのを宦官が見とがめた。嘔吐はごく軽い程度だったので、そのときは気にも留めなかったが、それが繰り返されるに至って宦官と劉婆やは嘔吐がご懐妊による悪阻《つわり》だと気付いた。

ある日、婉容が婆やに自ら告白した。

「ねえ、劉婆や。私はどうやら妊娠したらしいのだけれど、医者を呼べば日本軍の医者が来るから、誰か婆やの知り合いを連れて来て欲しいの」

婆やと宦官が相談して密かに緝熙楼へ連れて来た満洲人の医者は簡単な診察で「おめでとうございます」と言って帰った。

「私は懐妊したので、お腹《なか》の子は産むことにしますから」

いきなりそう言われた溥儀は度肝を抜かれるほど驚き、そして否定した。

「何を言うか。腹の子は私の子ではないぞ」

「いいえ、陛下のお子でございます。ほかに何があるというのでしょう」

「馬鹿を言うな、お前は狂ったのか。そんなはずがあるわけがない。誰かほかの男と関係があったに違いない」

そう言いながら溥儀は三、四ヵ月前の自分の行動を思い出してみたが、秩父宮の訪問を控えたその時期に皇后の寝室を訪ねた記憶はなかった。

新京に来てから、溥儀が皇后の寝室をまったく訪ねなかったわけではない。幾度かの訪問が宦官の記録にはあったが、朝までいたためしはない。ほんの短い時間ちょっと寄る、といった程度ですぐに自分の寝室へ帰って行った。

実際に性生活がなかったことは、誰よりも溥儀自身が自覚している事実だ。たとえ多少睦み合うことがあったにせよ、妊娠する行為にまで至る夜の記憶は溥儀にはまったくなかった。

溥儀は完全な同性愛——宦官との性的関係だけだったというわけではないが、ほとんど女性との性交渉に興味を失っていた。

ただ、新京へ来て執政から皇帝に即位するという段になって、「お世継ぎ」問題が発生したことは彼の大きな負担となっていた。

そこで、寝る前にもっとも信頼がおけて甥にあたる毓嵒《いくがん》に男性ホルモン注射を打たせていた。

溥儀は周囲にはあくまでも風邪を装って毓嵒を招き入れ、ホルモン注射は最高の機密事項とされていた。立ち会った宦官の報告書には、その「風邪薬」は、男性ホルモン剤の「司保命」というものだと記されている。

まず緝熙楼《しゅうきろう》西側の洗面所で、注射器の消毒と薬の選定を慎重に行った。沈殿がないものを選ぶためだ。注射は臀部《でんぶ》に打っていたが、いくら蒸しタオルで臀部を蒸らしても毎日打てば尻の筋肉が硬くなってしまう。

蒸しタオルで丁寧に皇帝の尻を温める役は、決まって王鳳池だった。鳳池が蒸したあと、尻の左右に交替で注射を打っていた、との記録が残されている。

だが、その効果はまだ未知数だった。皇帝自身の「病気」治療への努力には、それなりに必死なものがあった。その努力のさなかに婉容の妊娠が発覚したのは、溥儀にしてみれば許し難かった。婉容の懐妊を表沙汰にはできないし、ましてや産ませるわけにもいかなかった。

「中宮の出産は断じて許されない。堕胎させよ」

宦官にそう叫んではみたものの、誰も婉容に近寄れない。

いくら溥儀に怒鳴られようとも婉容の答えは、「産みます。皇帝のお子でしょう」のひと言だった。

「妖婦めが。相手の男を捜せ」

ジレンマに陥った溥儀は、密かに宦官たちに命じて間男を捜し出させた。調査の結果、溥儀と婉容の両方に仕えていて、しかも中宮と親しかった若い侍従二人の名が挙がった。日本の陸軍士官学校に留学させたばかりの祁継忠《きけいちゅう》と、宮内府に勤めていた李体育の二人である。

李は紫禁城時代から内務府に勤め、溥儀、婉容ともに親しかった。宦官とは別に、溥儀がこの若き官僚とも同性愛関係にあったことはのちに孫耀庭《そんようてい》が証言している。

眉目秀麗で頭も切れたため、溥儀は満洲まで連れてきて溥儀と婉容の寝室の間にある薬房の管理を任せていた。緝熙楼《しゅうきろう》の東西の棟にまたがる部屋だ。

その李体育が、月日が経つうちに婉容とねんごろになってしまった可能性は十分考えられた。

もちろん成績優秀で男前だった祁継忠も婉容に可愛《かわい》がられていた。

だが、いくら質《ただ》しても二人とも事実無根です、と潔白を主張するばかりだったので、やむを得ず二人とも追放処分とした。

騒いでいる間に婉容のお腹は日増しに目立つようになり、やがて出産の準備に入った。

最後に溥儀が出した案は、

「生まれた赤児《あかご》は宮廷外に出せ」

というものだった。それが最大限の譲歩だった。

しかし、それには付帯条件があった。

「緝熙楼内で産むしか方法はないが、その場合、産婆を呼んではならない」

と言い渡され、溥儀の甥の妻を呼んで出産の手伝いにあたらせた。その年も暮れようとしていた十二月末、婉容は小さな女の赤ん坊を産んだ。婉容は産んだ赤ん坊の顔を見た。

居合わせた者は婉容によく似た美人の赤ん坊だと言ったが、溥儀に似ているかどうかは誰も判断できなかった。

赤ん坊は婉容の懐から引き離され、残酷な結末を待つ身となった。三十分後、婆やに宮廷外に連れ出される途中で、小さな命は終わった。

溥儀から指名された宦官の一人が赤ん坊を婆やの腕から引きはがすと、ボイラーの燃えさかる炎の中に投げ入れたのである。不義密通の相手は、おそらく李体育ではないか、という説が有力になったが真相は不明のままだ。

産んだ子の父親の名は女にしか分からない。

婉容は溥儀の子である可能性を否定しなかったが、溥儀に迷いはなかった。

溥儀は「捨てよ」と命じ、万にひとつの可能性も信じようとはしなかった。

北京のホテルで筆者が賈英華《かえいか》氏から直接聞いた話によると、生まれた赤ん坊については次のような余談が残されている。

「産婆代わりの甥の妻だけでは心もとないので、婉容は自分が育った天津から信頼する産婦人科医を呼びました。溥儀の二番目の妹に取材したところでは、彼女は『赤ん坊は死産だった』と語っていますが、これは妹ゆえの言葉ではないかと思われます。ボイラー説のほかに、第三者の家族にもらわれて育てられた、婉容の兄の手に渡された、など諸説ありますが、やはりボイラー説が根強いのです」

こうした事件があってから、ますます夫婦の関係は冷え冷えとしたものとなった。

年が明けて一九三五（昭和十）年一月二十日から、溥儀は避寒のため旅順、大連へしばらく出掛けたが、もちろん皇后は「病気のため」を口実に同行しなかった。

溥儀はこのことをきっかけに婉容との離婚を考えたものの、満洲国総務庁は認めなかった。避寒から帰った溥儀は、婉容を軟禁状態にしてしまった。彼女の行動は極限まで制限され、監視された。さらに、外部から親族などが訪れることまで禁止した。幽閉同然だった。

つい二、三ヵ月前までは服装にも気を配っていたが、出産以降婉容は別人のようになった。髪に櫛《くし》も入れず、顔も洗わず、足を湯につけることさえしなくなった。

アヘンの吸引だけが増えた婉容の肉体と精神は、完全に崩壊し始めていた。

溥儀が当時、緝熙楼《しゅうきろう》内に開設した満洲青年のための教育塾に参加した溥儀の甥・毓嶦《いくせん》は、皇帝夫妻の生活を垣間《かいま》見て次のように書き残している。

出典は『往時不寂寞』（李菁著、二〇〇九年）の中に掲載されている毓嶦《いくせん》の口述『我所知道的溥儀』を訳出したものだ。

「建物の東側へ行くと、ドアの隙間からアヘンの煙が流れ出てくる始末だった。私がちょうど溥儀に付き添って西側へ行こうとすると溥儀が向かいを指差した。その指先に見えたのは婉容だった。頭はぼさぼさで、黄土色の寝巻きを着ていたが、骨と皮ばかりに痩せ、顔色はアヘンの煙のようで本当に驚いた。私は長く見るに堪えず、また溥儀がこんな風になった婉容についてどんな思いでいるのか聞くこともなかった」

溥儀は『我的前半生』の中で、この件についてわずか二、三行の説明でかたをつけている。

「――彼女の口から、彼女自身の心情、苦しみ、願いなどを聞いたこともなかった。私が知っているのは、彼女がのちに吸毒（アヘン吸飲）の習慣に染まったこと、許しえない行為があったこと、だけである」

「許しえない行為があった」という漠然としたひと言だけを共産党幹部に報告して、仔細《しさい》は隠そうとした。自分の皇后指導の責任を問われる危険と、皇帝としての尊厳に関わる大事だったからにほかならない。

初の訪日

一九三五（昭和十）年四月、溥儀の訪日が実現した。

皇后婉容が引き起こしたやっかいな問題を払拭したかった溥儀にとって、日本への公式訪問はまたとない晴れがましい舞台設定だった。

表向きには天皇の直宮・秩父宮が即位に際し新京まで来てくれたことへの答礼、という形をとっていた。

だが、実際には「日満親善」を両国民に直接訴えかけるには絶好の機会と考えられていた。

軍艦「比叡《ひえい》」が大連まで差し回され、溥儀は横浜から東京駅へ向かった。

東京駅駅頭では天皇が出迎え、初対面の二人は固い握手を交わした。

天皇が一九〇一（明治三十四）年四月生まれ、溥儀は一九〇六（明治三十九）年二月生まれだった。天皇三十四歳、皇帝は五歳若い二十九歳という若き元首同士の顔合わせである。

溥儀はのちの回顧録で「私がついに最大の錯覚を起こし、みずから至高の権威を持ったと思うようになったのは、日本訪問をしたことによってだった」（『我的前半生』）と書いている。

この「錯覚」とはもちろん周恩来へのへつらい以外の何物でもないが、皇帝としての意識に大きな転機をもたらした事実は消えない。

滞日の間、彼は天皇とともに軍隊を閲兵し、明治神宮を参拝し、支那との戦争で負傷した兵士を慰問している。多くの行事の中でもっとも溥儀を感動させたのは、天皇の母宮・節子《さだこ》皇太后の母性溢《あふ》れる細やかな心遣いだった。

皇太后の御殿に招待された溥儀が、その御殿を二人で散歩した折、坂道で皇太后に手を差しのべたことが皇太后をいたく感動させた。

だが、これさえも溥儀の回顧録にかかれば「私が裕仁天皇の母に手を貸した気持はと聞かれれば、率直に言って、純粋にへつらいのためだった」(同前)となり、日本の皇室に自分はけして屈服しなかったのだ、という主張を反省文に込めなければならなかったのだ。

そのような事態が三十年後に待っているとは知らない皇太后は、溥儀にもう一人直宮が増えたよう、と言ってわが子同然の思いを抱いたのだった。


若松の一本添へる心地して末たのもしき御代の春かな

われをしもみははのごとくおほしつるその御心にしたしまれつつ

皇太后は溥儀への印象をこの二首に詠《よ》み、その色紙が溥儀に贈られた。

若き皇帝をわが子同然に慈しんでいたことがうかがえる和歌である。

「秩父さん、高松さん、三笠さん」と同じように「満洲さん」と呼びたい、との強い愛情が読み込まれているのだ。実際に溥儀は高松宮と三笠宮の間に収まる年齢だったこともあり、親近感を増す要因となったのであろう。

あとになって溥儀が中国共産党幹部にどういい訳をしようと、彼の日本訪問時の本音は親善に満ちたものだったし、天皇家と初めて一体化できた喜びに溢れた日々を過ごしたのは間違いないところだ。

滞在の間に溥儀は、満洲国が天皇家と一体となることを自ら希望し、天皇家の祖神である天《あま》照《てらす》大神《おおみかみ》を満洲国帝室の祖神とすることを望んだ。

この発言こそ、皇太后が「わが子同然」と感動した素因と言っていい。

別れの日、東京駅まで見送りに出た秩父宮が、

「わが天皇陛下はこれに非常な満足を感じておいでになります。どうか皇帝陛下は日満親善は必ず成し遂げられるという確信を持ってお帰りいただきたい」

と歓送の辞を述べたのに対し、

「この度の日本皇室の鄭重《ていちょう》なおもてなしと日本国民の熱烈な歓迎に対し、私は誠に感激にたえません。私は今、必ず全力をあげて、日満の永遠の親善のために努力する決意を固めました」

溥儀は横浜から乗船する際に、彼の接待担当・林権助に向かいこう言った。

「天皇及び天皇の母宮にくれぐれも感謝を伝えて下さい」

その瞬間、溥儀の両目からは涙が溢れ出し、下を向いていた顔を流れ落ちていった。溥儀は天皇家の姿をありのままに観察して、天皇に対して日本の国民が抱く尊崇の念に感動した。

そして、そのままこれを満洲で実現すべきだと確認しながら新京へ戻ったのだった。中でもとりわけ溥儀が日本で感じたのは、二年前に皇太子が誕生していたために、皇室全体が和やかで明るい印象を受けたことだ。

その明るいニュースすら、溥儀には負担と感じられるのは辛《つら》かった。戻ってみるとその瞬間に、世継ぎの問題が喫緊《きっきん》の課題であることを知らされる。

溥傑の結婚

実際、溥儀に後継の太子を期待するのはほとんど不可能だと、誰もが新京では憂いていた。彼が性的能力のある同性愛者なのか、または能力そのものに欠陥があって女性全般に適応できないだけなのか、厳密には分かりにくい。

これまでは宦官との同性愛者で、女官との過度な淫行がもとで若くして女性に興味を失った、と考えられていたが違う見解も現れた。

新たな視点を示したのは甥の毓嶦《いくせん》である。

彼は先の口述書の中で、さらに次のような具体的事象を目撃したとして自説を述べている。

「溥儀にはさまざまな噂が立てられたが、私が断言できるのは溥儀は同性愛者ではなかった、ということだ。婚姻の悲劇の根本的原因は彼の身体上の理由にある。それはアルファベット二文字、ＥＤ、で説明がつくことだ」

毓嶦の意見は半分当たっているだろう。

先に紹介したように、溥儀はかなり真剣に男性ホルモンの治療に取り組んでいたのだから、原著に書かれた漢字のままいえば「勃起不全」、すなわちＥＤだったことも二分の一は正解だ。

しかし、毓嶦は王鳳池のような同性愛の相手がいたことを知らなかったから、こういう結論に達したのではないか。

最後の宦官、孫耀庭《そんようてい》から直接取材した賈英華《かえいか》の説明によれば、根本問題はやはり抜き差しならない同性愛にあった。同性愛による性生活の末に現れたＥＤ、という解釈も成り立つかもしれないのだが。

広大な満洲の農地は開墾が始まって肥沃な土地に生まれ変わっていた。

けれどもときおり襲ってくる干魃《かんばつ》と洪水の繰り返しに、満洲国政府は悩みが絶えなかった。日本国内ではそうした場合、国民に向かって天皇・皇后が率先して励ましの言葉を発し、ときには両陛下が被災者を見舞うという慣わしがあった。

関東大震災の折などは大正天皇がご不例だったため、摂政宮（裕仁皇太子）が率先して市中を巡回視察し、皇太后が被災者を見舞ったものだった。それにならって、満洲国でも被災地へ溥儀夫妻が巡幸されることが望ましいということになった。

かつて、天津駅からヤマトホテルへの車中で、吉田茂が語った話が溥儀の中にも甦っていた。

一九三五（昭和十）年九月、ハルビン郊外で起きた大干魃に際して溥儀は巡幸したが、皇后は自室に閉じこもったままだ。

神経を病んでいた皇后は、公務への出席がまったく不可能な状態だった。

関東軍は初めのうち、皇帝夫妻の私生活も重要な情報収集課題と考えていた。

ところが、皇帝夫妻の不仲と皇后の「ご不例」は、もはや覆い隠すこともできないほどおおやけになっており、情報活動の必要すらなかった。

そこで話題となったのは、一刻も早く弟宮の溥傑《ふけつ》に後継を期待する案だった。

学習院高等科を卒業した溥傑は一九三三（昭和八）年九月、陸軍士官学校本科に入学した。

二十六歳での入学で、通常の日本人の生徒より十歳近く年上だったが、そもそも日本への留学が遅かったのだからやむを得ない。

当時、外国人の士官学校留学生は中華民国の学生だけだったが、満洲国成立に伴い下級将校の育成が急がれたため、十一名の満洲青年が同時入学している。

「日満」一体の精神が求められている途上、全員が寝食をともにし、同じ教育を受けた。

小柄な日本人よりさらに小柄だった溥傑が厳しい訓練に耐えるのはきつかったが、二年後の一九三五（昭和十）年七月末に無事卒業した。

この間、かねてより知り合いだった吉岡安直《やすなお》中佐（最終階級中将）が教官として赴任してきた。吉岡とはこの先、溥儀ともども終戦直後まで深い縁が続く。新京に帰郷した見習士官は、一九三五年十月、満洲国禁衛歩兵連隊の小隊長（中尉）に昇進した。

周囲の「妻選び」の声がかまびすしくなったのは、溥儀夫妻の事情があったからだ。皇帝に後継太子ができない以上、次善の策として溥傑が日本女性と結婚し、めでたく満洲国の後継が誕生すればそれに越したことはない。

太子誕生を皇后に託すのを諦めた以上、新たな皇妃を探して期待を託すのが関東軍の使命でもあった。そこで関東軍司令官・南次郎（大使兼務）が、一九三六（昭和十一）年一月早々、溥儀に面会して溥傑の配偶者選びへの意見を聞いた。

その席で溥儀は、

「自分は溥傑さえ満足すれば、これに対して何らの文句もありませぬ。日本の皇族とでも良縁があれば両国のために幸福この上ない」

と明快に答えている（外交史料館所蔵、ロール③、「極秘会見録」25）。

この場合でも男子が生まれなければ意味がないが、溥傑の配偶者が男子に恵まれれば、満洲国皇帝の後継者安定に希望がつながる。

溥傑の配偶者としてもっともふさわしいのは日本の皇族の皇女だが、皇女を嫁がせるには皇室典範を改定する必要があった。

そこで、公家華族の令嬢の中から候補者を選ぶことになり、何枚かの写真が集められた。

この作業を仕切ったのは元関東軍司令官・本庄繁大将だが、中心になって働いたのは吉岡安直だった。

その年の春先、最終的に選択された写真の女性は、嵯峨《さが》公勝《きんとう》侯爵家の孫娘で嵯峨浩《ひろ》といった。浩は嵯峨実勝《さねとう》・尚子《ひさこ》夫妻の長女として、一九一四(大正三)年三月に誕生、このとき二十二歳になっていた。

祖父が公勝侯爵、祖母・南加《なか》は明治天皇の生母である中山一位局の姪《めい》にあたる、というごく天皇家に近い家柄で、公家華族としては、五摂家(近衛家、鷹司《たかつかさ》家、九条家、一条家、二条家)、九清華《せいが》(久我《こが》家、三条家、西園寺家、徳大寺家ほか)に次ぐ高貴な家系とされていた。

中でも祖母の南加は明治天皇の叔父《おじ》で侍従だった中山忠光卿の一人娘であったため、嵯峨家と天皇家とのつながりの深さには目を見張るものがあった。この縁談を聞いた嵯峨家では、当初降って湧いたような満洲国との縁談ということで仰天した。

やがて、吉岡らの手はずが順調に整い、浩自身も内定を受け見合いの席に座ることとなった。見合いは一九三七(昭和十二)年一月十八日、浩の母・尚子の実家で極秘に執り行われた。

その日の内に双方が合意、公表の仕方を相談するほどの進展ぶりだった。

気になる問題といえば、先にも触れた最初の結婚相手、唐怡瑩《とういよう》への処置だけだったが、これもまた吉岡安直が間に入って円満離婚が成立した。

四月三日、東京・九段の軍人会館で結婚式と披露宴がにぎにぎしく行われた。

ところが、世の中には表もあれば裏もある。片方が喜んでも、もう片方は喜ばない。

溥傑の結婚は、新たな問題を喚起せざるを得ない運命にあった。

まず、仲のよかった溥儀、溥傑の兄弟が、この結婚以降、微妙な食い違いを見せるようになる。満洲国建国三周年を期して、結婚式一ヵ月前に発布された「帝位継承法」を含む「帝室大典」が溥儀には気に入らなかった。

新法によれば、皇帝に帝長子、子なきときは孫、孫なきときは弟、弟の子、弟の孫、と帝位の継承は限りなく続いている。

ここに言う「弟」はなにも溥傑を指すものとは言えず、この先の第二、第三の皇帝の順位を法的に述べたものに過ぎないのだが、そこが微妙な点だった。

溥傑夫妻が新京へ帰って来たときのことである。溥儀は宦官に向かって次のように命じた。

「いいか、朕《ちん》は溥傑の妻が何か食べ物を差し出しても決して口には入れぬぞ。まず、お前たちの誰かが毒味をせよ。

もし溥傑が私と一緒に食卓について、彼の妻が作った料理がひと皿でもあったら、必ず彼が先に箸をつけてから食べる」

もしも溥傑に男子が生まれたら、自分は殺される。

「殺される」——溥儀は紫禁城の火災のときに叫んだ言葉を再び口にした。

そこまで弟とその新しい妻に対して疑心暗鬼だった溥儀は、確かに幼いときから暗殺の恐怖にまとわりつかれて育ったのだった。

彼はこの先二人に生まれてくる子供が男か女かを日夜気に掛けていたが、やがて溥傑が授かった子が女の子だったことを知ってほっとしたものだ。

吉岡安直

また、浩《ひろ》（愛新覚羅浩）は、戦後になって書き残した回想録『流転の王妃　満洲宮廷の悲劇』の中で結婚に至る経緯を次のように述べている。

当時、同名の映画も製作され、田中絹代監督、京マチ子（愛新覚羅浩）、船越英二（愛新覚羅溥傑）という配役で評判を得ていたさなかのことである。

「絶大なる威力を振るった軍部の圧力によって断れないように仕組まれてクモの罠《わな》にかかった非力な虫けら同然だった」

これもまた時代背景ゆえに筆を曲げたものと解釈しなければならないだろうが、中国共産党がいかに溥儀兄弟とその周囲に神経を尖《とが》らせていたかが、如実に分かる例でもある。

満洲国皇帝の実弟との縁談は、浩自身が喜んで結んだ糸だと思われていたが、戦後になると中国共産党の手前、真実を言うわけにはいかなかったのだろう。

溥儀の『我的前半生』と同じである。

実際に夫妻の仲は睦まじく、波瀾万丈《はらんばんじょう》、流転幾度ぞ、の感は拭えないが決してわりなきものではなかった。政略結婚であることは事実かもしれないが、結婚は二人が望んだもので、終生仲睦まじく暮らした。

溥儀が気にしていた最初の子である、長女・慧生《えいせい》が学習院大学二年生（十九歳）のとき、同級生の大久保武道との交際を反対されたことから心中した事件は、今なお戦後社会の重大事件として強い印象を残している。

一九五七（昭和三十二）年十二月のことだった。二人は伊豆の天城山頂近くの雑木林で、ピストルによる心中を遂げた。

なお、一九四〇（昭和十五）年に生まれた次女・嫮生《こせい》（現・福永嫮生）は、現在も日中友好活動を続けている。

溥儀は溥傑夫妻から殺されるのではないかと本気で心配した。

一方の『流転の王妃』もまた「軍部に強制された政略結婚」だった、と今度は推進役だった吉岡安直の責任を問うような言辞を述べている。吉岡に対しては「関東軍と溥儀の御用掛という身分を笠にきて、皇帝を操つる傲岸不遜な人物」だとまで評しているのだ。

吉岡（明治二十三年～昭和二十二年）は陸軍参謀本部から関東軍参謀へ転出した。

さらに満洲国設立後の昭和十年、皇帝の宮内府御用掛（関東軍司令部付）に就任、溥儀の日常生活の世話に当たっていた。

昭和十七年、中将に昇進したが、終戦直後に溥儀とともに奉天でソ連軍に逮捕された。

その後吉岡はスパイ行為などの容疑を掛けられた末にラーゲリ送りとなり、一九四七（昭和二十二）年モスクワ郊外の病院で死去した。

吉岡元中将夫人の初子は『流転の王妃』について『週刊新潮』（一九六一年五月二十九日号）で、次のように話している。

「あの本は、かなり事実と違うんじゃないかしら。政略結婚とか、関東軍の強制とかお書きになっていらっしゃいますが、私が主人から聞きましたところでは、溥傑さまが〝自分はできれば日本婦人と結婚したい。しかし直接自分から皇帝に言うことはできないから、オヤジ（吉岡中将）から話して欲しい。ダメなら仕方ないから国の婦人と結婚する〟とおっしゃっていたそうです。そのご希望を皇帝にお伝えし、今度は候補者の選択にかかったようでございます。三人のお写真を見て、溥傑さまご自身がぜひこの方をと言って浩さまをお選びになったということです」

吉岡と初子の間には二人の娘が生まれている。長女の悠紀子（大正十年生まれ）は他界したが、次女の和子（昭和二年生まれ）は初代防衛大学校校長・槇智雄（登山家の槇有恒は実弟）の長男に嫁ぎ、東京都内で健在だった。

筆者が二〇一一年秋、面会に赴くと、両親から見聞きした内容について「間違いないと思います」と語り、自身でも吉岡安直の実相を書き残し、『流転の王妃』の父親像は真実ではない、と述べた。

一人の軍人の顔を右から見るか、左から見るかによって人相が変わることがないとは言えない。吉岡の場合などそのいい例だが、ここにもう一人、的確な論評を加えた大物軍人がいる。

かつて板垣参謀長の下で関東軍参謀副長を務め（昭和十一年）、その後はラバウルで見事な持久戦を展開した今村均大将である。

今村が残した回想録（獄中から出獄後までに数版の記録がある）には、おおむね次のような発言が残されている。

「皇帝には子供が生まれないと、着任したとき聞き、万一皇帝が亡くなられたらどうするのですか、と板垣参謀長にうかがった。板垣さんは『そのときは溥傑クンだ』と即座に答えた。それを考えて溥傑夫人には日本人をと考えたのだろう。溥傑クンのため、清室のためを思っての決断だった。『軍部の圧力によって断れないように仕組まれ』たようなことを書かれたが、それは違う。

結婚の支度を考えたのは吉岡中佐の独断のようにも言われたが、そんなことは絶対にない。あの男は職務をマジメにやっただけだと思う。当時の関東軍でそういう計画を立てたとき、それを決めることができたのは板垣征四郎、石原莞爾、土肥原《どいはら》賢二、この三人だけだ。それが誰であったかは推測になるけれど、私は土肥原だと思う。

そういうわけで、皇帝が亡くなったらあとは溥傑クンと決まっていた。まだ皇帝がお元気なのに〝死んだら〟などとは言えないし、溥傑クンを皇太子になどと言い出せば、それを利用しようという輩《やから》が入り乱れるのでそうも言えなかった」

さらにもうひと言、

「満洲の方はとかく関東軍だ、吉岡だと言われるが、それは誤解です。万一の場合、浩さんは皇后になられるはずだったのだから」

最後にそう付け加えて、この部分の回想は終わっている。

篤実温厚で知られる今村大将の言葉だけに、それなりの重みがあるとみていいのではないか。

溥傑は『溥傑自伝』の中でいみじくもこう述べている。

「浩はすでに身籠っていて、お産も間近だった。これで男の子が生まれれば、溥儀に世継ぎがいない状況では、日本人の血を引いた子が帝位を継げることになる。これは溥儀がいちばん恐れ、もっとも苦痛に感ずることであった。（中略）私からいえば、これが日本帝国主義者に有利なことだとわかっていたが、内心やはり嬉《うれ》しさがあったことも否めない」

浩は日本の敗戦と同時にいち早く逃げ出すこともかなわなかった。

廃人同様の婉容と第二夫人（貴人）の李玉琴《りぎょくきん》に同行した末、日本にたどり着くまでの辛苦がいかばかりであったかは多くの人の知るところだ。

日本軍から解放されたあと反日攻撃を仕掛ける朝鮮人ゲリラ隊、八路軍（中国共産党軍）、国民政府軍らがうごめく中をたらい回しにされた歳月の辛苦は筆舌に尽くしがたい。

浩が戦後に書いた苦難の道は、いかなる星の下でも消えることはないが、吉岡安直が激流のような歴史の下で非命に殉じた道もまた消えない。

第六章　后妃たちの終戦

「世継ぎ」と新側室

溥傑《ふけつ》の結婚は溥儀《ふぎ》の複雑な内心を別にすれば、すべてうまく運んでいた。

そこで次に考えなければならないのは、溥儀自身の血筋に男子をもうけることだった。

そのためには、皇后以外の女性の選択を新たに考慮に入れる必要がある。

関東軍の南次郎司令官は溥傑の結婚問題を提案したとき（一九三六年一月の極秘会見）、溥儀に対してすでに「側室選びなど、何らかの方法を講じていらっしゃるのか」と踏み込んだ質問を発している。

そのときから溥儀と関東軍幹部や大使との会見に立ち会って通訳を務めたのは、外務省から派遣された林出賢次郎書記官だった。

林出は上海の東亜同文書院在籍中に支那各地を歴訪し、語学の修練を積んでいた。通訳を務めた際この「厳秘会見録」を林出が保存し、後年遺族が外交史料館に寄贈した貴重な一次史料が残されている。

溥儀の「側室選び」への返答はなかなかふるっていて、

「初めは戴濤《さいとう》（親王の次の位の人物）と朱なる者とに命じておったが、昨年、さらに大格格（皇后の生母の姉）にも依頼して人物を物色させております。

私はどうやら女性に興味がないかのような噂《うわさ》が立っておるようですが、いやいや、そんなこともないのです。たとえそうであっても日本で使う俗な言葉で『両刀使い』ですか？　それならば問題はないでしょう。ふぉっ、ふぉっ、ふぉっ」

とかわした。

一年が過ぎて一九三七（昭和十二）年一月三十一日になって、関東軍司令官兼大使は南次郎から植田謙吉に替わったものの、溥儀の私生活に変化はみられなかった。

植田大使はまず溥傑の結婚が決定したことへの祝意を述べ、続いて溥儀に尋ねた。

「溥傑氏の件は誠に慶賀に存じますが、第一番に大切なる陛下のお世継ぎ問題がいまだに決定致しませぬ。これもなるべく早くお決め致したいものと存じております」

「種々心配していただいてありがとう」

と言って、今宮中において勉強させている満洲旗人の娘が二人いる、十四歳と十七歳だが、性質が温厚なのでこの二人の内から採用するかどうか考慮中である、と答えた。

その後、大使は「とにかく体格健康にして、聡明《そうめい》なることが肝要でして」と伝え、二人は合意に達して別れた。

「とにかく体格健康」とは、懐妊可能で出産を期待できる、という意味である。

結局、溥儀はこの二人の候補の中から十七歳になる娘を宮中に入れると植田に報告した。植田は彼女の背後関係など、一応の身元調査を終え、

「調査の結果は万事よろしく、陛下の決定のとおりお運び遊ばされてよろしいかと存じます」

と、了解し、側室問題はここにようやく落着した。

新しい側室の名は譚玉齢《たんぎょくれい》といい、いきなり「妃《ひ》」とせず「貴人」として入廷させ、彼女の親類縁者たちの面倒までみないで済むようにしたい、と大使に話している。

溥儀はすでにこれまで、后妃たちが自分の家族に使う金銭の高《たか》の多さに辟易《へきえき》としていたのだ。

清朝の后妃と側室の制度はすでに述べたが、皇后、皇貴妃、貴妃、妃、嬪《ひん》、貴人、常在、答応の八階級あった。

玉齢は貴人として宮中に入ったので、皇帝の妻としては第六等の格を与えられ、「祥《しょう》貴人」と称されることとなった。

新たな貴人を迎える儀式は、一九三七（昭和十二）年四月三日に行われた。

溥儀は生涯で皇帝時代だけで四人の妻と、戦後の結婚を加えれば五人の妻と過ごしたのだが、皇帝時代でもっとも愛したのは「祥貴人」と通称された譚玉齢《たんぎょくれい》だったといわれる。

それでもなお溥儀は、一九六〇年代初頭に口述した『我的前半生』では、極めてシニカルな表現をもってこの結婚を共産党幹部に報告せざるを得なかった。

「一九三七年、私は婉容《えんよう》にたいする懲罰の意味を示すためと、必要不可欠な飾りを持つために、もう一人の犠牲――譚玉齢を選んだ。彼女は北京（引用者注・この時代、北京は北平《ペーピン》と呼ばれていたが溥儀は北京で通していた）のある親戚の紹介で、私の新『貴人』になった。彼女の旧姓は他《た》他拉《たら》氏といい、北京のある中学の生徒で、私と結婚したときは十七歳だった。彼女も名ばかりの妻だった。私は鳥でも飼うように、一九四二年に死ぬまで彼女を『帝宮』で養った」

二十七年後には「名ばかりの妻だった」といみじくも告白するように、性交渉がまったくなかった点は、これまでの后妃たちと何ら変わらない。

南次郎軍司令官に『両刀使い』ですか？　それならば問題はないでしょう」と妙な自信を見せたのは、見栄を張っただけのことだった。

男性ホルモン注射「司保命」の効果は依然として現れていなかったのである。

それでも表向き溥儀が祥貴人を迎えた理由のひとつが婉容に対する不満にあったため、人前ではことさらのように祥貴人と睦《むつ》まじい仲を見せつけていた。

宦官《かんがん》たちからははしゃぐような声で、

「どうやらご寵愛《ちょうあい》遊ばされているから、これでは『子宝さぐり』もあり得るかもな」

などと、期待ともやっかみともとれる声が上がったのも無理からぬ雰囲気ではあった。

宮中に入った譚玉齢の居室は、これまで溥儀が使っていた緝熙楼《しゅうきろう》西側一階の一室を空け、カーテンやベッドを揃《そろ》えて彼女の部屋に改装した。

緝熙楼東側に住んでいた婉容の部屋とはやや距離をおいた恰好《かっこう》だ。

西側の棟で往き来する二人の姿は、婉容の窓辺からも見通せた。

婉容が面白いはずがなく、ますますアヘンの虜《とりこ》になっていたのに反し、まだ二十歳にもならない譚玉齢は無邪気に振る舞うだけだった。

実際、溥儀は年も離れているせいか、女学生のまま嫁入りしたようなこの娘をことのほか気に入って、愛情を注いだことは間違いない。溥儀が残した遺品の中に、譚玉齢の写真が大切に保管されていた。総数でいえば、譚玉齢の写真が三十枚以上あったのに反して、婉容の写真はわずか八枚だけだった。まだあどけなさの残る女学生が、一九三〇年代に流行した半袖の旗袍《チーパオ》を着ているセピア色の写真が一枚ある。

素肌を出した二本の腕を軽く胸の前で交叉《こうさ》させた、しとやかで色白な譚玉齢《たんぎょくれい》だ。

その写真の上部の余白には溥儀の筆で「我的最親愛的玉齢」（私のもっとも親愛なる玉齢）と書かれている。にもかかわらず、この潑剌《はつらつ》とした新妻を性的に満足させることはなかったわけで、彼女の不満はつのっていた。外から玉齢の友人や愛新覚羅《あいしんかくら》一族の娘がやって来て麻雀卓を囲むときなどは、彼女もつい本音を吐いてしまう。

「いいわねえ、溥儀さまとお仲がおよろしくて。お幸せでしょ」

親族の娘たちからしばしばそう言われたが、その度に譚玉齢はため息をつきながら同じ台詞《せりふ》を言ったものだ。

「そんなことないわ。私は夫がいるやもめに過ぎない身なの。子供を産むなんて一生ないでしょう」

溥儀が譚玉齢の部屋で夜を過ごすことがまったくないわけではなかった。溥儀と玉齢の部屋はちょうど一階と二階の上下になっていて、直接つながっている梯子《はしご》さえあった。それにもかかわらず新しい側室との性交渉は皆無だったわけで、溥儀の「二刀流」は看板倒れ、「世継ぎ」など望むべくもなかった。

二度目の訪日

東京裁判法廷では「板垣に脅迫された」と溥儀が繰り返し発言したあと、あろうことか今度は皇室から三種の神器を渡されたのは恥辱であった、とまで発言した。

居並ぶ傍聴席、被告席のみならずウェッブ裁判長すら苦笑いを隠しきれなかった。

一九四六（昭和二十一）年八月十九日の午後である。

ウェッブは、なにかといえば「脅かされた」「恐かった」とばかり言う溥儀に、たまりかねたように言葉を挟んだ。

「こういうことを言うのは嫌だが、生命に対する危険、死の恐怖は戦場における卑怯《ひきょう》な行為や戦場離脱の口実にはなり得ない。われわれは証人から、彼がなぜ日本軍と協力したのか、そのいい訳を聞かされたが、これ以上聞く必要はないと思う」

だが、皇帝はキーナン検事のリードに従い、暗唱してきたかのように、アマテラスを祀《まつ》るよう強制されたと述べ、皇室から受けた剣や鏡がいかにインチキな代物だったかについて熱弁を振るった。

キーナンが尋ねる。

「あなたが日本で貰《もら》われて満洲国へ持ち帰った三つの宝物の中の鏡がどういう意味を持っていたのか説明してください」

「申し伝えによりますと、天照大神《あまてらすおおみかみ》がこの鏡を見ることは即ち自分を見るのと同じであると言われました」

「あなたはその宝物をご自身で満洲国に持ち帰りましたか」

「そうです。そしてこのことは私の一生の中において、非常に大きな恥辱であると思っております」

一九四〇（昭和十五）年六月、「皇紀二千六百年祝賀」という名目で、溥儀は二度目の訪日の旅に出た。

軍艦「日向《ひゅうが》」が二十二日、大連港に横づけされ、二十六日、吉岡安直《やすなお》を随行させて横浜に入港した。宿舎は赤坂離宮（現迎賓館）である。

今回は努めて簡素にする、ということで計画が進められたが、それでも溥儀のスケジュールは分刻みの忙しさだった。

七月一日までは東京で天皇家と午餐《ごさん》会、晩餐会などが詰まっており、その後は京都から伊勢神宮を参拝するなどして、六日、大阪を出港して大連に帰った。

日本は翌年の大東亜戦争開戦直前、という緊張した時期でもあり、日満一体強化の行事も増え、関係者は多忙を極めていたと推測される。

天皇の名代として満洲を訪問した秩父宮はこのときすでに病床にあった。

公式行事に出られない秩父宮を真っ先に見舞った溥儀は、微熱がある秩父宮の額に手をあてたり脈をとったりという具合で、あまりのかいがいしさに、兄弟宮以上との声がささやかれたほどである。

次いで溥儀は、かねてよりの希望だった天照大神を祀《まつ》る建国神廟《しんびょう》を新京に建立《こんりゅう》する同意を昭和天皇に求めた。だが、日本側としては熱心な溥儀の気持は分かるとしても、簡単に賛成しかねる重大な問題だった。

天皇は「アマテラスを祀りたい」と申し出た溥儀に、

「満洲には古来天を祀る信仰があると聞くが、祭天というのが妥当ではないのか」と回答している。三種の神器とまったく同じ品を贈呈することにも無理がある、と言われた溥儀は一計を案じた。

それではと、満洲側では伊勢神宮に祀られている鏡を製造した職人を京都に探し当てた。銅鏡の作製を頼み、ひとまわり小型ながら研ぎすまされた円鏡を用意し、神官のお祓《はら》いを受けた。伊勢神宮の鏡は、八咫鏡《やたのかがみ》といわれる神器の本体で、分身が宮中三殿の賢所《かしこどころ》に安置されている。溥儀が造らせた鏡は、分身のひとつともいえる。

そこまでされるのなら、ということで天皇としては剣を皇帝に贈呈した。

「アマテラス」や「三種の神器」を祀ること自体、一貫して日本側は消極的だったのだ。建国神廟については、宮城訪問の際に溥儀から懇請された天皇が、

「陛下がそのように希望されたのですから、御意のとおりに」

と答え、聞き入れたものと思われる。

六月二十九日には「日本のお母さん」とまで呼んでいた節子《さだこ》皇太后主催による午餐会が大宮御所で催された。

接遇の一部始終がきめ細かく記載された大部のノートの写しが筆者の手許《てもと》にある。

雅《みやび》な直筆記録の一部を紹介しよう（部分略）。

「昭和十五年六月二十九日　大宮御所秘録」と記された原稿用紙で、所蔵した吉田鞆子《ともこ》という老女の名が記されている。

「午前十一時半頃より、秩父宮妃、高松宮、同妃、三笠宮皇族御控え室に成らせ給ふ。両殿下にはモーニング、両妃の君には水色と藤色の絽御裾模様御紋付に白重ねにて、よろしき御時を計らせ給ひて、四殿下謁見所にて成らせ給ひて皇帝に御対面しばらく御物語りあらせられる。

——（皇太后に）いといと御満足げに御頭を下げさせ給ふ御有様、眞の御親子の如く御なつかしげに見上げ奉られける。げに御幼少より御骨肉に別れさせ給ひ、多くの侍臣にかしづかれつゝも幾波乱の内に過ごさせ給ひかゝる御温かげなる御もてなしを味はゝせ給はざりけんに、又一入《ひとしお》の御感慨無量におはしますらんと見上げ奉らる」

吉田老女のノートの最後には御膳の配置図や、茶室でおのおのが座る位置などが図入りで示されている。皇太后がいかに細やかな気配りを示したかが眼前に浮かんでくるかのような記録である。お茶に続いて大宮御所の庭を散歩した際には、前回と同じく坂道になると溥儀は皇太后に手を差しのべた。

そのとき皇太后が、「太陽が西に沈むときは、いつも陛下のお国のことと、陛下のことを思い浮かべるでしょう」

と言うや、溥儀もすかさず、

「毎日太陽が東の空へ上がるのを見る度に、私はきっと皇太后陛下のことを思いますでしょう」

と言葉を返し、側《そば》に控える人々を感動させている。

居合わせた高松宮喜久子妃は「大宮様（皇太后）は秩父宮と高松宮の間にお一人流産遊ばしたお子様がおありになり（豊島岡に小さな御墓がある）、その息子が生きて返ってきたような気持を抱いたのではないか」と述べている。

天津を脱出するのを止められなかった桑島総領事に対して、吉田茂は「相思相愛の駆け落ちみたいなものだったからな」と言って慰めたが、まさしく溥儀と日本皇室は相思相愛と言っても過言ではなかったのだ。

こうした厚い接遇のあと、伊勢神宮で修祓《しゅうばつ》を受け、神器となった銅鏡と天皇から授かった剣を奉持した溥儀は、勇躍新京へ帰った。

建国神廟

「私の一生の中において、非常に大きな恥辱であると思っております」

六年後の東京裁判では「恥辱」だと証言した溥儀だが、一九四〇（昭和十五）年には意気揚々と鏡や剣を奉納した建国廟《びょう》創建に着手したのである。

そもそも満洲の地に建国廟を創建するとして、では祭神の選択をどうするかについては関東軍や満洲国協和会、国務院（政府）などの間で諸説あり紛糾していた。

植田謙吉関東軍司令官は「各民族共通の神とすべきで、それが無理なら五族の神を一緒に祀ったらどうか」といい、石原莞爾参謀副長は「日本の神との合祀《ごうし》ではなく、満洲族の崇拝する神だけを祀ればよい」と主張していた。

天照大神祭祀がいいのではと言っていたのは、溥儀の御用掛・吉岡安直くらいで、溥儀のように「アマテラス」一本槍《やり》だったのは極めて少数派で、関東軍の強制、などというものとはほど遠いことが分かる。

ではこれまで満洲の陰の支配者とも言えるほどの実力を発揮してきた甘粕は、どうしたか。

満洲国建国まではさまざまな謀略の工作に蔭から関わっていたが、建国後は民生部警務司長（警察庁長官）に大抜擢《だいばってき》され、表舞台に登場する。

元憲兵大尉としては、これ以上にないはまり役だった。

一九三九（昭和十四）年には満洲映画協会の理事長職に就くが、武藤富男（国務院総務庁弘報処長）と岸信介（総務庁次長）の尽力によるものだった。

岸信介の人脈で相当な資金調達がかなえられた結果だったが、映像を通じたプロパガンダの名手としても甘粕は十分に存在感を示した。

ベルトルッチ監督の映画『ラストエンペラー』では、坂本龍一演じる甘粕正彦とジョン・ローンの溥儀は、ともに実物に近い味を演じていたように見えた。

その甘粕に関東軍主流は「アマテラス」祭祀阻止を期待した。

彼なら満洲の人心から乖離《かいり》したこのような計画を阻止してくれるのではないか、と期待していたが、遂に甘粕が建国廟問題で動くことはなかった。

以上のようないきさつをたどって、昭和天皇も反対し、関東軍も消極的だったにもかかわらず、溥儀は帰国するやいなや天照大神を祀った建国廟を創建すると宣言した。

周囲がさまざまな違和感を覚える中で、一九四〇（昭和十五）年七月十五日、「建国神廟《しんびょう》祭祀令《さいしれい》」が公布された。以下のような詔書が発令されている。

「朕《ちん》は日本天皇陛下と精神一体の如くである。なんじ衆庶よ、更に仰いでこの意を体し――」

と続くのだが、満洲人でなくてもいささか困惑せざるを得ないような中身である。いかに天皇とその母宮や直宮に親切にされようと、満洲国皇帝の意地はどこにも垣間《かいま》見られない詔書ではないか。溥儀の本心が実はどこにあったのかを知るよすがさえ今はない。

唯一合理的に考え得るのは、「アマテラス」と三種の神器を祀ることで天皇の権威を利用し、関東軍などに対抗する武器とした、という解釈くらいであろうか。

案の定と言うべきか、溥儀は六年後の東京裁判ではすでに述べたように、まったく逆の証言をして、日本国民を驚かせたものだ。

さらに二十年下って、『我的前半生』で周恩来らによって大反省させられた折には、次のような驚くべき虚言を吐いている。すでにこの下りは有名になっているので、ごく簡略に引用しよう。

「(昭和十五年の訪日時) 裕仁天皇は立ち上がり、テーブルの上の三つのもの、すなわち剣・銅鏡・勾玉《まがたま》、いわゆる天照大神を代表する三種の神器をさして、私に説明した。私は心のなかで思った。北京の琉璃廠《ルリチャン》(骨董《こっとう》屋・古書屋などの多い町) へ行けばこんなものはいくらもあると聞いている。太監《たいかん》が紫禁城から盗み出したこまごましたものをどれ一つとっても、これよりは値うちがある」

考えてみれば、このような発言は溥儀にすればどうということもない、ごく当たり前のことだった。

そもそも六歳にして辛亥《しんがい》革命によって清朝が滅び皇帝の座を追われたものの、優待条件を付けてくれた民国にへつらう生き方を学んだ。

十一歳の夏には再度即位したが、ここでも軍閥内乱のため二度目の退位を経験し、そのときどきの軍閥にへつらう術《すべ》を身につけた。

十八歳のときには紫禁城を追われ、北府から日本公使館に保護を求めた。

このあとは北京から天津へ、天津では満洲事変に乗じて関東軍に取り入り、遂には新京で満洲国皇帝に返り咲いたのだ。

その都度政治力学の法則にのっとって、生命を保証してくれる側について生き延びてきた。溥儀にしてみれば、敗戦後の日本皇室など生き残るのに何の役にも立たないどころか、かえって関わりがあったことを恥じなければ中国共産党から漢奸《かんかん》として抹殺されかねなかっただろう。だからこそ白扇を二、三度ばたばたさせながら、

「このことは私の一生の中において、非常に大きな恥辱であると思っております」

と市ヶ谷の証言台で言ってのけられたのだ。

孫耀庭復活

溥儀の三人目の妻となった譚玉齢《たんぎょくれい》は、性生活での憤懣《ふんまん》は積もっていたが、表面的には恵まれた日常を送っていた。新たな側室が安寧を得れば、婉容《えんよう》は堕《お》ちるところまで堕ちてみせ、そのことで皇帝の憐憫《れんびん》を買うしかなかった。

そんな婉容をもてあましていた溥儀は玉齢の世話も増えてきたついでに、かつて皇帝や皇妃に仕えた経験のある宦官を再募集する通知を出した。

北京郊外にある興隆寺のひと部屋に、孫耀庭《そんようてい》が間借り生活をしていた。

一九四〇年も暮れようという寒い晩、オンドルにまたがっていた耀庭が尋ねた。

「陛下が人を北平《ペーピン》に遣わして宦官を募っておいでと伺いましたが、本当でしょうか」

噂を耳に挟んだ孫耀庭に聞かれた先輩の老師父はあご髭《ひげ》をひねりながら答えた。

「うん、どうやらそのようじゃや。なんと陛下は日本の庇護《ひご》の下でまたまた即位され、康徳帝と呼ばれておるのだそうだが、お前は知っておるかのう」

「へえっ、そりゃ驚いた。でも何でもいいじゃありませんか、陛下が即位されたのなら復辟《ふくへき》だって夢じゃない。われらが反対する理由もないし、私は是非応募して満洲へ行き、陛下にでも皇后さまにでももう一度お仕えしてみたい」

「満洲国へ行くなら、載濤王府へ伺って出国証を発行して貰えばいいさ。だが、お前も知っておるだろうが、皇后さまは何でも近習《きんじゅう》の者と関係を持たれて懐妊され、宮廷は大騒ぎになったのだそうだが――ナニ、何も知らんのか」

耀庭には驚くことばかりだったが、それでも十五年ぶりに両陛下に会えるのを楽しみにして、新京を目指した。

一九四一（昭和十六）年一月、ひと夜の汽車の旅が明けると新京に着いた。

街中には日の丸の旗と初めて見る満洲国の旗が翻っている。

新たな満洲国国旗については、老師父に教わってきたとおりだとしばし空を見上げたものだ。国旗は四分の三が黄色地で占められ、清朝の面影を残しているのだと聞いた。左上の四分の一のスペースに紅、藍《あい》、白、黒の四色が並び、日本人、漢人、朝鮮人、蒙古人を合わせ五族協和を表しているのだと。

町並みは、天津の日本租界なら行ったことがあるが、そんなものの比ではなかった。建物も道路もはるかに立派で、北平で噂されるだけのことはあると感心しながら地図を頼りに宮廷を目指した。宮廷は正確には「満洲国帝宮」と呼ばれ、巨大な紫禁城と比べれば天と地ほどの差があるが、それでも耀庭には古びた清朝の匂いがかすかに感じられるのが嬉《うれ》しかった。顔に見覚えのある宦官が、ちょこちょこ走り回っているではないか。

小さな宮殿とはいえ三つの門があり、正門の保康門を入ると同徳殿の門、さらに奥に迎暉門があった。それらの中でもっとも耀庭の目を引いたのは、同徳殿の軒先にある瑠璃瓦《るりがわら》であった。円形をした瓦には「一徳一心」と「康徳」という文字が彫られている。旧知の宦官に聞いたところ、日本の天皇への忠誠を示すため、皇帝自らが彫った文字だという。

のちに耀庭は東京裁判で皇帝が日本との結託を頑強に否定した、と耳にしたときは怪訝《けげん》に思ったものだ。

「だって、同徳殿の瓦の文字は、皇帝ご自身が刻んだ文字だぞ。否認したって、文字は消せないからなあ」

最後の門をくぐって勤民楼にたどり着くと、その奥には日本の憲兵に守られた皇帝や后妃の寝所らしい楼閣がうかがえた。

うっかり寝所などへ飛び込んだら、とんだ刑罰を受けかねない。右往左往している耀庭を見かねたのか、気の利いた宦官が前方を指さして説明してくれた。

耀庭はその顔を見知っていた。

「あれっ、陳澤川《ちんたくせん》じゃないか、私は耀庭だよ、孫耀庭」

陳澤川も婉容に仕えていた耀庭の顔はすぐに思い出せたので、たちまちうちとけた。

「あの楼閣が緝熙楼《しゅうきろう》と言ってな、一階は皇帝陛下が新しく娶《めと》った譚貴妃《たんきひ》さまの住居さ。二階は皇帝・皇后両陛下の住居だが、お二人は東西両端の棟に離れてそれぞれお使いだ。

その中間には薬房があって、夜間の見回りが厳しいから注意しないといけない。そのほかにもな、この宮殿の中には、両陛下と貴妃たちの姉妹やそのご主人さま、従兄弟《いとこ》、皇帝の遠い親戚の学生たちまでが寝泊まりしているのさ。あそうだ、あんたは緝熙楼東側の一階に門衛がいるから、そこを訪ねれば皇妃の部屋へ通してくれるだろうよ」

耀庭は陳に礼を述べると、東の門衛に声を掛けた。

「北平の載濤《さいとう》さまのお許しを得て参上仕りました。このように紹介状を持参しております」

載濤は溥儀の父・醇《じゅん》親王載灃《さいほう》の弟で、溥儀の叔父《おじ》である。

北平での約束では皇后、もしくは貴妃の側《そば》に仕えることができると、聞いてきた。

許可が下り、耀庭が指図された部屋は譚玉齢の居室だった。

やや緊張した耀庭が頭を下げて挨拶をすると、ちょうどそこには溥儀も居合わせた。

さらに緊張した耀庭は、叩頭《こうとう》を三回繰り返しながら挨拶を述べた。

「皇帝陛下、ご機嫌うるわしゅう！　譚貴妃、ご機嫌うるわしゅう！」

驚いたのは溥儀も同じだった。

叩頭しながら耀庭の目の端から涙がひと筋こぼれ落ちた。思えばあれは溥儀がようやく十一歳になった夏のある日だった。

二度目の即位を宣言したものの、張勲のクーデター失敗によりわずか十二日間で退位させられたときである。紫禁城の神武門に呆然《ぼうぜん》とたたずむ溥儀に、耀庭が畏《おそ》れ多くも、と声を掛けたのがそもそもの始まりだった。

「耀庭か、よく来たな。お前が来てくれれば大助かりだ。北京の様子はどうだね」

「はい、まあまあでございます」

溥儀は傍らに寄り添う譚貴妃の機嫌をとるように、にこやかな表情で一緒にお茶を飲んでいた。質問するわけにはいかないので、耀庭はそのまま退出した。

これなら明日《あした》から譚貴妃に仕えるのは決まりだろう、と思えた。

その晩は古参の宦官たちとゆっくり夕食の卓を囲みながら面白い話を聞くことになった。

昼間親切にしてくれた陳澤川と酒を酌み交わした。

「ところで皇后のお相手というのは誰かね」

宮中のゴシップは北京まで伝わっていたが、真相は皆目分からなかったので耀庭はまず尋ねてみた。

「言えばあんただって知っている人だよ」

「へえ、そんな大それた奴がいたかねえ。分かったら切り刻まれちゃうだろうに」

陳澤川はしわがれ声を落とし、耳打ちするように言った。

「それがな、二人が疑われたんだが、本ボシは李体育さ」

その名を聞いて耀庭は愕然《がくぜん》とした。

「あいつは紫禁城時代にはまだ十四、五歳だったなあ。一緒に遊んだものだが、確かに美形だったし、頭もよかった」

「陛下は徹底的にお調べになったんだが、結局処刑はされないで、追放処分で終わったんだ。処刑すればかえって噂が広がって始末に負えないと思われたんだろう」

「そうか、儲秀宮《ちょしゅう》には自分もお仕えしていたからよく覚えているが、確か紫禁城の大火のとき

趙 栄昇《ちょうえいしょう》とかいう若いのが放火を疑われ皇帝に青竹で叩《たた》かれたんだ。その趙栄昇を皇后が部屋に隠して、それで二人は関係を持った、と噂になったことがある。虫も殺さぬ風情だったあの婉容さまがなあ。

それ以来、皇后は男なしにはいられなくなったという話まで聞いている。それも今じゃ、アヘン中毒がひどくなって、廃人同様っていうじゃないか」

「そのとおりさ。結局李体育も犠牲者の一人というわけだ。なにしろ、大きな声じゃ言えないが、原因は不能になった陛下の方にあるんだと陰じゃ噂している。皇后だって、新しい譚貴妃だって一度も夜のコトはないいんだからな、かわいそうに飼い殺しというわけさ」

二人はとても人前では口にできないことをこの夜はたっぷりと語り合ったものだ。

傀儡《かいらい》問答

すっかり譚貴妃《たんきひ》の側に仕えるものと思っていた耀庭が言い渡された仕事は「勤務班」だった。何をするのか尋ねると、宮廷内のあらゆる点検作業、皇帝一家の食事運びから理髪までこなす雑用係だった。

毎朝勤務班の班長・李邦雄が耀庭を連れて宮殿内を細かく点検し始める。普段はなかなか目が行き届かないような箇所を丹念に検査するのだ。カーテンの裏側、ソファの下、錠前が緩んでいないかどうか。

耀庭が一番驚いたのは、玉座の絨毯《じゅうたん》下に呼び出しベルが隠されていることだった。万一の場合、皇帝が絨毯の上で軽くボタンのある箇所を靴底で押せば、ベルの音が人知れず警護の部屋に鳴り響くという仕掛けである。

耀庭たちの役割は、この秘密のボタンが確実に機能しているかどうかの確認だった。

皇帝の不信感は以前にも増して強くなっていた。初めのうち、この非常ボタンは日本人客への警戒のつもりで作られたらしいが、今では日本人と限らず訪問客すべて、いや、清朝の親戚、兄弟に至るまで用心の度合いが増しているのだという。

食事どきの警戒にも神経を使った。

皇帝の食事に付き添うのは、皇帝が宮廷内に開設した青年塾の学生の溥倹《ふけん》、載澤《さいたく》の令息・溥《ふ》侒《えい》、甥の毓嶦《いくせん》、毓嵣《いくとう》といった親族の若者だった。

溥儀の世代には名前に「溥」という文字が使われることが多く、次世代の従兄弟や又従兄弟になると「毓《いく》」がよく付けられた。

皇帝が死を怖れていることは食事どきの神経の使いようをみればすぐに分かる。第一に食中毒、というより毒物混入である。そのために溥儀はもっとも信頼をおく料理師十数名を自ら選んだ。

そして膳を運ぶために専任の宦官を据え、その上であらゆる皿の毒味を怠らなかった。耀庭たちの役目は、その流れが滞りなく寸分の狂いなく進行しているかどうかのチェックだった。しかも雇い人を信じない溥儀は突然のように膳運びの役を替えたりする。毒味役も入れ替える。すべて、暗殺への恐怖からだった。

あるとき、耀庭が膳を運ばされたことがあった。初めてのことだったので多少緊張し、曲がり角の柱に膳を軽くぶつけてしまったのだが、見張っていた勤務班班長にあとで呼び出された。

「耀庭、よく覚えておけ」

班長は二尺あまりの竹の板を手にしていて、耀庭はその板で十数回尻を叩かれた。

「分かったか、陛下のお膳をどこかにぶつけてはならんのだ、特に柱にはな。柱に当たることは門の神にぶつかることを意味しておってな、特に縁起が悪いと陛下は思っていらっしゃる」

その晩、同僚から尻に湿布をして貰いながら耀庭は思った。

「縁起だの、兄弟から毒を入れられるだのと、いったい陛下はどうなされたのかなあ」

尻を叩いた班長の李邦雄が煙草をくゆらせながら言うには、

「ワシだって好き好んでお前を叩いたわけじゃない。ああして覚えなければ、いつかは死ぬほどの折檻《せっかん》を陛下から受ける羽目になるんだ。なにしろ、陛下は今は日本の傀儡《かいらい》皇帝でいらっしゃるんだから、神経もお疲れで、その上、皇后の悩みもあるしな」

「傀儡って、なんでそんなに悩むんだか私には分からないなあ。傀儡でいいじゃないか。だって、一銭もお金を出さないで皇帝になれたんだよ。誰も戦争で死んだわけじゃないし、タダ同然でこんなに立派な身分でいられるのは傀儡だからじゃないのかい」

李邦雄は、「ふん、ふん」と聞き流していたが、「傀儡でいいじゃないか」と言い放った耀庭に反対する者はその場には誰もいなかった。

譚玉齢の死

一九四六（昭和二十一）年八月十九日午後二時過ぎの市ヶ谷法廷である。

キーナン検事から、

「あなたは夫人に対して適当なる医療手当が与えられたかどうか、ということに関しておっしゃりたいことがあるようですが」

との質問を得るや、溥儀は興奮した面持ちで次のような衝撃的発言を切り出した。ときに扇子で証言台を叩き、声を荒らげ、譚玉齢について語った内容は次のようなものだった。

「私の夫人は私と非常に仲が良かったのであります。あるとき、私の夫人は病気になりました。彼女は中国を愛し、すなわち中国の国家を愛する人間でありました。そうして、夫人は常に私に対して、今はやむを得ないから、できるだけ忍耐しましょう、そうして将来ときが来たならば、失った満洲国の地を中国に取り返すように致しましょうと語っておりました。

しかしながら、ブドウ糖の注射さえろくにせず、私の夫人は日本人によって殺されたのであります。毒殺したのは誰かと申しますと、その下手人は吉岡中将であります。

そもそも吉岡は梅津氏（梅津美治郎大将）の命令により、無理やり私を日本に連れて来ました。私は天皇にお会いし、天皇は鏡と玉と剣の三つの宝を見せ、剣と鏡をくれました。これらのいわゆる神器で満洲を奴隷化しようとしたのであります」

強制連行された、満洲を奴隷化しようとした、吉岡が妻を毒殺した——。

具体的に吉岡の名前を挙げての告発に、法廷は一瞬どよめいた。

あまりに突飛な内容だったため、「溥儀替え玉説」まで飛び出すほど法廷内は驚いた。

喋《しゃべ》りながら、すでに溥儀の様相は一変していた。ほほが引きつれ、眼鏡の奥の双眼は血走って、唇が小刻みに震え始めた。ざわついていた法廷は、それを見て一瞬静まった。

二十四名の被告席（松岡洋右死亡、大川周明、平沼騏一郎、白鳥敏夫は入院）も、五百人の傍聴席も、十一人の判事も、そしてウェッブ裁判長すら異様に取り乱している溥儀の姿に呆然とした。皇帝溥儀の姿はあまりにも惨めであり、見苦しいものだった。

「あれはやっぱりニセモノだ。実際の皇帝はあんな変な顔じゃなく、もっと気品があったはずだ」

かつての皇帝を知った者の中から、弁護団にそういう情報すらもたらされたが、当人そのものであることは事実だった。

念のため、詳しい板垣、梅津、南、土肥原《どいはら》各大将らに確認したほどだ。

背が高い割には貧弱な腰つきと薄い胸板、眼鏡を神経質に上げる仕種《しぐさ》まで、見覚えある溥儀に間違いないと皆が口を揃えた。

「こういうことを言うのは嫌だが」と言ったウェッブ裁判長が再び、重い口を開いた。

「証人は、毒殺されたという証拠を何か示されてはいかがですか」

溥儀はようやく態勢を立て直し、このあと延々といかにして吉岡が日本人の医者を連れて来て、その処置の結果、死ぬはずのない妻があっけなく死に至ったかを喋った。

「毒殺された」「医者と吉岡の陰謀だ」と繰り返しながら溥儀が並べた証言に「証拠」は結局なかった。

「私の夫人の死後、吉岡が日本人女性の写真を持ってきて次の貴人候補を決めろと言った」というのが唯一の彼の言う「証拠」だった。

それには、日本人の血による満洲支配を成し遂げたいとする吉岡の下心があったから殺害したのだ、という精一杯の暗示が込められていた。

これだけをもって毒殺されたと言うのであれば、「謎の死」を遂げた譚玉齢の死因のいきさつを検証しておく必要がある。

すでに述べたように、譚貴妃と溥儀は気が合うという点ではこれまでの二人の后妃とはひと味違っていたことは確かだった。溥儀が宮廷学生として住まわせていた甥の毓嵣《いくとう》が結婚し、妻の楊景竹《ようけいちく》が譚貴妃の遊び相手をすることが多かった。譚貴妃が倒れる三ヵ月前の模様を、その楊景竹が語っている（王慶祥『末代皇后和皇妃』）。

「建国十周年の行事が終わった頃でしたから、一九四二年の五月くらいだったでしょうか。私たちは彼女の部屋にあるオルガンを弾いたのを覚えています。譚貴妃は二十二歳になっていたと思いますが、少女のようなきめ細やかな肌をした美人でした。背丈は百六十センチほどあってすらっとした体つき。ゆるいパーマを掛けた黒髪に長い睫毛《まつげ》とかわいらしい目がぱっちりして、これなら皇帝のご寵愛もいかばかりかと思われたので、それとなくうかがうと『夜なんてなにもないの、処女のままよ』とうつむかれたのを覚えています」

譚貴妃が倒れたのは八月十二日だった。

溥儀の『我的前半生』によれば、概略以下のような説明がなされている。

「具合が悪くなった彼女の部屋にまず漢方医を送って診断させたところ、腸チフスだと言われた。だが絶望的な症状と認められたわけではなかったので、市立病院の日本の医師を紹介してもらって診察させた。その際に吉岡が『世話をする』と称して異例にも宮内府の勤民楼にやって来て、吉岡の監督の下で日本の医師が玉齢の治療にかかった。ところが、翌朝になると彼女は死んでしまったのだ」

さらに溥儀は『我的前半生』で、吉岡がいかに怪しいかを共産党が用意したインタビュアーの李文達に語り続ける。再び溥儀の言い分である。

「日本の医師が治療を始めたときは、非常に熱心に見え、彼女の身辺で看護し、注射を打ち、輸血をさせていた。だが吉岡が医師を他の部屋に呼び長い時間話してからは、医者はもう熱心ではなくなり、翌日の早朝、譚玉齢は死んだのである。

私には不思議でならないのだが、どうして吉岡は治療中に医師とあんなに長い間話したのだろうか。どうして話をしたあと、医師の態度が変わったのだろうか」

毓嶦《いくとう》も次のような回想を王慶祥に語っている。

「溥儀は玉齢がむくみで床につくと、たいへんあせって医者を呼んで治療させた。のちに吉岡のさしがねで、満鉄病院の小野寺院長を招いた。吉岡は小野寺と勤民楼の部屋で話し合った。そのあと緝熙楼の彼女の寝室へ行き診察にあたった。ところが、注射をしてから夜があけないうちに死んでしまった。

吉岡は婉容が精神に異常をきたしてからは、日本人女性を宮中に入れるよう提案していたが、溥儀はそれをかわしていた。吉岡はそれが不満だった。たまたま玉齢が病気になったので、手を下したということだ」

王慶祥に対する毓嵣《いくとう》の言い分は、いくらなんでも根拠が甘く、吉岡が殺害を実行する動機にはなり得ない。

同じ学生塾にいた甥の毓嶦《いくせん》は彼らより多少冷静な見方を示している。

先に紹介した『我所知道的溥儀』の中の一節である。

「溥儀は自分の回顧録の中で譚玉齢の死に触れて、『私にとって今もって謎である』と言っている。しかし、私にとっては（その死自体ではなく）譚玉齢が何の病気だったのかということこそが謎だ。多くの人は譚玉齢が日本人によって殺されたようなものだという。私には、譚玉齢が日本人に殺されたのではない、という証拠があるわけではない。しかし、私が言えるのは、当時の譚玉齢の病状からすれば、たとえ彼女が日本人医師にかからなくても、十中八九は死んでいた、ということだ」

証言終了

一九四六（昭和二十一）年八月、最後の一週間。

溥儀はブレイクニー少佐による反対尋問に対しのらりくらりと答え、言葉に詰まると「知らない」「忘れた」を繰り返していた。

日本側からは弁護人・清瀬一郎によって八月二十六日、「玉齢毒殺問題」について反対尋問が行われた。

清瀬一郎は冷静に言葉を選びながら、溥儀証人に問うた。

「吉岡中将が証人の夫人を毒殺せり、と証言されましたが、少し私どもに了解しかねたのは、あのとき、ブドウ糖の注射が少なかったことを指して毒殺と言われるのでありますか、それとも、また別に何か毒物を用いたということを言われるのか、不明でありますからうかがいます」

「当時彼女はまだ若く壮健であり、丈夫でした。中国の医者にかかったときはたいしたことはなかったのです。ブドウ糖の注射を与えなかったばかりではなく、いろいろの日本人の医者の行動、その他の周囲の状況からみて私はそう言ったのです。私は医者ではありませんから、果たしていかなる毒薬を使ったかというようなことは存じません。周囲の状況よりみて、私はそう信じるのであります」

曖昧な返答で、進展はみられない。日本側の弁護団はこれ以上の深い追及はしなかった。したかったのだが、やめたのだ。溥儀がたとえ検事側証人であるにせよ、一度はかつて天皇から兄弟の国の元首として「一徳一心」と勅《みことのり》された皇帝である。

溥儀に対してこれ以上の矢を放つのは遠慮しようではないか、という申し合わせになったのだ。真実は闇に葬られたとはいえ、今日では溥儀の証言をまっとうに受ける者はいないはずである。八月三十一日、極東国際軍事裁判の検事側証人として最長出廷記録を残し、溥儀は東京を去った。

なお現在では、溥儀の東京裁判偽証その他の箇所について、一九六四年版『我的前半生』(邦訳「ちくま文庫」上下巻)で故意に原本から落とされていた箇所を幾分復元した新版が中国で刊行(二〇〇七年、群衆出版社)されている。

二〇〇六年十二月十七日付の「朝日新聞」は、このニュースを大々的に扱った。溥儀が「東京裁判で行った偽証を詫《わ》びたい」とする大見出しが付けられている。記事は「すべてを関東軍と吉岡のせいであるかのようにしたが、事実は私が自発的に行ったことだった」と告白した箇所が復元された、との内容だった。

筆者はさっそく北京で同書を入手し照合を試みたが、残念ながら「朝日新聞」が報じたような「反省」も「お詫び」も発見できなかった。

大きく分類すれば、婉容の病気に関する箇所、吉岡安直と天皇に関する箇所、ソ連軍侵攻時の騒動箇所などに変化(復元、異同)が見られるものの、関東軍や吉岡への謝罪の言葉を発見するのは困難である。

敗戦直後のソ連軍侵攻時の下りについては後述したい。

最後の皇妃探し

一九四三（昭和十八）年二月の寒い日のことだ。譚玉齢の盛大な葬儀が一段落してからまだ半年も経《た》っていない。孫耀庭は通常の見回り勤務についていた。危険物の点検をこまめにしながら溥儀の館《やかた》の前を通りかかると、どうした風の吹き回しか皇帝にいきなり呼び止められた。

「日本の皇太后から届いた菓子折と果物だ。好きなだけ食べていくがよい」

と綺麗《きれい》に盛りつけられた果物の山を見せられた。

耀庭は恐縮して、大皿の中からリンゴだけを一片かじり退出しようとしたが、なお梨と桃も全部食べてみろ、と言われ味見をした。

「陛下、どうも大変ご馳走さまでした」

周囲には学生塾に集う溥儀の甥たちもいてじっと耀庭の顔を観察していた。

一度に何個もの果物を食べさせられた耀庭は、部屋をあとにしてからようやく気がついた。溥儀は自分が可愛《かわい》がっている甥たちに毒味をさせるのが忍びないので、耀庭にさせたのだと。誰かに毒を盛られるのではないかと、どうやら本気で心配していたようだ。耀庭は腹をさすりながら「けんのん、けんのん」と小声で繰り返しつぶやき、緝熙楼《しゆうきろう》東へ向かった。

そこには婉容の部屋があった。

ドアが開け放たれたままで、ソファに横たわってアヘンを吸引している婉容の姿が見える。もはや他人の目を気にする神経は破壊されていたのだ。

廊下やドアの鍵の点検をしていれば、聞くともなしに中から話し声が漏れてくる。

婉容はアヘンの世話をさせながら、宦官相手にしきりに尋ねごとをしていた。

「お前なら聞いているでしょう。皇帝が新しい皇妃を探しているようだってことを」

聞かれた宦官は曖昧な返答ではぐらかそうとしていたが、婉容の追及は厳しかった。

「隠してもダメよ、言いなさい。皇帝は吉岡に言って写真を集めさせているでしょう。楼内ではもうすっかり噂が広まっているのに、皇后である私に何も知らせないとは――」

叱られた宦官は、最近になって吉岡が女学生の写真をたくさん持って来て、皇帝にご覧に入れていると聞いたことはありますが、とかなんとかいい訳をしていた。

耀庭はドアノブの鍵の調子を確かめるふりをしながら、そっと部屋を覗《のぞ》き見た。

久しぶりに見た婉容のあまりの姿の変わりように、思わず耀庭は背筋が凍るような気配を感じた。痩せて骨と皮のようになった婉容には、もはや昔のあの輝きの一片すら残されていなかった。葡萄《ぶどう》の熟した房が、ツルに下がったまま干からびてしまったようなものだ、耀庭はそう思って目をそらした。ドアを音もたてずに閉め、婉容の部屋をあとにして勤民楼へ戻ると、こっちは賑《にぎ》やかだった。

「明日はいよいよ吉岡御用掛が最終選択をしたアルバムを持って来るのだそうだ」

勤民楼のたまり場では、若い宦官たちが新しい皇妃選びの話題で盛り上がっていた。

今年に入ってから、吉岡は初めのうちは日本人の娘たちの写真を持ち込んで皇帝に勧めていた。だが、満洲人の血統にこだわる皇帝はなかなか首を縦に振らず、吉岡は作戦を変更した。

新京にできた初の女学校、南嶺女子国民優等学校の生徒の中から、学力優秀で、容姿もまずまずという娘を候補に選ぶことに決めた。

最初は、十四歳から十六歳までおよそ五十人の女学生が集められ、日本人の写真館へ連れて行かれた。誰にもそれが何のためであるかは知らされなかった。日本人の小林校長と女性教員が付き添って一人一人写真を撮られたが、生徒たちは皆心配顔である。

「怪我をした兵隊さんを看護するために、前線へ送られるんじゃないの」

「その前に日本で訓練を受けるのよ、前線はそれからあとだわ」

一九四三（昭和十八）年の正月明けの支那事変（一九三七年七月の盧溝橋事件を発端として勃発）は予断を許さないほど緊迫した戦況になっていた。

二年前の大東亜戦争開戦までは、支那事変は日本側、蔣介石《しょうかいせき》側双方ともに「宣戦布告」をしていないので「戦争」とは呼ばず、「事変」のまま泥沼化していた。

だが、昭和十六年十二月八日、日本が米英を相手に開戦すると蔣介石は日本に宣戦布告し、日本も「以後、支那事変をも大東亜戦争に含める」と解釈を改めた。

重慶の蔣介石政府は、米英が多量の武器弾薬の援助を送るための「援蔣ルート」を開発していた。このため日本軍は長期苦戦を強いられ、百万からの兵を中国大陸に投入してもなお、勝利が見えなかった。

こうした戦況のありさまは、満洲の女学生でもある程度聞き知っていたのだろう。

誰もが「きっと最前線で日本兵の看護にあたらされるんだわ」と写真館で思い詰めたのも、無理からぬ事情があった。

やがて、五十枚の写真の中から、なぜか一枚だけが選ばれる日がやってきた。

最後の皇妃はシンデレラ

日本人女性を皇妃にしたのでは、自分のベッドに隠密をおくのと同じだという溥儀の頑固さに根負けした吉岡は、写真を絞り込んで十数枚のアルバムにして持ち込んだ。

一九四三（昭和十八）年三月初旬の朝だった。

緝熙楼《しゆうきろう》西の部屋で写真を選ぶ場に毓嵣《いくとう》たちが立ち会っていた。

のちに彼は王慶祥の取材に答え、次のようにこの場を回想している。

「吉岡が持って来たアルバムには一枚一枚写真の下にカードが貼ってあり、生徒の略歴と身体検査の結果が書いてあった。吉岡が帰ったあとで私たち『学習塾生』が呼び入れられ、われわれの意見を聞いて気に入った娘を選ぼうというのだ」

学生たちは勝手な感想を言い合った。

「この娘《こ》はおとなしそうでいいな」

「この娘は気が強そうだから嫌だな」

「これはきっとまじめで賢いぞ」

黙って聞いていた溥儀は、彼らの推す娘には関心を示さず、最後に自分で選んだのはごく地味で幼そうな顔つきの娘だった。

その日、決められた溥儀の四番目の結婚相手の名は「李玉琴《りぎょくきん》」という十五歳の女学生で、一見なんの変哲もないまじめそうな娘だった。

無邪気で純真で平凡という写真から受ける印象は、要するに婉容からはほど遠いということだった。溥儀は十五歳の娘を娶《めと》ったわけを『我的前半生』で詳しく説明している。

「私が李玉琴を見初めると、『宮中で勉強させる』という名目で有無をいわさず皇帝の権力で連れてきた。

一ヵ月後には私の側にはべらせるためだということをはっきりさせて、彼女を『福貴人』として封じた。彼女の顔つきがふくよかだったから福という文字にこだわったのだ。清朝の階級でいえば貴人は六番目のなぶりものとしての称号にほかならなかった。彼女は幼く、私のいいなりになる『玩具《おもちゃ》』もしくは飼育する『小鳥』のようなものであった」

李玉琴の実家は二間しかないのに子だくさんで、世間並みに貧しかった。成績がよい娘だったので、両親が無理をして女学校の学費をようやく工面している状態なのだ。

ちょうど溥儀がアルバムを見ていたころである。李玉琴は日曜日の朝早くから、街で配給品を買うため行列に並んでいた。戦争の影響で物資の供給が不足していた。

彼女たちの主食であるコーリャンや家族に割り与えられた服の生地、針、糸など生活必需品を買う日だった。玉琴がまだ行列に並んでいた時刻、女学校の校長と女教師が大家に案内されて李の家を訪ねて来た。校長が出てきた母親にせわしなく言うには、

「お母さん、大変だ。お宅のお嬢さんは皇帝陛下の命令を奉じ、たくさんの女子学生の中から一人だけ選ばれ、宮廷へ上がって良い先生について大学まで無料で勉強させてもらえることに決まった」

大家まで校長のご機嫌をとって、

「奥さん、こんな素晴らしいことがほかにありますか。お嬢さんは灰姑娘《シンデレラ》ですよ！」

と叫んだものだ。

母親は呆然として返答に窮していたので、校長は父親が働きに出ている商店まで行き、同じ台詞を繰り返した。結局、親には理解の範囲を超えていた。

なぜ、ウチのような貧しい家の、しかも勉強だって一番というわけではないし、美人でもない娘が選ばれたのか。

いきなり家族と別れて宮廷へ行け、と言われた本人も納得がいかなかったが、ふた言目には「皇帝の命令」と言われてはいかんともし難い。校長たちはようやく両親と娘を強引に説得し、妹や弟が泣くのをあとにして李玉琴《りぎょくきん》は貧しい家を出た。

溥儀は李の家族へ一回払いで一万元を下賜《かし》し、そのかわり以後は会いに行っても、会いに来てもいけない規則があるのだ、と親と本人に命じた。

「家が恋しくなったら、築山の上に登って自分の家の方を見てもいい」

ときに涙を見せると、溥儀はそう言って自分の「小鳥」を慰めた。

四月中旬の吉日を選んで、溥儀は李玉琴に「冊封《さっぽう》」の儀を執り行うよう命じた。皇帝の第六級の妻である「貴人」と決める儀式である。

顔つきから「福貴人」と名付けたと溥儀自身も語っていたが、実際、美人ではないものの福相というような柔らかでふっくらした顔つきの娘だった。

玉琴には「勉強」という建て前があったのと、婉容と顔を合わせないで済むようにとの計らいから、緝熙楼《しゅうきろう》とは別棟の同徳殿が充てられた。

溥儀が住む緝熙楼とは低い塀をへだてて建てられた同徳殿は、本来、皇帝夫妻の新宮殿として設計されたものである。

満洲国建設の最中に、皇帝の住まいがかつて吉黒権運局《きつこくかくうんきょく》（吉林省、黒竜江《こくりゅうこう》省塩専売局）だった古い建物の内装を改修しただけの緝熙楼ではいかにもみすぼらしいだろうということで、本格的な帝宮が建てられた。

それが同徳殿だった。ところが建設が始まると、敷地の一部がかつての墓地にかかっていたため人骨が出る騒ぎがあった。

皇帝夫妻のために完成させた同徳殿を、溥儀は縁起が悪いと嫌って入らなかったのだ。豪壮な宮殿は、親族の青年を集めた学習塾に利用するか、ビリヤードや卓球の遊び場に過ぎなかった。今回、初めて女主人となる少女を迎えることになったのである。

同徳殿の東南の角にある三部屋に豪華な家具調度品が運び込まれた。前の譚玉齢《たんぎょくれい》の場合は、「祥貴人」と命名したが、それは玉齢が吉祥をもたらすようにとの願いからであった。

古式にのっとった「冊封《さつぼう》」の儀式が、緝熙楼二階の書斎の間で行われた。

溥儀は玉琴のためにたくさんの服を作らせたが、ビロードの美しい黄色の旗袍《チーパオ》（中国服）が気にいった様子だった。

儀式は賛礼官という専門職が司《つかさど》るのが通例だったが、溥儀は二格格（二番目の妹）が宮廷儀式に慣れているので、妹に仕切らせた。

幾度もの叩頭の礼が繰り返され、口上が述べられ、さらに大宴会が催されるのは、落ちぶれたとはいえまだ清朝の歴史の名残といえた。

初夜と注射

その晩、溥儀は李玉琴を自分の寝室に寝かせた。

この夜まで、約一ヵ月近く時間があったが、同衾《どうきん》するのは初めてだった。

それまでの間、宮廷へ上がったら素晴らしい先生がついて自由に勉強ができるものと信じ込んでいた玉琴は、事態が呑《の》み込めずにおどおどした日々を送っていた。

いつまで経《た》っても「先生」が現れないからだ。

その代わりに、豪華な服や外国製の化粧品類、見たこともない宝飾品などが部屋にどっさり届けられた。

近代的設備が施された同徳殿だったが、一ヵ所だけ紫禁城なみの場所があった。

それは玉琴が使用する厠《かわや》だった。溥儀や婉容が使う厠は水洗式で下水に通じていたが、新貴人のそれだけはなぜか古式にのっとったシロモノだった。

それでも玉琴には別に不満はなかった。

貧しかった実家では、もとより厠といえば大家が作った共同厠しか使ったことがない。穴に板を渡しただけで、吹きさらしの中で用を足してきた。

同徳殿に玉琴が入ると決まった日から工事が開始され、水洗式の下水パイプは外されて、代わりに穴の下に砂を敷いた木箱が置かれた。ところが、玉琴が用を終えて紙を落とすと、待っていましたとばかりにその砂箱がすっと引き抜かれたのである。表には厠担当の宦官が待機していて、砂を入れ替え、元へ押し戻す。

貴人の月のものに変化が起きないかどうかを日々調べているのだ。もちろん、それだけではなく体調の管理という名目もあるのだが。

玉琴は囲い戸もない実家の厠を恥ずかしいと思ったこともなかったが、囲いはあっても下から手が伸びてくるこの宮殿の方が恐ろしかった。

婉容の厠が水洗式になっていたのは、もはやその必要性を認めなかったからだ。


「先生はいつ来て下さるのですか」

十五歳の少女はおずおずと尋ねた。

「先生は、この私だよ。安心してここにいればいいのだ」

そもそも女学生を騙《だま》して連れてきたのだ。言ってみれば「合法的」とはいえ「人さらい」なのだから、本人が理解できなかったのは当然だった。

西洋人形のように着飾らせ、髪をカールさせ、桃色の顔にそっと指先で触れてみる、それで溥儀は満足していた。溥儀は彼女を心から愛していた。いとおしく、狂おしいほどに可愛いと感じていた。だから寝るときもその「人形」を側に寝かせ、寂しいときにはその「小鳥」と未来を語り合った。

優しい人だと玉琴にも分かり始める間合いが、弱い波のように寄せては返してくる。やがて彼女自身にも愛情のうねりが芽生え始めてくるのが感じられる。

一緒にいることが楽しくなり、次第に離れがたく感じるようになるのにそう時間はかからなかった。十五歳の娘と三十七歳の男の恋が成り立たない、と考えるのは間違いのようだ。

緝熙楼西と同徳殿の一角は、そっと触れ合うだけの二人の王国となったように思われた。

初夜はそうした必要な時間を経て、迎えられたはずだった。

床に就く前、溥儀はいつもより多めの男性ホルモン注射「司保命」を打たせてみた。

金メッキの装飾が施された木製のダブルベッド、ぱりっと糊づけされた真っ白なシーツ、絹の布団には花模様の刺繍《ししゅう》。寝室の仕上がりを見た皇帝は、これで準備万端整った、あとは自分のこれまでの努力を試すだけだと、両手でポンと尻を叩いた。

いよいよ福貴人が女官に手を引かれて来るのを待つだけである。

ところがようやくやって来た玉琴は、女官の手伝いを断ったまま着物を脱がなかった。

当夜、玉琴は運悪く月経の初日にあたってしまったのである。話を聞いた溥儀は無理強いをせず、この夜は寝巻きを着たまま同衾して終わった。それにしても、と溥儀は寝ながら考え込んだ。

清朝では古来、皇帝婚礼の初夜を決めるには、必ず前もって宦官の調べがあった。吉日の条件の中に花嫁の月経日を避けるのは当然のことだった。それがどうしたことか、過去の皇帝は宣統帝《せんとう》（溥儀）まで三代にもわたって不運な初夜を迎えていた。

婉容との初夜が月の障りにあたっていたことはすでに述べたが、たとえそうでなくても結果は同じことだった。新郎は宦官の王鳳池《おうほうち》に夢中だったのだから。

今回は皇后ではないにしても、同じように「縁起の悪い日」にあたってしまったのは溥儀には信じ難かった。その晩は朝までそのまま寝室にとどまって、ともに夜を過ごした。

その後、溥儀は一日おきくらいに玉琴の寝室か、書斎に彼女を呼んで一、二時間過ごしてから自分の部屋へ帰った。

夜更けに溥儀に呼ばれて寝室へ行くこともあったが、一緒に寝ることはなかった。

ただ話をして、遊んでもらうだけで玉琴は十分に満足していた。

当時の彼女はまだ若すぎて、無知で、結婚の意味すら理解していなかったのだ。

それでも溥儀は毎日決まった時間になると、注射を打った。

たまたま溥儀が注射をしているのを玉琴に見られてしまったことがあった。

「私の病気が治って、注射をしなくてもよくなったら、もっともっと遊ぼう」

そう溥儀はうつむいて言ったが、玉琴は皇帝がどんな注射をなんのために打っているのかさえ知らなかった。

宦官の記録ではむやみにマムシ酒も飲んでいたというが、その酒も滋養強壮専門の酒だった。それでも結局、実際の性生活には何の役にも立たなかった。

初めのうちは何も分からなかった玉琴も、十七歳になったころには性生活を理解するようになっていた。けれどもそのときはすでに、満洲国崩壊の弔鐘が鳴り響いていたのである。

溥儀は玉琴にこう言っている。

「皇帝と貴人は凡人ではないから、並の夫婦生活というのはしないのだ」

純朴な田舎娘だった玉琴は、しばらくその言葉を信じていた。

新京脱出

一九四五（昭和二十）年八月九日午前零時を期して、ソ連は日本に宣戦布告した。午前一時には新京近郊への空爆も開始され、ソ連軍は満洲との国境線を各地で突破していた。この年が明けた頃から日本本土への爆撃が一層激しさを増し、主要都市は壊滅的打撃を受けていた。

加えて六月末の沖縄守備隊全滅、六日の広島への新型爆弾投下などの情報を得ていた新京でも、本土敗戦の日が近いことは十分に理解していた。

もはや、満洲の崩壊も時間の問題と思われていた矢先のソ連軍侵攻だった。

愛新覚羅《あいしんかくら》溥傑《ふけつ》は、前年日本で陸軍大学校を卒業して新京に戻り、軍官学校予科生徒隊長として勤務していた。

妻の浩《ひろ》、五歳の次女・嫮生《こせい》とともに日本から帰郷し、学齢になっていた長女の慧生《えいせい》だけは横浜・日吉の嵯峨《さが》家に預けてきた。

空襲警報とともに溥傑がただちに軍服に着替えたとき、宮内府の東方に火柱が立ちのぼるのが夜空に見えた。

ソ連軍による爆撃だとすぐに分かった。米軍機なら大連方向から侵入してくるはずだからである。

九日深夜、溥傑は宮廷の門をくぐり溥儀の様子を見に行った。

皇帝は玉琴と侍従やわずかな宦官に囲まれて、防空壕《ぼうくうごう》に逃げ込んでいた。

彼は手先が小刻みに震えるのを気にしながらイギリス製のビスケットを食べ、フランスのワインを空けていた。

そして弟の顔を見ると安心したように、親族はありがたいものさ、と珍しいことを言った。

「側近たちは空襲が始まると皆逃げてしまい、残ったのは甥の毓嶦《いくせん》ら二、三人の親族だけだ」

青い顔をしてワインを飲み続けているのは、落ち着いた態度を装うためだった。

毓嵣《いくとう》の妻・楊景竹《ようけいちく》はこのときの溥儀の模様を王慶祥に次のように語っている。

「戦争終結のころになると、溥儀はほとんど毎日、自分の寝室に閉じこもってラジオの短波放送を聞いていた。それによって、早くから日本の敗戦が目前に迫っていることを知っていたのだ。ソ連の空襲が始まると溥儀は真っ青になって、じっと座っていられなくなった。上着の裏に小型のピストルを提げ、夜寝るときも服を脱がなかった。空襲警報が鳴ると『玉琴』と呼んで手をつないだまま防空壕へ入った」

関東軍は十日朝、新京から通化《つうか》に総司令部を移すことを決定した。軍司令官・山田乙三大将と秦彦三郎参謀長は皇帝に面会し、「通化へご移動願います」と申し出た。

二日にわたって抵抗していた皇帝も、最後は説得された。

持てるだけの金銀財宝類をトランクにまとめ、親族一同と少数の側近を伴って通化へ避難することになった。

ほとんどの側近や宮廷職員、そして宦官たちに「自由行動」の命令が下された。

王鳳池も孫耀庭も十二日をもって皆ばらばらに解散させられたのである。

八月十三日に日付が変わって間もない時刻だった。

大勢の市民が殺到しごった返している駅頭で、溥儀たち一行は警護隊に守られながら専用列車に乗り込んだ。

沛然《はいぜん》と降る雨の中、群衆は羨望と怨恨の混じった目で彼らを見つめていた。出発に先立ち、溥儀は少数の親族を伴って清朝歴代の先祖の位牌《いはい》を持ち、建国神廟に参拝した。自分たち一行を守ってくれるよう、神社の神主に祈ってもらったのだ。

最後の命綱は、日本式の「神頼み」であった。

実はこの親族一行の参拝に、婉容は同行できなかった。

すでに歩行困難に陥っていた婉容は参拝を諦め、ひと足先に新京駅に向かい溥儀一行の到着を待つことにした。婉容に付き添ったのは二人の婆《ばあ》やと宦官一人で、婉容は看護人に背負われ、列車にようやく乗り込んだ。

溥儀たちが到着したのは、それから二時間以上経ってからである。

吉岡御用掛以外に、同行した親族は以下のメンバーだった。

皇帝の命令で急遽軍籍《きゅうきょ》を離れ侍従武官に就いた溥傑《ふけつ》とその妻・浩《ひろ》と次女・嫮生《こせい》、溥儀兄弟の三人の妹とそれぞれの夫、さらに従兄弟の溥倹《ふけん》、甥の毓嵣《いくとう》、そして婉容の弟で、溥儀の三番目の妹の夫・潤麒《じゅんき》だ。

溥儀と玉琴は展望車に乗り込んだ。展望車の最後尾の無蓋部分には、高射砲が据えられ、兵隊が三名ついてソ連機の襲撃に一応の備えをみせた。

こうしてそれぞれの複雑な最後の居場所が決まると、特別宮廷列車はひときわ長い汽笛を響かせ出発した。八月十三日夕刻、列車は走ったり停まったりしながらもなんとか最初の目的地、通化に到着。出発してからすでに十五時間が経過していた。通化は朝鮮半島にほど近い山の中だった。

山田関東軍司令官が出迎えたが、一行が落ち着けるような施設がないということで、さらに奥地の大栗子溝《だいりつし》へ向けて列車は再び動き出した。

蛇行するように走ること十時間近く、列車はかつて鉱山の町として賑わっていたという大栗子駅に到着した。今では長白山と鴨緑江《おうりょくこう》に挟まれた寂しい小さな駅だった。

駅舎に掛かる時計は、八月十四日の午後一時を指している。

列車を降りた一行がたどり着いたのは、日本人が経営する鉱山会社の職員宿舎だった。

社員寮が皇帝の仮宮殿となったのだ。宿舎は防空壕もしっかりしていて、社員寮も十棟ほど並んでおり、さしあたっての避難場所には適当と思われた。

溥儀と婉容、李玉琴とその随員はそれぞれ一棟を住まいとし、溥傑一家と親族たちが木造二階建ての部屋に分宿した。さらに吉岡安直、宮内府の職員らが残りの宿舎に入った。

溥儀は移動の疲れと、先行きの不安から動作に落ち着きがなかった。

「あの河を暗い内に高速艇かなにかで越えたらどうか」

鴨緑江の対岸に見える黒い山影は朝鮮だった。

夕食が終わってからゆっくり日本式の風呂に入った溥儀は、ようやく落ち着きを取り戻すと、そんな提案を吉岡にした。

吉岡は「いやいや、河を越えるのは危険です」と取り合わない。

「じゃあ、飛行機を用意しろ。そうだ、明日朝、奉天へ行けば飛べるだろう」

翌八月十五日昼、大栗子《だいりつし》の仮住まいで溥儀一行は日本の天皇がポツダム宣言を受諾する、という放送をラジオで聞いた。

日本語が分からない者は溥傑や浩に尋ねながら、日本の敗戦、すなわち同時に連合国に開戦布告をしている満洲国の敗戦を全員が理解した。

そして溥儀ともども、しばし涙にくれていた。

溥儀の涙の真意は誰にも分からない。

自らの幾たび目かの悲運を思って流れた涙なのか、「日満一徳一心」の義に涙したのか。

亡命計画挫折

溥儀は先の山田司令官との会見の際に、

「万一の場合には、日本への亡命を希望する」

ときっぱりと伝えてあった。

十五日夜半から、関東軍司令部は緊急の全幕僚会議を開く。血気にはやる参謀たちの多くからは、徹底抗戦の声が上がり決着が付かなかった。

激しい議論の末、最後に山田司令官の決断で関東軍の停戦が決定された。

その場で、溥儀の処置についても本人の希望に添うよう日本政府に連絡することと決められ、ただちにそのむね打電された。

日本政府からは十七日朝、返電が届いた。

かいつまんで言えば、以下のような内容である。

「日本国としてはもはや皇帝の身柄の安全について完全なる保証はできない。なぜならば、天皇陛下の安全の保証すらないのだ。こうした点は連合国が決めることになるが、皇帝が強いて亡命したいというのであれば、平壌経由で京都に来られてはいかがか」

連合国の進駐が決定された今となっては、日本もこれ以上の返答はできなかった。

電報の内容はただちに大栗子の溥儀にも伝えられた。

溥儀は迷うことなく、さっそく日本への出発の準備を側近と吉岡に伝えた。

同十七日夕刻、新京から国務総理・張景恵、総務長官・武部六蔵と官僚が大栗子溝の仮宮殿を訪ねて来た。用件は、満洲国の解体と皇帝退位の宣言の決定と署名だった。

皇帝は「退位詔書」に署名を終え、国務総理の副書が添えられた。手続きがすべて終わったところで、溥儀は退位書を読み上げ、簡素な退位式が終了した。

実に三度目となる皇帝退位の儀式が終わったのは、日付が変わった十八日午前零時十五分だった。

建国以来十三年半、短い命の国家だったが、満洲国はまぎれもなく存在していたのである。

それから一時間後、吉岡御用掛が溥儀を訪ね、日本亡命の細かな打ち合わせに入った。

「陛下、通化省（現吉林省）の飛行場から平壌経由で日本まで飛ぶことに致しますが、飛行機が小型なためかなりの制限が必要となります」

吉岡の説明によれば、用意できる飛行機はスーパーフォッカー三機で、荷物を含めると収容可能なのは皇帝以下九名まで、皇后その他親族の女性たちは列車で日本へ行けるよう手配するので、九名は男性に限る、という厳しいものだった。

「私たちは危険をおかして第一陣で出発する。お前たちは次の飛行機で来るか、あるいは陸路朝鮮を経て日本へ来なさい。手配はしてあるし、必要な金は送ってあるから」

溥儀は残される者に向かって、そう言った。

これを聞いた李玉琴《りぎょくきん》は溥儀の部屋を訪ね、

「絶対にお邪魔にはならないようにしますから、どうか一緒に連れて行って下さい」

と涙を流して訴えたが、「女性は乗せられないのだ」と言われ、泣き崩れるより仕方がなかった。婉容の場合は溥儀に会うこともかなわなかった。

弟の潤麒《じゅんき》を介して頼もうと試みたが、潤麒も溥儀が姉を憎んでいることを知っているので仲介には入らなかった。

潤麒《じゅんき》は先に述べたように、溥傑とともに日本の陸軍士官学校へ進み、帰郷してから士官として勤務し、その上溥儀の三番目の妹（三格格）と結婚していた。

溥傑とともに新京脱出にあたって軍籍を離れ、義兄の溥儀にここまで付き従ってきた。

栄達のためには絶好の血縁の契りが結ばれたのだが、姉を不憫《ふびん》と思う気持がないではない。

だが、ここで姉の側に立てば溥儀からどんな仕打ちを受けるか、彼は承知していた。

溥儀は自分と同行する八名に、溥傑、潤麒（三格格の夫）、萬嘉熙《まんかき》（五格格の夫）、甥の毓嶦《いくせん》、毓喦《いくがん》、毓嵣《いくとう》と侍従の李国雄、侍医の黄子正《こうしせい》を選んだ。

十八日深夜、溥儀たちは通化へ向かうため急遽宿舎を出て駅へ急いだ。

このとき、溥儀は日本へ行ったときのことを考慮して、天照大神《あまてらすおおみかみ》の神器一式を大切に梱包し吉岡に持たせている。だが、大部の告白録『我的前半生』において、溥儀はこの別れのシーンに数行しか割いていない。

しかも婉容に至っては、名前すら登場しないのだ。

婉容と李玉琴は、闇の中をせわしなく社員寮から脱出する溥儀の背中を呆然と見送っていた。それが溥儀を見た最後であり、二度と顔を合わせることはなかった。

溥儀と婉容は三十八歳、李玉琴はまだ十七歳である。

十九日朝早く、通化飛行場に溥儀たちが着くと、三機のスーパーフォッカーが待機していた。一番機には溥儀と吉岡安直らが乗り、二番機、三番機に溥傑家族やほかの関係者が乗った。無論、持てる限りの骨董、財宝類がトランクに詰められていた。飛行機は平壌を目指して飛ぶはずだったが、なぜか行き先が変更になり奉天に着陸すると機内で伝えられた。

同じころ、李玉琴は朝から神仏に祈りを捧《ささ》げていた。

食事は肉食を禁じて精進食のみとし、日本人が建てた神社の前に座り続けて祈った。

「皇帝が無事でいられますように。父母が安全でありますように。戦争が早く終わって、人々が平和になりますように」

禁欲して精進すれば、神は必ず助けてくれるものと信じ、まだ十七歳の少女は祈願した。

しかしながら、現実には何も良いことは起こらない。

境遇は悪化するばかりで、どこからも迎えの列車の報《しら》せは届かなかった。

溥儀一行の行き先が奉天に突然変わった理由は今でも不明のままだ。

関東軍総司令部に着任して間もない宮本悦雄大佐が、独断で皇帝の退位宣言を奉天で行うべきだと考えて変更したとも、平壌行きの情報がソ連に洩れていたので、急遽変更されたとの説もある。極秘の日本亡命計画に反感を抱く軍の一部が仕組んだもの、とも言われるが確証はない。

十七日深夜に始まった退位式後、ただちに新京へ帰った官僚などの口から、亡命計画がソ連側か少なくとも国民政府側に洩らされた可能性も否定できない。

新京に残された者の中には、北京や重慶まで落ち延びて蔣介石の庇護《ひご》にすがろうと画策した役人、軍人も少なくなかったからだ。

溥儀らの一番機が奉天空港に着陸したのは、十九日午前十一時半である。

滑走路には彼らを日本へ運ぶという輸送機がすでに待機していた。

ここで思いもよらぬことが起きた。

空から十数機のソ連軍の輸送機が護衛の戦闘機に囲まれて次々と着陸してきたのだ。その直後に、溥傑やその家族たちの二番機、三番機が着陸してしまった。

ソ連軍はカービン銃を手にしたプリトウレ少将指揮の降下部隊だった。果たしてソ連軍が前もって溥儀たちが着陸しているのを承知していたのかどうか、それもまた謎だった。

ソ連軍にとって溥儀がいたのは予想外の出来事のように思われた。

プリトウレ少将は眼前にいるのが溥儀であるかどうか半信半疑だった。時間をかけようやく身分の確認がとれて、溥儀本人だと分かった少将は興奮気味に司令部の判断を仰いだ。

第一極東方面軍司令部である。

「同志プリトウレ、皇帝溥儀に間違いなければ貴官は褒賞ものだ。おそらく溥儀はわれわれ最大の戦利品となるであろう」

司令部の声は「慎重に保護するよう」命じていた。おそらく無線通信の相手は、司令官ワシレフスキー元帥から直接指示を受けているものと考えられた。

そうだとすれば、ワシレフスキー元帥はクレムリンにいるスターリンの指示を仰いだに違いなかった。溥儀一行に向かって「保護する」と言い渡し、全員の武装解除とともに、チタへ護送すると伝えた。「保護」とはいえ、事実上の逮捕だった。

その場で捕縛こそされなかったが、行動の自由は完全に奪われた。

すでに午後四時を回っていた。

最初の一人として震える足でタラップを上ったのは溥儀だった。

ソ連軍の輸送機は途中、通遼にいったん着陸するとそこで吉岡ら日本人四名を分離し、一泊した。翌朝、溥儀、溥傑たちは改めてチタへ護送された。

溥儀、溥傑と吉岡安直はこれが生涯の別れとなる。

一九四五（昭和二十）年八月十九日、夕闇に包まれた東部シベリアのチタ空港に黒色の輸送機が着陸し、昨日までの満洲国皇帝以下の捕虜がうつむいたままタラップを降りてきた。

溥儀のソ連抑留生活が開始されたのである。

第七章　それぞれの断崖

スターリンの片腕

夜九時、チタに到着した一行は二台の車に分乗し、前後に警備兵を乗せたトラックがついたまま市内を延々走った。チタの町は、もうすっかり戦勝気分に溢《あふ》れ返っている。灯火管制は解除され、町中の至るところにウォトカの瓶をぶら下げた兵隊がたむろし、戦車隊の出動だけが物々しさを象徴していた。

チタを過ぎれば、周囲は漆黒の闇である。

知らない町を目的地も知らされずに走るのは恐怖感を煽《あお》られる。

「どこか山の中へ連れて行って、銃殺するんだろうかね」

冗談半分に言った潤麒《じゅんき》の言葉に、笑える者は一人もいなかった。

溥儀が一番恐れていたのは、蔣介石《しょうかいせき》軍に引き渡されることだった。もしそうなれば、漢奸《かんかん》の罪であっさり処刑される運命が待っているだろう。溥儀《ふぎ》は自らの身が断崖に立たされているのだと、悟った。

四時間も走ったであろうか、車はようやくハバロフスク郊外と思われるモロカフカという小さな町のホテル前で停まった。すでに時計は八月二十日の深夜である。

柄だけ大きな中級ホテルだった。

ようやく、部屋が用意されたと告げられ、溥儀一行はこの夜の生命が保証されたと胸を撫で下ろした。だが、あまりに時間がかかりすぎていた。

ソ連では万事に手順が悪かった。

新京時代はすべての事務手続きが日本式だったため、ことは敏速で手際よく運んだものだ。満洲人にもその生活習慣が染みついていた。

今度は溥儀が怒り出し、従者の李国雄を怒鳴りつけた。

「夜食はいつ出るんだ。将校はいないのか、支配人を呼べ！」

仕方なく李は見張りの兵隊を通じて、ホテルの支配人を連れてきた。

その支配人は、なぜか将校の肩章を付けた軍服姿で現れた。

「ようこそモロカフカへ。諸君はただいまよりソ連軍によって拘留される。これはソ連攻府命令だ」

そう宣告したホテル支配人というのは、チタ市駐屯部隊の司令官だということが分かった。

命令が終わった支配人は笑顔を作ると、ようやく部屋へ案内すると言った。

「荷物検査が終わったら、夜食を用意してあるので食堂へ集まるように」

荷物、と言われて溥儀がさっと顔色を変えた。

溥傑《ふけつ》は、溥儀が大事に箱に入れて持ち出した「アマテラス」の剣と鏡を心配してのことと思ったが、溥儀の懸念はトランクに隠した財宝類だった。

荷物検査にあたった兵は、銅鏡に興味を示し「これは面白い」といって掠奪《りゃくだつ》し、さらに剣を見つけると「これは武装解除だ」といってソ連軍の倉庫にしまわれてしまった。

一部始終を見守っていた溥儀は、ここまで心血を注いで持って来たはずの神器を奪われたというのに、クスクス笑っているだけだった。

次の日になると、旧満洲国の国務総理・張景恵《ちょうけいけい》以下主要大臣全員と宮内府の幹部も同じホテル内に分散して収容されていることが分かった。

婉容《えんよう》の父親・栄源は宮内府顧問官だったが、一網打尽にされここへ連れて来られていた。

溥儀は岳父が面会に来て、初めてソ連側の逮捕の規模が並大抵でないことを知った。

栄源は溥儀にこれから先のことについて知恵を授けた。

「陛下、どうかご立派な態度で取り調べに臨んで下さい。ソ連軍はいきなりわれわれを殺しはしないと思います。つまり、われわれを最大限に利用して蔣介石やアメリカとの取引きに使いたいのだと思います。陛下はスターリンの重要な片腕となればよろしいのです」

溥儀はじきにその意見に納得した。

生まれてこの方、敵に順応し、相手に合わせて生き抜いてきたのだから、今さら何が変わろうというのだ――。「スターリンの片腕」とはいったい何なのかは、翌日にはすぐ分かった。

ソ連当局の幹部の説明によると、

「諸君は訊問《じんもん》に正確に答え、満洲で起こった事実を系統立てて書類を作成する作業に取り組むのだ」

ということだった。

全員が訊問を受けるのだが、それは溥儀が満洲統治に際して何をしたかを立証するための資料作成だった。ソ連側が重視したのは、溥儀一人である。

だから、溥儀以外は話を合わせて、溥儀が言うことと矛盾しないようにすればいいことも分かってきた。その趣旨はほかの元大臣たちにも、溥傑《ふけつ》や潤麒から極秘に伝えられた。

書類が溥儀の手許《てもと》へ行く前に、まず溥傑が下書きをし、それに萬嘉熙《まんかき》が修正を加えた。

このときはまだその資料が翌年の夏、東京裁判での叩《たた》き台のノートになるのだとは、誰にも分からない。

ただ、どうやらソ連当局は蔣介石に溥儀たちを引き渡すためにそのような作業をさせているのではなさそうだ、という感触だけはあった。

ハバロフスク収容所

三週間あまりをモロカフカの古ホテルで過ごしたあと、九月中旬、全員がハバロフスク郊外へ移動させせられた。

ハバロフスクは極東シベリアのはずれにあるが、古来、重要な軍事拠点として知られ、また重工業、鉄道などの要路でもある。

一行はアムール河とウスリー河に挟まれた別荘のような施設に収容された。門柱には、「紅《クラス》河子《ノレチカ》別荘」（「赤い河」別荘）と書かれていたが、鉄条網が張り巡らされた別荘があるわけがない。

九月半ばだというのに、新京に比べると朝晩の気温はかなり低かった。ましてて川風は冷たい。ここでも溥儀は体制順応の見本を示した。彼は小さなダイヤの指輪をそっと差し出して毛布を余計にもらい、躰《からだ》にぐるぐる巻き付けていた。

しかもソ連将校に会う度に、

「こんな素晴らしい国はない。私はソ連に永住したい」

と言って「誠意」を露骨に表したものだ。

やがて小物の将校では話が通じないとみた溥儀は、次には本気でスターリン宛に書翰《しよかん》を書き、「ソヴィエト永住の希望」を直訴したが、この直訴には内務省から断りの返事が届いた。

十一月に入ると、溥儀たちはハバロフスク市内の「第四十五特別収容所」へ移された。通称「45ラーゲリ」と呼ばれ、一段と警戒も厳重な収容所だった。

ここの捕虜には、日本軍の高級将校や高位の文官から、満洲国の高級軍人まで多士済々が集められていた。

収容所の「日満一体」見本だったが、今では顔を合わせてもろくに口を利くこともない。

溥儀はソ連残留希望が受け入れられない中で、連日の日課をこなしていた。

ノートの作成と、「共産主義の諸問題」「ソ連邦共産党史」などの学習を所長が講釈するのだ。

一九四五年も暮れようとしていた十二月中旬、溥儀の前に現れた青年通訳がにこにこ顔で挨拶した。溥儀は顔に見覚えがなかったが、青年の方には記憶があった。

あの奇妙な「ふおっ、ふおっ、ふおっ」という笑い声が彼の脳裏に残っていたからだ。

「45ラーゲリ」に現れた若い通訳は、天津の租界でハス池に二度落ちたあの少年、ペルミャコフだった。あれから二十五年が過ぎていた。

「あれはお前でしたか」

と口を手で軽く押さえながら、また「ふおっ、ふおっ、ふおっ」と溥儀が笑った。

この収容所で、溥儀は特別扱いだった。ペルミャコフによれば「虎の子」だったからである。

溥儀はペルミャコフの取り調べから、幾つかの新しい情報を得た。

その中でもっとも溥儀を興奮させたのは、重慶の蔣介石からは独立した立場をとりつつも反共部隊だった閻錫山《えんしやくざん》と中国共産党軍の戦闘だった。

この秋に始まった戦いで閻錫山率いる部隊が、鄧小平《とうしょうへい》らが指揮を執る共産党軍に敗北を喫したというのである。溥儀はしょせんどちらが勝っても関係ないと考えていた。ただ、かつての敵だった蔣介石軍に身柄を渡されるのが一番の恐怖だったので、その点では「ふおっ、ふおっ、ふおっ」とペルミャコフの前で笑い合ったのだった。

国共内戦（第二次）の序幕はこのときから開始されたが、正式には一九四六年三月三十一日から一九五〇年五月一日までの国内戦をいう。

毛沢東、周恩来らの中国共産党が蔣介石を台湾へ追い落とすのは、四年半ののちである。

一九四六年前半の半年間で、溥儀の証言資料は完成した。

溥儀が突然「東京の軍事法廷へ行くので支度をしておくように」と言われたのは七月に入ってからだった。「45ラーゲリ」から車で以前収容された紅河子《クラスノレチカ》別荘に移され、証言のための最終点検が行われた。

溥儀にとってペルミャコフが通訳として同行することになったのは心強い味方ではあったが、ウラジオストークからいよいよ日本へ飛ぶ直前になると、彼は眠れぬ夜を過ごした。

かつて二回にわたって溥儀は天皇差し回しの軍艦で横浜港に降り立っている。日章旗と五色旗を打ち振る群衆が出迎える中、彼は満洲国皇帝として宮城を表敬訪問した。

さらに天皇の母宮の住む大宮御所を訪ねたときには、「日本のお母さん」の手を引いたものだった。

今度の日本行きは、この二回の訪問を全否定するものとなるだろう。

そう考えただけで溥儀は自分の運命を呪うべきか、黙って従うべきか悩んだ。

そして八月九日、ウラジオストークから飛行艇「カタリナ」が飛び立つときには、「数奇な運命に順応して従う」と固い決心をした。

残留后妃の運命

そそくさと溥儀が大栗子《だいりつし》の宿舎を出発してから三日が過ぎたころには、門衛も引き上げてしまった。

ソ連兵がいつ来るかが最大の不安だった。溥儀が残務責任者に指名した従兄弟《いとこ》の溥倹《ふけん》は、安全を考えて婉容《えんよう》と李玉琴《りぎょくきん》をほかの者たちと同じ宿舎へ移した。

もはや過去の身分や地位などにこだわっている場合ではなかった。

玉琴の右隣りは三格格（溥儀の三番目の妹）で、二間続きの左隣りには婉容が入った。

ところが日本間の座敷だったので、仕切りには壁ではなく一枚の襖《ふすま》があるだけで顔は合わせなくても声は筒抜けだった。

婉容には宦官《かんがん》と婆《ばあ》やが二人ずつ付き添っていた。婉容がわめいたり、泣き叫べば嫌でもすべて聞こえる。ある日、ソ連の将校がやって来るとの報《しら》せが入った。

玉琴や浩《ひろ》はもちろんのこと、女たちはソ連兵がどんなに恐ろしいかを聞いていたので、急いで顔に墨や泥を塗りまくって裏山に隠れていた。

「八路軍は人の物も自分の物、自分の物は自分の物、妻も共有するんだって聞いたわ。ソ連だって同じじよ、共産主義ってそういうものらしいの」

玉琴の小間使いの言葉に全員の表情が固まった。

ところが婉容だけは誰が説得しても逃げようとはしなかった。

もちろん、背負ってもらわなければ裏山へも逃げられないのだが、頑として動かない。

「皇帝はどこなの、彼が来れば安心よ」

わけの分からない言葉を、とぎれとぎれに話すだけになった婉容は、もはや誰にも手の施しようがなかった。やって来たソ連軍将校は溥倹が相手をしたが、珍しく身なりもきちんとしていて礼儀正しかった。

「ソ連軍は満洲を解放するためにやって来たのです。逃げることはありません。溥儀さんは現在、シベリアにおられてお元気だということだけお報せに参りました」

将校はそれだけ言うと帰って行った。溥倹はいったん女性たちを部屋に戻した。

だが、ソ連兵による掠奪、強姦《ごうかん》などが、近隣の町では頻繁に起こっているという報せが大栗子の宿舎にも伝わってきた。いつまでもここに留《とど》まっているわけにはいかなかった。

ある日のこと、婉容と玉琴が初めて顔を合わせるときがやって来た。

長い間、溥儀は二人が顔を合わせないよう引き離してきたが、今となっては襖を引けば、それで会えるのだ。きっかけは玉琴が何も食べられないという婉容のためにお粥《かゆ》を作ってやったことからであった。宿舎に取り残された者は、わずかなメリケン粉と雑穀《ざっこく》を主食にして食事のやり繰りをしていた。

骨と皮になるまで痩せこけた婉容は、しかし、喉に通るものさえ限られていた。

それを知った玉琴が気をきかせて自らすすんで柔らかいお粥を炊いて、差し入れたのだ。

玉琴の部屋にはうまい具合に炊事道具が揃《そろ》っていた。

彼女は働きに出ていた母親の手伝いをするため、子供のころから家族の食事の世話をしてきた経験があった。

貧しい家に生まれ育った玉琴にとってはごく当たり前のことだったが、周囲の宦官《かんがん》も婆やも貴人の差し入れには驚いた。

誰よりも驚いたのが、婉容だった。

溥儀から福貴人と会うのを禁じられてきた婉容が、自らの手で仕切りの襖を引いた。

すっと引かれた襖の向こうに立っている婉容を初めて見た玉琴は、信じられないほど驚いた。

噂《うわさ》では痩せたとも、化粧に構わなくなったのでひどい顔をしているとも聞いてはいたが、皇后がこれほどまでに無惨な姿に変わり果てているとは知らなかった。

「皇后さま！」

とひと声だけ玉琴が言葉を掛けて、深く頭《こうべ》を垂れたとき、婉容はか細い声を振り絞るようにして言った。

「とてもいい、とてもいい」

間近に見る婉容は人間とも幽霊とも分からないほど、どろんとした目をしていた。髪の毛が逆立ち、シワの寄った薄汚れたパジャマを着た彼女は、宦官二人に支えられてしばらく立っていたが、アヘンで黄色くなった歯を見せて小さく笑うとベッドに戻っていった。

目の前で初めて見た婉容と溥儀とのこれまでの生活が、いかなるものだったのかを玉琴は知るよしもない。

彼女がわずかに知っているのはこの二年間で、すっかり崩壊した婉容とそれを忌避する溥儀の残酷なドラマだけだった。

自分は婉容を失ってしまったために選ばれた代役だったのだろうかと、改めて考えてみるのだった。

半ば騙《だま》されて宮廷に連れて来られた玉琴は、両親がつき合う近隣からはシンデレラだと言われていたほど人もうらやむ「玉の輿《こし》」だった。

カーテン越しに陽が差し込む溥儀のソファに寝かされて、初めて下着を剝ぎ取られたときは、恐ろしくて声も出せなかった。宦官がレースの向こう側で見ているのに、皇帝は私を辱めた。

けれども彼の行為がうまくいったようには思われず、いらついたのちに溥儀は宦官に「もっと効く薬はないのか」と怒鳴っていたある日の昼下がりのことがぼんやり思い出された。

婉容の場合はどうしたのだろうか。

ときに優しく、ときに暴力を振るう皇帝と、どのような性生活を共有できたのだろう。
一、二年経《た》ったころから玉琴は、次第にはっきりとした感情の変化が自分の躰に起きていた事実を溥儀に打ち明けたものだった。溥儀と一緒に過ごすのが、実際に楽しかった。
躰を重ねて努力する溥儀に、自分も手助けをすることも覚えたほどだ。

医学的な知識はなかったが、男性機能が思うにまかせず、それが皇帝のイライラのもとだったことは知っていた。

玉琴の方が溥儀に寄り添い、好きだと言いたいときには溥儀は見向きもしなかった。

女が急に大人になるというのは、何と面妖で残酷なものだろうか――。

婉容にも同じことが起こっていたのだろうかと、玉琴は閉じられた襖の前で息苦しさを覚えながら想像してみた。

九月の中頃になると、匪賊《ひぞく》やソ連兵が入れ替わり立ち替わり日本人を襲撃するという噂が伝わってきた。

中国服に着替えたり、髪の毛を坊主刈りにしたり、さまざまな変装を試みていたが、いよいよこの宿舎にも暴徒が押し寄せて来た。

愛新覚羅《あいしんかくら》浩《ひろ》は中国服に着替えて逃げようとするところを見つけられたが、五格格が「これは私の姉です」と叫んだので危うく逃れられた。

十二月になって裏山にも逃げられないほどの寒気が迫ってきたころである。

いつまでもここにいられないと判断した溥儀の甥の毓嵋《いくみん》たちは、賄賂《わいろ》を使って閻錫山《えんしゃくざん》部隊の兵を買収し、乗用車一台とトラック数台に運転手を手配してきた。

乗用車に婉容と玉琴を乗せ、トラックに残りの者たちと荷物を積み終えると、大栗子《だいりつし》から臨江へ向かった。臨江で見つけた朝鮮式の家に、二ヵ月ほど潜む生活が続いた。

一九四六（昭和二十一）年一月末、八路軍がやって来た。

その中に満洲国の将校だった者がいたため、婉容以下溥傑の妻・浩から李玉琴まで身分が知れ、一行はただちに通化《つうか》へ連行されることになった。

おぼろげな感覚だけで生きていた婉容にも、自らの運命が崖っぷちに立たされていることは理解できた。八路軍の指揮官は、宦官、婆やに至るまでの全員を一度に動かすのはリスクが大き過ぎると判断していた。

そこで通化行きを、婉容班と玉琴班の二組に分ける案が検討された。周辺には国民党軍も複雑に入り込んでいて、攻防を続けている最中だったからだ。婉容《えんよう》と玉琴《ぎょくきん》側にも事情があった。玉琴と浩との関係がしっくりせず、二人は常々反目し合う状態だった。

別行動はお互いに気分が楽だった。出自が貧しい側室の玉琴と、嵯峨《さが》侯爵家のお姫様から皇弟の正室となった浩とではうまくいく道理もない。浩からすれば玉琴は野卑に見えたであろうし、玉琴からすれば浩はお高くとまって、と見えただろう。

思い思いの流浪が始まった。

玉琴と彼女の召使いの敬喜、溥儀の甥《おい》で宮廷学生の毓岷《いくみん》らを一団としたグループが、ひと足早く通化に向かった。婉容と二人の宦官、婆や、溥儀の妹、浩母娘たちは第二グループとして二日後に出発したのである。

通化に先着した玉琴たちは、「東北民主連合軍第百二十師団」と仰々しい看板が掛けられた八路軍の司令部ビルに入れられた。

続いて到着した婉容グループは、その向かい側にある八路軍公安局ビルに収容された。いずれも保護という名目の軟禁である。

通化の慟哭《どうこく》I――ソ連兵の暴虐

再びたどり着いた通化。

終戦直後に起きた「通化事件」は日本人なら忘れることのできない残虐無比な惨禍だった。一行がこの町に連行されるまでの時間の流れをもう一度振り返りつつ、婉容たちが巻き込まれた通化事件にも簡略ながら触れておこう（詳しくは拙著『八月十五日からの戦争「通化事件」』扶桑社刊を参照）。

日本の敗戦が濃厚になったころ、機を見るに敏だったスターリンは、「日ソ中立条約」を破棄して満洲へ攻め込んだ。

一九四五（昭和二十）年八月八日だった。

背景には半年ほど前の二月初旬に開かれたヤルタ会談（チャーチル、ルーズベルト、スターリンによる三国会談）での密約があった。

日本側から言えば条約を破棄する法的根拠がまったくない上に、完全な奇襲攻撃である。

九日午前零時を期して「宣戦布告」をするむね、佐藤尚武日本大使がいきなり呼ばれて通告された。だが、そのときにはすでに大使館の東京へ通じる電話回線はすべて切断されていた。

その直後（ザバイカル時間では八日午後十一時）には、国境を破ったソ連空軍機による爆撃が開始されていた。

ほどなく空襲に晒《さら》された新京から、溥儀たちは日本へ亡命すべく脱出を図る。

そのときいったん到着したのが奉天から東へ二百キロ長白山系に分け入った、鴨緑江《おうりょくこう》と朝鮮半島に接する通化だった。

その後、溥儀一行が大栗子《だいりつし》まで都落ちしたいきさつはこれまで述べたとおりである。

大栗子の社員寮から、さらに溥儀たちだけが先に脱出し、奉天飛行場でソ連軍に逮捕されシベリアへ送られた。

婉容、玉琴、愛新覚羅浩とその混血の娘・嫮生《こせい》たちはその冬を大栗子に潜んでいたが、遂に八路軍に発見され通化へ送られたのである。

公安局はコンクリート製の四階建てで、婉容たちはその二階の一室に軟禁された。

通化に入ったとき一行は気がついたのだが、町は日本人の引き揚げ者や軍人家族で膨れ上がっていた。町中を流れる鴨緑江の支流・渾江《こんこう》は、普段は豊かな水量を誇る風光明媚な河として親しまれている。だが、真冬ともなれば分厚い氷が張り詰め、氷河と化す。

渾江から渡ってくる風が公安局の壁を突き破る。

婉容は自分の体重より重いのではないかと思われるほどの衣類を重ね着して転がっていた。ほかの者も皆、身に着けられる布はすべて躰に巻き付けて寒さに耐えるしかない。公安局員のほとんどがなぜか親切だった。

「私たちは満洲警察学校出身です、安心して下さい。もしも国民党軍と中共軍の戦争が始まったら一緒に連れて逃げます。私たちはなにも心から中共軍に従っているわけじゃないんですから」

一人が小声でそう言うと、もう一人の年かさの局員は、

「食うためには仕方がないんですよ」

と付け加えた。

その場の全員は「そうですか、食べるためですか。それは十分に、ひとつの生き方ですね」

と妙に納得したものだった。


半年前の敗戦直後のことである。

八月二十日、通化高等女学校にカービン銃を持ったソ連兵二名がやって来て校内に乱入した。女子生徒を無理やり引きずり出そうとしたため、校長らが間に入ったが、ソ連兵が銃を乱射

した。仕方なく若い女性教師が自ら身替わりとなって連行されて行った。

女性教師はその深夜、解放されたが自殺を遂げた。

関東軍通化守備隊も出動したが、手遅れであった。

翌日、再びソ連兵が二人来て、昨日の女性を出すように命じたが、拒否するとほかの女性を出すよう脅した。そこで教師たちは用意していた拳銃で二人のソ連兵を射殺し、女学生全員を連れて通化を脱出した。

当然その直後からソ連軍は通化に大軍を派遣し、中共軍もその中に混じっていた。

事件の予兆はすでにそのときからあった。

そもそもソ連軍侵攻の直後、通化は地理的にみても満洲南部の中央に位置する関係から、防衛上の重要拠点とされた。

ソ連軍の攻撃に備え、八月九日から十五日までの間に、関東軍主力も各地から通化に結集し、武装解除直前まで激しい攻防があった。

だが、すでに述べたように八月十五日深夜から十六日にかけて、「即時戦闘行為を停止すべし」との大本営からの訓電に従った山田乙三関東軍司令官は全軍に即時停戦命令を発していた。

ソ連側代表の極東軍司令官ワシレフスキー元帥と山田司令官の間で、武装解除と停戦協定が話し合われたのは八月十九日だった。

通化高等女学校の悲劇はその翌日の出来事である。

安全を求める邦人避難民たちが、関東軍のいる通化に殺到していた。敗戦と同時に通化はいったん国民政府の管理下に入り、国民党が治安を担当した。そこへたちどころにソ連軍戦車隊が進駐してきて、日本軍の武装解除を行った。

中共軍が混入していた事実は述べたとおりだ。

完全に武装解除されたはずだった日本軍の中にも、実は唯一残された部隊があった。

それは通化第一野戦病院部隊で、柴田久《ひさし》軍医大尉以下百二十名余が残留を許され、わずかな自衛用武器（小銃と小銃弾など）を所持していた。

赤十字と同じ扱いで、民間負傷者、病人などの治療のために許可された小部隊だった。

その後、十月にはソ連軍がいったん撤退するのと入れ替わりに中共軍が国民党軍を陥落させて通化を支配した。

少数弱体だった中共軍が国民党軍に勝てたのは、ソ連軍が武装解除した日本軍の強力な武器を大量に譲渡したからである。

この中共軍支配が通化事件への大きな引き金となった。

一九四五年末には、日本人の居留民は三万人近くいたと推察されている。

増加する避難民、投降兵、旧満洲官吏とその家族などで町はごった返していた。

ここまでが、通化事件に至る前段である。

通化の慟哭Ⅱ――中共軍による虐殺

この事件の最大のキーパーソンは藤田実彦《さねひこ》大佐だった。

第百二十五師団参謀長だった藤田は八月の停戦命令の際にこれを拒否し、部隊を離脱し通化に潜んでいた。長い髭《ひげ》を生やした藤田は豪放磊落《ごうほうらいらく》なところから「髭の参謀」として、民間人からの人望も厚かった。

通化の町ではソヴィエト兵による強姦、掠奪、暴行は白昼の路上であろうと、深夜であろうと、ところ構わず繰り返されていた。

ある日、強姦を阻止しようとした日本兵は銃を持たないため軍刀で立ち向かい、女性を助けたが、それ以来刀もすべて没収された。守る手段もなくなった日本人は、慰安婦として拉致される女性を見ても、堪え忍ぶ以外に方法がない無政府状態となった。

これをみて藤田大佐は、国民党軍からの援助を取り付ける算段も手配し、二月三日の旧正月深夜を期して蹶起《けっき》する計画を立てた。

柴田軍医大尉らは藤田大佐とともに作戦を練り、残留邦人の多数が国民党軍の戦車隊、航空隊などの援軍を期待して蜂起に加わったのである。

これまで繰り返されてきた暴虐の数々を目の当たりにした在留邦人は、生き残るための手段がもはやこれ以外に考えられなかった。だが邦人部隊の武器は、わずかな小銃と斧《おの》、棍棒《こんぼう》、スコップといった貧弱なものしか手に入らない。

これでは農民一揆《いっき》かと言われても反論もできない貧弱な装備だった。

三日深夜三時半、柴田軍医大尉ら少数は、病院を抜け出して変電所を急襲し、占拠した。電灯を三回点滅させる合図によって、各中隊が出動し、蹶起の賽《さい》は投げられた。

ところが、計画どおりには運ばなかった。

中隊ごとに目標に向かって突撃したのだが、どこでも中共軍の重火器の待ち伏せに遭い、たちまち各隊とも大打撃を受ける羽目となってしまった。

敵の情報工作が完璧で、襲撃計画はすっかり洩れていたのだ。

佐藤少尉率いる第一中隊百五十名は、中共軍の警察署を襲撃したが、待ち構えていた中共軍の機関銃などによって次々倒されてしまった。

阿部大尉率いる第二中隊百名は、中共軍司令部のホテルを襲撃したが、ホテルへ近づく前に壊滅した。

この間に肝心の藤田大佐が、情報洩れから中共軍に逮捕、監禁されてしまうという最悪の結果を迎えていた。

行動を開始した各中隊の司令塔が失われたところへ、頼みの国民党軍まで中共軍に発見され通化に入れない状態となった。

その中でもっとも勇猛さを発揮したのは、婉容救出のゲリラ隊だった。

最後の一隊、工藤義成憲兵軍曹率いる遊撃隊十名が、公安局ビルに監禁されている婉容以下旧満洲国皇族関係者の救出に向かっていた。


旧正月にあたる二月三日、監禁されていた婉容たちの食卓にも、この夜ばかりはささやかながら正月らしい主菜のほかに点心の皿も並んだ。戸外からは派手な爆竹の音が鳴り響いて、正月気分を盛り上げていた——かに思われた。

あとで分かったことだが、爆竹は正月恒例のそれではなく、中共軍が襲撃を知った上でカムフラージュとして鳴らしたものだった。

午前三時半過ぎ、深い静寂から突然闇を裂くような銃声の音が響いた。

愛新覚羅浩はこの場の記憶をのちに回想録『流転の王妃の昭和史』に書き残している。

それによれば、救出騒動はおおむねつぎのようなものだった。

銃声を聞いた浩があわててはね起き、電気を点《つ》けようとしたが電源が切れているらしく点かない。息をひそめていると、乱暴な足音とともに男が一人、部屋に上がって来た。

「シェイ？（誰です）」

と中国語で尋ねたが返事がなく、男は日本語なまりで「コーミンダン（国民党）」と答えた
あと、すぐに「ローソクをつけろ」と叫んだ。

日本人とはっきり分かった浩は、

「ここは皇后さまのいらっしゃるところです」

すると男が、

「一番乗りの中山、お助けに上がりました」

と叫び、再び階下へ駆け出して行った。そのあと激しい銃撃戦が始まった。

そっと覗《のぞ》いて見ると、血に染まった軍刀を下げた日本軍人が廊下を走り回っており、

「政治犯は全員釈放したぞ」

と大声で叫んだ。八路軍の公安局員が軍刀で脅され、留置場の鍵を開けていた。

この機を逃しては、と浩たちは宮内府の役人と一緒に階段を下り始めた。

婉容は背負われたままだらりとぶら下がっている。

公安局ビルが日本軍の手に落ち、脱出できるかもしれないと、一瞬は誰もが思えた。

だが、その直後に機関銃の猛然たる音が響き渡った。

向かいの市公署ビルにも銃弾が撃ち込まれているのが浩の方からも分かった。

玉琴は窓際に寄り、婉容たちの安否を気にして外を覗こうとしていた。

その玉琴の右頬を銃弾が擦過し、額にガラスの破片が刺さった。召使いの敬喜が大声で叫んだ。

「早く医者を！　貴人が怪我をした」

衛生兵がすぐに走ってきて傷口を手当てした。軍医もやって来た。

八路軍は日本人以外の「人質」には手厚い待遇をしていた。

ソ連軍も同じだったが、いずれの側にとっても溥儀とその一族は貴重な「戦利品」に変わりはなかった。

反対側の公安局でもガラス窓が割れ、厚い壁まで落ち、飛び散っていた。

全員が再び部屋に戻って、布団を頭からかぶって身をかばった。

婉容も横たわっていたが、誰も助けに出られない。

機関銃の一斉射撃と遊撃隊の抵抗はしばらく続いた。

初めのうちは優勢だった遊撃隊も多勢に無勢、八路軍の本格的な反撃を受け壊滅的損傷を被《こうむ》った。結局、死者多数を残し、撃退され幕を閉じたのである。

翌朝、事件との関係の有無を問わず、十六歳以上の日本人全員が中共軍によって逮捕され、旧通運会社の倉庫、社宅などに押し込まれた。

全員を針金でつなぎ合わせて拘束、連行したので、零下三十度を超えるような中だったため多数の凍死者が出たり、落後した者は射殺された。

その数およそ三千人以上といわれる拘束者は、立ったまま各小部屋に押し込まれた。五日間にも及んだ拘束で、多くの邦人が精神に異常をきたすか、廃人同様となった。それでも生き残っていた者は、元日本兵だった朝鮮人の復讐《ふくしゅう》の標的にされ、多数が撲殺された。

この朝鮮人たちは朝鮮人民義勇軍を名乗る団体で、日本の敗戦とともに朝鮮へ帰り、「三十五年の恨みを晴らす」と叫びながら中共軍の尻馬に乗って、関係ない一般市民男女を虐殺したのだ。川岸に並べられて中共軍に銃殺された多数の死体が、氷結した渾江《こんこう》に穴を空けて放り込まれていた。

渾江は鮮血に染まり、真っ赤な凍河となった。

結局、この事件で殺害されたのは、蜂起に参加しなかった邦人多数を含めおよそ三千人といわれるが、正確な数字は摑《つか》み切れていないのが実情だ。

浩は事件のあと、逮捕されていた藤田大佐がどんな仕打ちにあったかを先の書で述べている。

「大佐は罪状を書いた紙をぶら下げられて、荷馬車で町じゅうを引き回された揚げ句、見せしめのためにデパートの玄関に三日間も立たされ、死刑になった」

藤田大佐は目抜き通りのデパートに晒されていた三日間、

「自分の不始末から申し訳ないことをしてしまった。許して下さい」

と謝り続けた末に肺炎がもとで死亡、その遺体は市内の広場に延々と晒されたのだ。

まさに慟哭《どうこく》の通化、ともいうべき事件に婉容も李玉琴も遭遇したのだった。

婉容の末期《まつご》

通化事件（二・三事件）で旧関東軍と日本人への怨念《おんねん》から暴虐の限りを尽くし、さらに国民党軍を掃討した八路軍は四月を待って長春に移動することになった。

新京は再び長春と改称されていた。

ぐったりとして背負われたままの婉容《えんよう》以下、李玉琴《りぎょくきん》、浩《ひろ》と嫮生《こせい》たちの一行は部隊とともにまる三日、貨車に積まれて長春に向かった。有蓋車ではあったが暖などとれるはずもなく、四月とはいえ肌を刺すすきま風に身を寄せ合いながらの長旅だった。

緝熙楼《しゅうきろう》時代の婉容は宦官《かんがん》か婆やとしか口も利かず人とも会わなかったが、逃避行となってからは玉琴がよく話し相手になった。

玉琴とわずかとはいえ話す喜びを覚えたのが、婉容にとって唯一の生きている証《あかし》でもあった。

李玉琴はそんな婉容を見ていると、確かに本当は美しい女性なのだと思えた。背が高く、器量がいい。瓜《うり》ざね顔に広い額、形の整った眉、光る黒目など、どこをとっても健康だったらどんなにか輝くばかりの美人だったろうにと見つめたものだ。

だが通化に連れて来られ、あのような凄惨な事件に遭遇したときから、婉容の体調はいっそうひどいものになっていた。そもそも貨車の中などで三昼夜も過ごせるような状態ではなかった。

アヘンが切れてくるとさらに状態は悪くなる。そのために無理をしてもアヘンを確保し、吸わせ続けなければならないのだが、それがさらに体力と気力を消耗させた。

遂に自分で自分の下《しも》の始末もできなくなり、布団も着物も汚れ放題となった。排泄物《はいせつぶつ》が悪臭を発し、貨車の中に充満し切ったころ、ようやく長春の懐かしい街が見えてきた。

四月二十九日、一行は長春のかつては一流料亭「厚徳福」だったという共産軍の宿舎に収容された。

駅頭から市内の目抜き通りをオンボロ馬車に乗せられて運ばれた。かつての皇后・婉容と皇妃・李玉琴のうらぶれた姿に気がつく者とていなかった。

翌日から中共軍将校らによる取り調べが開始された。

李玉琴は側室ということから、「離婚申請書」を提出すれば、あとはごく簡単な取り調べだけで釈放すると係官から言い渡された。

「離婚申請して、普通の庶民に戻りなさい。労働して、帝国主義的な貴族の世界から足を洗えば許されます」

軍の将校はそう言った。

病身の婉容についても、とても取り調べは無理と判断されたのか、「身元引受人がいれば釈放する」と決定された。

そこで、婉容を抱えていれば、離婚しなくても済むのではと知恵を働かせた玉琴は母親を呼んで皇后の保護を頼んでみた。ところが玉琴を迎えに来た母親は、「とんでもない。迷惑な話だ」とニベもなく拒否したため話は頓挫した。

浩も傍らから玉琴の母に引き取りを頼んだが、

「ナニを言うか。皇后は引き取れません。それより、この女は日本の天皇の娘ですよ」

などととんでもない発言を中共軍幹部にする始末だった。

その結果、浩に対する取り調べは長期に及んだ。

「天皇の娘ではないという証拠を示せ」

というような執拗《しつよう》な訊問が続いた末、ようやくかつての宮廷侍医だった徐夫妻の嘆願によって浩と嫮生《こせい》にも釈放許可が下りた。

溥儀の眼鏡にかなったために娘が宮廷に上がり、極貧の一家にも光明が射したはずだった。その恩義があるにもかかわらず、玉琴の母の拒絶にあった婉容は再び路頭に迷った。父親の栄源はソ連に連行されており、助けることはできない。

十六歳で婉容が入内《じゅだい》して以来、一族は栄耀栄華《えいようえいが》をほしいままにしてきた。にもかかわらずそれぞれが妻妾《さいしょう》を抱え、人情に冷たく、婉容を引き取る者など一人も現れなかった。

「引き取れば無罪釈放する」と言われているのに誰も手を差しのべなかった。

中共軍も国民党との戦闘行動のさなかにあり、重病患者の婉容を連れて移動はできない状態だった。国民党軍の攻撃をかわすため、中共軍が吉林市へ撤退すると決定されたのは五月に入って間もなくのことである。

玉琴が選択できる道は「離婚申請書」を八路軍に提出して、いずれのときにか溥儀と再会できる日を待つことしかなかった。

加えて、中共軍幹部は「偽満洲」の遺物である宦官の存在を認めず、ここまで婉容に付き添ってきた二人の宦官が放逐処分にされた。

もはや婉容の側《そば》について一緒に移動が可能なのは浩だけとなった。

別れる朝、玉琴は骨ばかりとなった婉容の手を固く握りしめたが、婉容は顔をそむけた。

玉琴は思わず涙をこぼしたが、婉容も細くか弱い声を「あ、あ」とだけ発した。

「あなたも私を捨てて行ってしまうのね」

そう言いたげな口元を見た玉琴は、乱れている皇后の着物の裾を直した。

自分の化粧道具から口紅を取り出し、婉容の唇に赤い線をひと筋引いたのが彼女を見た最後となった。浩は嫮生の手を引いたまま婉容に付き添い、再び貨車に揺られて吉林の公安局に収容されたのである。

五月初めの吉林はときおり北風が肌を刺す。街路には馬糞《ばふん》が土埃《つちぼこり》とともに舞い上がっていた。

驚いたことに、一度釈放された身であるはずなのに、ここの共産軍兵士は書類を見るや「留置場へ」と声を荒らげた。

「無罪になって釈放され、ただ行き場所がないだけなのにこの扱いは酷ではないですか」

浩は抗議したが無駄である。

囚人扱いのため食事は日に二回、赤茶色のコーリャンに水を混ぜただけのスープと小さく堅いパンが配られたが、胃腸が受け付けなかった。

鉄格子がはまった留置場の床には、横たわったままの婉容のか細い姿が薄暗い電灯に浮かんでいた。婉容はスープだけは飲めたが、用便は一人では足せない。その度に浩が背中に担いで部屋の隅に置かれた桶《おけ》に座らせ、手助けをしなければならなかった。

ここに来て遂にアヘンが手に入らなくなった婉容は、もはや正気を失っていた。

禁断症状が激しくなり、「助けて、助けて」としか言葉を発しなくなっていた。

そんなかつての皇后の姿をひと目見ようと、看守や中共軍の兵士らが入れ替わり立ち替わりヤジ馬のようにやって来る。

半狂乱になった婉容は、過ぎ去った栄華の一刻を夢見ているのだろうか、

「ボーイ、サンドイッチを持ってきて」

と叫んだり、嫮生《こせい》を見て、

「あらまあ、あたしの赤ちゃんね」

などと口走って、浩の涙を誘う。

吉林でひと月半ほど留置されたころ、急な移動命令が伝えられた。

六月上旬の真夜中だった。

歩行不能の婉容は二本の棒の上に載せられた椅子に縛りつけられて運ばれた。

その姿は、夜陰の中では死人の影法師のようにも見える。

あの日紫禁城へ燦然《さんぜん》たる隊列を組んで入内した情景を、婉容は今覚えているだろうか。

「迎娶《げいしゅ》」といわれる歴代清朝皇后の豪奢《ごうしゃ》な輿《こし》入れだった。「鳳凰轎《ほうおうかご》」と呼ばれる絵入りの椅子轎に婉容は乗っていた。子孫繁栄を祈願する意味が込められた駕籠《かご》で、天安門に始まるいくつもの門をくぐって坤寧宮《こんねいきゅう》に入った、あの夜のことだ。

輿入れのときの椅子轎《かご》は、今、二本の棒の上の囚人椅子に取って替わっていた。子孫繁栄の祈願もついえた。

かつての皇后は囚人が担ぐ椅子の「輿」に乗せられ、列車に乗り換えて二昼夜、延吉《えんきつ》の監獄に収容された。ここは満洲のはずれ、朝鮮半島最北部にある白頭山（長白山）の北陵に位置するさびれた町だ。

翌日、婉容たちは荷馬車に乗せられ、町中を引き回された。

荷馬車の後ろには両手を縛られた捕虜が数珠つなぎになって引かれていた。

「漢奸《かんかん》偽満洲国皇族」と書かれた白い旗竿《はたざお》が馬車に立てられている。

あっという間に婉容も浩も漢奸に仕立て上げられ、見世物として晒《さら》される羽目に陥っていた。

多くの大衆はすでに共産主義の熱にうかされ、昨日までの満洲国は「偽満洲」と呼ぶように指導されていた。やがて放り込まれた監房は独房だった。

婉容と浩母娘は別々の房に入れられ、浩は婉容の手助けすらできない状態となった。

「皇后の様子をひと目見させて下さい」

浩の懇願が許され、倉庫のような房へ行くと、そこには狂った婉容が転がっていた。

食事のボウルも置かれたまま手をつけていない。

臭気がたち込め、看守さえマスクなしにはいられないほどだった。

六月中旬になって、うめいているだけの婉容を見たのが最後だった。もはや差し入れしたいアヘンも手に入らず、わずかに水を飲ませてやるだけが唯一できることだ。「おいしい」と言ってかすかに笑ったあと、

「お風呂の用意はいつか。手桶を」と居もしない侍女に命令したのが最後に浩が聞いた声だった。一代の皇后はおそらくこのあと間もなく落命したと思われる。

一九四六（昭和二十一）年六月二十日午前五時、延吉で死亡、という記録が残されている。死因はアヘン中毒による禁断症状と栄養失調とされ、遺体も遺骨も発見されていない。

溥儀がハバロフスクの収容所で婉容の死を知らされたのは、それから三年ほど経ってからのことである。溥儀が『我的前半生』で告白した中で、婉容の死はあまりにも小さなスペースしか割かれていない。

「彼女のことをあまり気にもとめなかった。したがって彼女の口から、彼女自身の心情、苦しみ、願いなどを聞いたこともなかった。私が知っているのは、彼女がのちに吸毒（アヘン吸飲）の習慣に染まったこと、許しえない行為があったこと、だけである」

秋を迎えれば四十歳になるはずだったかつての皇后に通夜はなく、誰にも看取られることもなく「崩御」した。

李玉琴の行方

「離婚を勧めるのは党としても決して懲罰のつもりではないというではないか。溥儀は、八路軍が勝っても、万が一国民政府軍が勝ったとしても売国奴という点では変わらないのだぞ。これからどうするつもりだ」

玉琴が貴人に上がる前は印刷工だった李家の長男は、妻に肩を揉《も》ませながら妹に向かってそう言った。玉琴が宮廷に上がるや、世間体への配慮から和順警察の警長に昇格させられていた兄の「配慮」だ。

「これからどうするつもりか、ですって？　ありがたいお気遣いだけどさ、あたしゃね、出家でも遊ばしたいわよ。なにさ、このオンボロ家。父さんも、母さんもあの一万元どこへやったのよ」

両親はさぞかし家でも建て直し、立派に暮らしているものと思って実家へ戻った玉琴は泣きながら親を責めた。

長春の町外れ、貨物列車駅を過ぎ、日乾しレンガの壁の路地をくぐった貧民街に、まだ二間のままの実家はあった。

年老いた両親と長男・李鳳《りおう》夫婦がひと部屋ずつ使っている。そこへ、元貴人の出戻りだ。雑魚寝《ざこね》するだけしかないあばら家に帰って来た娘は、近所中の見世物となった。

品である。

「出戻り」にはいつの世も人の噂がうるさいものだが、この「出戻り」は折り紙つきの超一級
しかも「出戻り」であるにもかかわらず処女なのだが、それは親にも打ち明けられない。

十五歳や十六歳までは意味も分からず、ただ優しく一緒に横に寝てくれているだけで満足していた自分がおかしい。その結果、処女のままがよかったのか、情けないのか、今ではそれもまた混沌として分からない。

三年前に帝室から下賜された一万元について、父親が肩を落としていい訳をつぶやいた。

「これまであった借金の返済や、多少の衣類も買い揃えなければお前に恥をかかせると思ってな。それに長男の嫁取りにも世間並みの宴を張ったし、お蔭《かげ》で少しは贅沢《ぜいたく》もさせてもらった。それでも一万元なんて使い切れるものじゃないから、銀行に預金したのさ。利子は安いが香港系の銀行よりお前の顔を立てて日本の銀行におとし預けた。そうしたらこのザマさ。日本の銀行に預けた大金は一夜にして紙切れ同然というわけだ」

「それでも、屋根は瓦に取り替えたんだよ」

母親が傍らからとりなすように付け加えた。

路地裏のあばら家にいても、福貴人は姿形だけはこの上なく優雅に見える。

だが、周囲の者からすると言葉遣いやその抑揚がなんとも奇妙で、家族ながら耳障りな発声

に聞こえるのだ。

「なんでさっさと銀行から引き出さなかったのさ。まったくお人好《ひとよ》しもいいとこだよ。あたしゃ無理やり八路軍に離婚させられてねえ、気分は世捨て人でいらっしゃいますわよ。尼にでもなってお経でも上げていれば、皇上がお帰り遊ばしたときにはお許しがでるかもねえ」

「貴人くずれ」という表現が仮にあれば、これほどぴったりなものはなさそうに思われた。

これまでの溥儀一族は、后妃に限らず官吏も宦官も侍女たちまでもが第三者が敷いたレールの上を黙って走っていればそれで済んできた。

ときの権力への無抵抗こそが一番の処世術なのだから。

だが権力のうつろいに伴って、北京から天津、天津から新京、新京から大栗子《だいりつし》――大栗子から奉天で溥儀が逮捕され、一族の運命が大きく変わった。

玉琴もその最後の一瞬、二年半を貴人として一緒に暮らしたために、今、自分の力ではどうにもならない迷路に迷い込んでいた。もはや敷かれたレールはない。

それを目ざとく嗅ぎつけて訪ねて来る新聞記者があとを絶たない。

満洲国が崩壊して十ヵ月が経とうとする六月末だった。

国民党系の新聞『中央日報』の記者が、八路軍のうようよする中をくぐり抜けて元貴人を捜し当てた。新聞には「はきだめに輝く宝石」「貧民窟にすっくと立つ美女」などという見出しが躍ったものだ。

蔣介石と結婚した才色兼備の宋美齢《そうびれい》に重ね合わせたのだろうが、宋美齢との比較はしょせん無理がある。玉琴の母はこうした世間の騒動に疲れていた。

「ウチの貴人さまはこの辺に住める人間じゃなくなっちまったよ。顔つきだって、喋《しゃべ》り方だって、着物も目立ち過ぎってものさ」

と嘆いてみせた。

憤然とする元貴人の娘は、

「ようござんすよ、ご近所さまに顔向けができないような出戻りだっておっしゃるんなら、河にでも飛び込みましょうかね」

などと生来の負けず嫌いの根性をむき出しにする。本人が望んで出戻って来たわけではない。遂に玉琴はズボンに縫い付けて隠してきた最後の一千元を取り出し、家を出た。

それでも母に対しては情が残った。溥儀がかつて持っていた最高級の黒貂《くろてん》の毛皮つきオーバーを母に手渡した。売れば高い値がつくはずだった。

間もなく十八歳になる元福貴人・李玉琴は、旧清室の残党少数を供に連れ、あわただしく実家をあとにした。

彼女と付き人たちが狙った落ち着き先は、溥儀の父・載灃《さいほう》が住む北京の北府だったが、内戦のさなか到底無理な話だった。第一、溥儀の父は玉琴の受け入れを拒絶した。もはや満洲国、いや、北京では「偽満洲国」といわれているのに、これ以上の関わり合いは誰もが避けたかった。

そこで一行はまだ溥儀の隠し財産が多少あるはずの天津へ向かった。

実父は無理としても、載灃の甥・溥修がいた。

「北府は無理からぬところがあります。福貴人さまはこの溥修がお守り申し上げます」

溥修夫妻の理解を得た玉琴は、まだ清朝の匂いがかすかに残っている天津の溥修家にようやく落ち着いた。かつて溥儀が旧日本租界の一角に買い残した邸宅であった。

広い庭に三棟の邸《やしき》が囲まれるように建つ溥修の邸の一角に、彼女は荷をほどいた。

今度こそ「康徳帝溥儀の袖にすがって生き延びる女」などと書かれないために、名前を変える必要があった。

溥維清《ふいせい》という新しい名が彼女につけられたのは、一九四六（昭和二十一）年七月半ばだ。

十八歳の元貴人は、処女のまま新生活を開始した。

そのころ溥儀は、ハバロフスク第四十五特別収容所からクラスノレチカの夏期施設に移され、東京護送への最終準備に追われていた。

第八章

火龍の末期

「天皇を裁け」

極東国際軍事裁判の検事側証人として異例の出廷記録をたてた溥儀《ふぎ》は、一九四六（昭和二十一）年八月三十一日、ようやく厚木飛行場をあとにした。

八月十六日から二十七日まで、元満洲国皇帝はあらん限りの偽証を繰り出し、スターリンの要望に応えたのである。

疲労感はあったものの、対ソ連関係では胸を張れる思いでハバロフスクに戻った。

ひとつだけ気がかりなのは、国民党政府の出方だった。

市ヶ谷の戦争裁判とはまったく次元の違う問題が残されていた。支那からみれば彼は依然として重大な漢奸《かんかん》裁判の被告たり得たからだ。万一身柄がソ連から蔣介石《しょうかいせき》に渡されたら、自分の命はないだろう、と怯《おび》えない日はない。

ハバロフスク空港から紅河子《クラスノレチカ》別荘にいったん入ると、ハバロフスク市内の懐かしい第四十五特別収容所に落ち着いた。

その間溥儀は、漢奸裁判に送られるくらいなら、やはり何としてでも日本へ脱出すべきだったのではないか、と幾度か煩悶《はんもん》したものだ。

なぜあのとき、奉天の空港でソ連軍に逮捕されてしまったのか、今でも判然としない。

日本へ行けば京都のお寺にかくまってくれる約束があった。

東京へ今回行って聞いた情報では、天皇への訴追はなさそうだという。同行したイワノフ大佐やソ連代表部の高官が密《ひそ》かに言うには「マッカーサーはどうやらヒロヒトを法廷に出さないと決めたようだ」とのことだ。

真偽のほどを確かめる術《すべ》は溥儀にはなかったが、もしそうであれば自分も同じような扱いを受けていいはずではないか。だが、奉天ですべては決まってしまった。

溥儀は混乱していた。

天皇が裁判にかけられないのに、なぜ自分だけが戦犯として抑留されたのか。下手をすれば漢奸裁判に引き出され、死刑を宣告されるかもしれない恐怖がつきまとって離れない。

だが、これまで溥儀は関東軍幹部の名を挙げて誹謗《ひぼう》したことはあっても、天皇と皇室を直接あげつらうような言動だけは避けてきた。

満洲帝室にことさらの気配りをしてきた皇太后は、「満洲さん」が皇室に多少の配慮をしたことに安堵《あんど》し、また皇帝の身の上を案じていた、とのちに愛新覚羅《あいしんかくら》浩《ひろ》は記している。

皇室から拝領した「三種の神器なんか、がらくた同然だった」というパフォーマンスめいた証言はしたが、それ以上の皇室追及は控えた。

ソ連は元より、国民政府や中共軍のいずれにも「いい顔」をしておきたかった溥儀らしい言動だった。

「がらくた同然」発言は傍聴席の日本人を唖然呆然《あぜんぼうぜん》とさせ、溥儀は気が狂ったのではないかとまで思わせたが、それでも溥儀は天皇自身には言及しなかった。

ところが通訳ゲオルギー・ペルミャコフの証言によれば、溥儀が激しい「天皇批判」を外国人記者にしていた事実が戦後になって浮かび上がった。

ハバロフスクの第45ラーゲリで戦後再会したその通訳がインタビューに答えている。彼によれば、溥儀の発言の要旨はおおむね次のようなものだ。市ヶ谷への出廷をすべて終えた八月末、フランスの新聞記者が麻布・狸穴《まみあな》のソ連代表部へ来て溥儀へのインタビューを申し込んできた。ソ連の駐日占領軍司令官デレビヤンコ中将の許可が下り、溥儀と通訳のペルミャコフが別室に入った。

溥儀は北京語で話し、それをペルミャコフが英語で伝えながら記者の質問に答えていた。

ペルミャコフの記憶によれば溥儀は、

「なぜ日本の天皇を裁判にかけないのですか。天皇が一番の責任者です。天皇を絶対にやらなければいかん。天皇を裁かなくてはいけない、天皇が元なのだ」

と聞かれもしないのに突然そう言い出し、テーブルをガンガン叩《たた》いて怒った、というのだ。

もし通訳の証言が事実なら、溥儀は自分だけが捨てられたという反感と激しい嫌悪感を突然あらわにしたことになる。

キーナンも日本側弁護団も「天皇を訴追しないように一致協力する」との裏での申し合わせの上に裁判が進行していたことは事実だった。ソ連も不請不請《ふしようぶしよう》ながらも同意していた。ソ連代表部内で体を震わせて、天皇批判を大袈裟《おおげさ》に演じて見せた溥儀の真意は何なのか。いずれにせよ溥儀という人格の底が見えにくいのは、このように感情を制御できない面が常にあるからだ。

一方で溥儀は、自分の人生をある程度達観して見つめる能力を兼ね備えていた。

あのときああすればよかった、という考え方を溥儀はもはや全否定して生きてきた。

自分の人生は、

「鶏駕籠《かご》に入ったら鶏になれ。狗《いぬ》小屋に入ったら狗になれ」

という支那の古い言い慣わしに従えばいい――それが彼の身に滲みた人生訓だった。

第四十五特別収容所には、関東軍と満洲国軍の将官クラス二百名ほどが収容されていた。いわば高級捕虜のための特別ラーゲリである。

その中でも溥儀だけは特別待遇を受けていた。収容所内とはいえちょっとした小朝廷だった。

旧清室時代の名残として侍従の李国雄と医師の黄子正《こうしせい》の付き添いが許され、さらに宮廷学生だった三人が給仕にあたっていたのだから。

大栗子溝《だいりつしこう》から女たちを置き去りにして脱出した一行に加えられ、それゆえ奉天でともにソ連軍に逮捕された側近だ。なにしろ溥儀は、一人では日常の身支度が何ひとつできない。二歳九ヵ月にして玉座に座った身であれば、それも仕方ないのだが、ズボンも一人では穿《は》けないし、下着に至っては立ったまま誰かに必ず脱がしてもらっていた。

誰かといっても、たいがいは宦官《かんがん》なのだが。

李国雄たちは交替で溥儀に靴下を穿かせ、シャツのボタンをはめ、靴紐《くつひも》を結んで世話をした。そこまでしてもらっていながら、なお気に入らないと癇癪《かんしゃく》を起こし、紫禁城時代と変わらぬ体罰を与える。

かつてのような大袈裟《おおげさ》な暴力は監視の手前振るえないので、相手の頬をつねったり、腕を捻《ひね》ったりするという体罰を考え出した。

いつも些細《ささい》な猜疑心《さいぎしん》が彼の神経を逆なでし、制御不能に陥る。根本には誰かにいつか暗殺されるのではないか、という情緒不安定があった。

溥儀の食事は白いパンに肉や野菜も付けてもらって、ほかの収容者とは格段に違う厚遇を受けていた。自分が捕虜だという自覚があったかどうかすら疑わしい。

無為徒食の日々をおくる暇つぶしは、付き人を虐待するほかには麻雀かトランプしかなかった。溥儀は漢奸裁判を恐れ、いっそのことソ連に永住したいとまで考えるようになっていた。

そこで彼は再びスターリンに嘆願書を書く。

終戦後、スターリンは元帥から大元帥に自らを昇格させていた。スターリン宛の書翰《しょかん》を取り次ぐ手続きの間に入った通訳のペルミャコフが、その内容を記憶していた。

「スターリン大元帥閣下
私はマルクス・レーニン主義学習会に加わり、最近では『ソ連共産党史』を毎朝学習し、習得したところであります。次は閣下が著された『レーニン主義の問題』を教科書にして学ぶ予定になっております。

こうした学習を通じて、かつての偽満洲における日本帝国主義や関東軍ファシストがいかに反動的であったかを知ることができたのです。

この際是非共産党への入党をご許可頂ければと存じます。また閣下の思《おぼ》し召しをいただき、可能であればソヴィエトに永住し、さらにソヴィエト女性との結婚がかなえられればこの上なき幸せに思うところであります」

溥儀の熱烈なラブコールにもかかわらず、スターリンからの返信は届かなかった。

それでも溥儀は、共産党への入党を希望し続けた。

この件についてスターリンは毛沢東と電報でやりとりをしたが、毛沢東は断乎《だんこ》反対だ、と言い、スターリンも認めなかった。もっとも、溥儀が熱心に共産主義の学習会を受講したという話は、誰も聞いたことがなかった。かれは威厳にこだわり、ほかの受講者たちがすべて着席したあとから「ご臨席」の形式で着席するだけなのだ。かつての満洲国大臣や溥傑《ふけつ》らが着席し、「これより講義開始」と声が掛かると、ようやく侍従を従えてゆっくり入ってくる。溥儀は共産主義に興味があるわけではない。

中国共産党軍や国民党軍に引き渡されるのが恐ろしいだけで、ソ連永住だの、ソ連女性との結婚だのと言い出したのだ。

一九四八（昭和二十三）年になって、溥傑宛てに浩夫人から初めての手紙が届いた。長い流浪の旅の末に一九四七年一月にようやく嫮生《こせい》を連れて日本に帰り着いたこと、婉容《えんよう》は悲運にも落命したことなどが書かれていた。

加えて、どうした情報の行き違いか、李玉琴《りぎょくきん》が再婚したとも知らせてきた。溥傑から玉琴の再婚を聞かされた溥儀は、これまでになく肩を落とし、それならとソ連女性との結婚をスターリン宛に望んだのだ。

だが、それらの願望がモスクワへ届いたのかどうか確認されていない。

その年の十一月十二日、極東国際軍事裁判所は遂に二十五人の被告を断罪した。

そのうち絞首刑の宣告を受けたのは東條英機以下七名で、板垣征四郎、土肥原《どいはら》賢二などは特に溥儀との関係が深かった。

七名の死刑執行は十二月二十三日午前零時一分に開始され、三十三分後に完了した。

溥儀の告白録にはひと言の感想も残されていない。

中共政府へ引き渡し

一九四九（昭和二十四）年十月、二年以上に及んだ国共内戦に終止符が打たれるときがきた。

当初は優勢だった国民党軍は、四七年ごろから中共軍の激しい反抗にあい、四八年には毛沢東率いる共産党軍の総攻撃によって北京、南京、上海など主要都市が中共軍の手に落ちた。

翌一九四九（昭和二十四）年一月三十一日、八路軍は人民解放軍と呼称を変え北京に無血入城を果たす。そして十月一日、中華人民共和国建国が宣言されたのだ。

一九五〇（昭和二十五）年四月、溥儀は中共への強制引き渡しを恐れ、スターリンに最後の「永住請願書」を送ったが反応はなかった。

彼ができる最後の手段は、隠し通してきたわずかな財宝を手渡すことくらいであった。侍従たちに命じ、鞄《かばん》の底や靴の中、洋服にまで縫い込んで隠してきた残り少ない宝飾品である。

それを要人に振る舞う姿は、旧満洲国大臣たちの冷笑すら買う始末であった。

すでに冷戦が激化しつつあり、チャーチルが戦後間もなく発言した「鉄のカーテン」という名言はハバロフスクの収容所にまで聞こえていた。

冷戦構造がソ連政府と中共政府の緊密化を促進する時機にあって、溥儀の心境も不安定なものとならざるを得なかった。

七月二十一日、収容所長から溥儀や溥傑たちに中共政府へ身柄を引き渡すむねの宣告がなされた。この瞬間、帰国後に漢奸裁判を恐れる溥儀と、これまで一蓮托生《いちれんたくしょう》と思われていた腹心たちとの間には微妙な亀裂が生じた。

溥儀に奉仕してきた宮廷学生たちと側近には、溥儀と一線を画しておくことが明日《あした》の生命の保証となると思われたからだ。

そこで溥儀は一計を案じ、甥《おい》などの学生たちに養子縁組を結ぼうと呼びかけた。うまくいけば、彼らにも王朝継承の権利が生じる。その中の一人、毓嵒《いくがん》は養子を承諾したが、毓嵣《いくとう》は怯える溥儀に諫言《かんげん》を試み反対した。

「皇上はなぜそんなに裁判を恐れるのですか。われわれは本来漢奸に問われる筋合いではないではないですか。満洲人に漢人としての責任はありません。漢民族を裏切った漢人が漢奸《かんかん》裁判にかけられるのなら分かりますが。ですから縁組みは畏《おそ》れ多いことですがお受けできません」

毓嵣《いくとう》が半分むくれ顔でそう言ったのは確かに正論であった。

本来漢奸とは漢民族が国家を裏切った売国奴を指すものだからだ。震えながらも溥儀は黙って聞いていた。理屈を言っても通らないことは十分に承知していた。彼らの狙いは、あくまでも「偽満洲」の皇帝や高級幹部を逮捕し、宣伝に使うことなのだから。

もっとも実際には漢民族であろうがなかろうが、民族に関係なく漢奸裁判の範囲は拡大していた。もう一人の毓嶦《いくせん》は自身の回想録（『愛新覚羅毓嶦回憶録』二〇〇五年、華文出版社）で次のように述べている。

「隠匿した宝石類がまだ残っていて、その発覚を恐れた溥儀の指示によってペチカの中に隠していた真珠を火炎の中に放り込んだ。真珠が燃えて、ゆっくり溶けていく光景を、溥儀は薄笑いを浮かべつつ見つめていた」

検査は厳重を極めたものの、それでもまだ溥儀の革鞄の底にはわずかな宝飾品が残された。

七月二十八日夜、一行はハバロフスクを後にする。

原野を三日ほど疾走した列車は、国境の町、綏芬河《すいふんが》に到着した。

かつてロシアが敷設した東清鉄道の要路として発展した町である。

一九五〇年七月三十一日の夕刻だった。

撫順戦犯管理所

溥儀を含む七十名の抑留者が列車内で夜を明かした。

八月一日の夜明けを待って、中ソ両国間による署名手続きが行われ、各人の罪状を記した調書が渡されて引き渡しが完了する。

名前を呼ばれた戦犯は「はいッ」と答え、自分の名前を復誦《ふくしょう》した上でソ連の列車から降りる。

抑留者の一人である溥儀にも特例はない。弱々しい声で「愛新覚羅《あいしんかくら》溥儀《ふぎ》です」と答えると、列車から降りた。処刑の恐怖が去ったわけではない。

だが、溥儀の足元は明らかに震えていた。次いで中ソ両軍の兵士が銃を構えて並ぶ間を順に歩かされ、駅舎に待機させられる。人民解放軍のワッペンを胸に付けた中年の係官が現れ、木箱の上に乗って「歓迎の言葉」を発した。

「諸君ようこそ。今、諸君は祖国に帰ってきたのです。中国共産党は国民党の反動派軍隊に勝利し、人民のための国家を造りつつあります。罪を犯した諸君に対し、党は寛大な処置をもって遇し、真に前非を悔い改めて新しい人間に生まれ変われば、必ずや明るい未来を約束するものであります」

演説が終わると、七十名の戦犯たちは二輛編成の中共側列車に乗り換えさせられ、綏芬河《すいふんが》駅を出発した。饅頭《まんとう》、皮蛋《ピータン》、粥《かゆ》などが車内では支給され、一行は故郷へ帰ってきたという感傷だけは味わえた。八月三日、列車はいったん瀋陽《しんよう》駅で停まった。この間まで奉天と呼ばれていた駅舎である。

溥儀はここの空港でソ連軍に逮捕された瞬間を思い出し、暑さのせいもあるのか目眩《めまい》に襲われた。

「ああ、もうダメだ。死出の旅になる」

そう叫んで毓嵒《いくがん》の腕にしがみついた。

列車は一部の者を降ろしただけで発車し、一時間ほどで撫順駅に着いた。

駅には銃剣を付けた兵と、機関銃まで並べられ、降りてくる戦犯たちを威嚇していた。

溥儀たちは何台かのトラックに乗せられ、高い塀のある門をくぐった。

「撫順戦犯管理所」という看板が掛かった監獄だった。

中央を廊下が走り、左右に監房がある監獄が幾棟か並んでいる。溥儀たちはその中の一棟に押し込まれた。ハバロフスクの待遇とは天と地の差があった。

溥儀は溥傑、岳父の栄源、萬嘉熙《まんかき》、潤麒《じゅんき》らと同じ監房に五人で入れられた。

潤麒は溥儀の三番目の妹（三格格）の夫、萬嘉熙は同じく五番目の妹（五格格）の夫で、ともに大栗子《だいりつし》の宿舎から脱出した一行の身内だった。廊下を挟んだ向かいの監房には毓嶦《いくせん》、毓嵒《いくがん》、毓嵣《いくとう》と侍従の李国雄、侍医の黄子正らが詰め込まれた。

さらに数日のうちに監房の入れ替えが行われ、溥儀は毓嵣、毓嵒、李国雄ともう一人の大物、元「満洲国」総理大臣・張景恵《ちょうけいけい》と一緒の監房で生活を始めた。日常生活がまるでできない溥儀のために特別な配慮がなされ、甥と侍従が添えられたのである。

人間改造が目的だということこの監房であっても、靴紐も結べない溥儀の改造にはさすがに手を焼いた当局側の妥協だった。

顔を洗えば眼鏡が見つからない、万年筆のインクをこぼして服を汚すが洗えない。糞便《ふんべん》の桶《おけ》の洗浄などしたら太祖ヌルハチに申し訳がたたない、といった具合だから教育係も側近を同室させるしかなかったのだ。

監獄の塀は高く、コンクリート壁は厚く、監房の窓は見事に細かく強い鉄格子で仕上がっていた。「満洲国」総理がつくづくと溥儀に嘆いたものだ。

もちろん押し殺したような小声である。

「陛下、お許し下さい。われながら情けないのはこの監獄は私が命じて造らせた『撫順監獄』で、共産主義者どもを投獄するのが目的だったのです。まさか自分たちが入れられ、共産主義者どもの手に渡るとは思ってもおりませんでした」

支那には古来「以其道反治其人之身」（その人のやり方でその人にやり返す）という言葉があるが、まさにぴったりだった。

管理所ではたえず溥儀たちに学習班を組織させ、特定のテーマを選んで専門書の読書会などをやらせていた。その中には当然のように日本の統治者への批判もあったが、同時に自分自身の思い上がりや偏見が暴露され、自己批判の対象とされた。また当時は朝鮮戦争が始まっていたので、「抗米援朝」というスローガンを所内の壁や塀に書いたりした。

白米と雑穀が半々の主食に多少の肉と野菜、スープが付いたのは、溥儀のような高級戦犯の場合だけだった。ほかの多くの戦犯はコーリャンと豆腐と白菜程度である。

その食事が終わって布団を畳むと、学習会が開始される。

清王朝の封建主義の滅亡は当然のことだとされ、〝日本のファシストに足をすくわれ、転落したのは学習がなされなかったからだ〟というのが所長の教えだった。

だから今度こそお前たちは人間改造を重ね、中国共産党の指導下で帝国主義に対抗できる人間になれ、と教育された。

改造生活がしばらく続いた七月のある日、溥儀たちは撫順からハルビンの監獄に移された。

ここも満洲時代に造られた思想犯のための監獄だった。

溥儀の「反省文」の一例を『我的前半生』から引いておこう。

「日本帝国主義者による九・一八事件（満洲事変）後に我々一同が無自覚に敵に投じたのは、日本人と長期にわたって結託していた結果だった。私は自分が罪を逃れるために、この問題を回避し、私がどんなに強要され迫害されたかということばかりを述べた」といった具合に、自分がいかに未熟で無知だったたか、独りよがりだったかを告白するのが定番の「反省文」だった。

三年半近いハルビンでの人間改造学習を終え、再び撫順戦犯管理所へ戻されたのは一九五四（昭和二十九）年三月中旬である。

管理所にさまざまな報告書を提出し自分の罪状を告白した溥儀は、自分の罪を悔い改めつつあると認定された。

いわば模範囚となった溥儀に、新たな展開が訪れたのは一九五五年の六月だった。

慧生の手紙

撫順戦犯管理所の学習指導担当者が溥儀の監房を訪ね、「明るい報《しら》せがある」と一枚の紙切れを渡した。

「あなたの奥さんの住所が分かりました。手紙を出してごらんなさい」

半信半疑の溥儀に向かって、担当者は実は、と言って「恩情溢《あふ》れる措置」の解説を加えた。

「これまで許されなかった家族との通信が周恩来総理によって許可されたのです。功労者はあなたの姪御《めいご》さん、ですかね。愛新覚羅《あいしんかくら》慧生《えいせい》さんが周恩来総理宛に日本から手紙を書いたのだそうですよ、父親の溥傑さんとの文通を許可して欲しいって。これは極めて異例な措置ですが、家族と手紙をやりとりすることも人道的学習になるという偉大なる同志周恩来総理のお考えからです」

一九四七（昭和二十二）年一月十日、愛新覚羅浩は嫮生《こせい》を連れて命からがら九州の佐世保港に上陸し、帰還を果たしていた。嫮生はこの三月で七歳、横浜・日吉の嵯峨《さが》家に残っていた慧生は二歳上で間もなく九歳になる年だった。

その慧生が一九五四（昭和二十九）年春、母親に黙って周恩来に手紙を出した。父親の消息が分からず不安を募らせた娘心からである。習い始めたばかりのつたない中国語の手書きだった。

「私たち母娘《おやこ》は父を大変心配しており、幾度も手紙を書き写真も送ったのですが一度も返事がきません。たとえ思想が違っても、体制が違っても親子の情には変わりはないと思います。周総理にもお子さまがおありなら、私どもが父を慕う気持をお分かり頂けると思います。私は日中両国の架け橋となれるよう一生懸命に中国語を学んでおります。どうか、この手紙を父に届けて下さい」

学習院高校二年生の慧生の手紙は、いずれにせよ周恩来の心を動かした。

周総理の措置は、もちろん「高度に政治的な判断」が働いてのことだが、手紙は溥傑に届けられ、溥傑は家族に返事を出した。

慧生が天城山中で学習院大学の同級生と心中したことはすでに述べた。

それは、この手紙を書いてからわずか二年半ほどしか経《た》たない、一九五七（昭和三十二）年十二月初旬だった。

可憐《かれん》な少女の心情は、周恩来の膝を叩《たた》かせるのに十分な意味を含んでいた。家族との通信を許可することは新中国にとって恰好《かっこう》の宣伝になるではないか——。

「新しい中国は人道主義に基づいている」というまたとない宣伝材料は溥儀にも適用された。

李玉琴との再会

そういう意味では「冷戦下の雪どけ」模様が巧妙に演出されたと言ってもいい。

このとき、溥儀の頭の中は福貴人・李玉琴《りぎょくきん》で一杯だった。

紫禁城を出てから、ほとんどの出来事は歳月の流れとともに忘却の彼方《かなた》に消え去っていたが、玉琴の面影だけは忘れられない。婉容《えんよう》の顔は溥儀の念頭にはなかった。

北京から天津時代には、人前であれほど仲睦《なかむつ》まじく振る舞えたのに、アヘンと「あの事件」があってからは名前すら口にしなくなった。

皇后の裏切りと出産は、溥儀にとっては思い出したくもない恥辱だ。

てしまった。

文繡《ぶんしゅう》は結局のところ婉容に追い詰められて、清室始まって以来の恥ずべき離婚劇に発展させてしまった。

文繡が弁護士を雇って「妃の革命」をやらかしてからは、彼女を平民にさせ、再婚を禁じたものだ。

譚玉齢《たんぎょくれい》は記憶に刻まれていた。彼女が急死したあと、爪と写真を手許《てもと》に残したほどだ。

李玉琴の存在だけは違っていた。新京の同徳殿で小鳥を飼うように、西洋人形に頬ずりするように、いとおしんだ記憶が生々しく甦《よみがえ》る。

可憐で、なにも知らない少女の躰《からだ》にそっと触れるだけで十分だった。

なにしろまだ若いはずだ、別れたときは十七歳だったのだから。

二十二歳違うのだから、今は二十七歳になるのだろうか。

自分の年を重ね合わせてみれば、溥儀も撫順戦犯管理所で今年は四十九歳の誕生日を迎えた。

もちろん「ご誕辰」などという祝いごとに至っては誰も覚えてはいなかったが。

さっそく溥儀は玉琴宛に手紙を書いた。

天津の溥修の家に一時同居していた玉琴は、一家と別れて放浪生活を続けていた。溥修の家族が貴族三昧の暮らしから抜け出せず、たちまち没落したのだ。その日の生活にも窮するようになってしまった溥修の妻は、玉琴にちり紙一枚渡さない。

「月のものの手当をする布切れすらなかった」と玉琴は散々な目にあったと回想している。

一九五四年の夏には、結局長春の実家に舞い戻るしか行き先はなくなっていた。

実家も困窮していたので、あらゆる臨時雇いの仕事に出てその日を送っている始末だ。

家族はそもそも溥儀になんか関わったからこうなったのだと言い募り、誰もが溥儀の名前を口にすることさえ忌避していた。

「戦犯で重労働でもさせられているんだろうさ」

長兄も母も近隣の手前もあるのだろう、あからさまな暴言を投げつけてきた。

なにしろこんな屋根の傾いたような長屋にまで「新中国建設同志会」なる組織が作られ、「マルクス・レーニン学習会」に家族揃って参加しているのだ。

そんなときに舞い込んできたのが溥儀からの手紙だった。

彼女は差出人の名を見るとあわてて懐に隠した。そして、震える指先ですぐに返事を書いた。

間もなく、見覚えのある文字で愛情溢れる手紙が溥儀のもとに届いた。

「親愛なる溥儀さま
十年も待ち焦がれていたあなたのお手紙を受け取りました。嬉《うれ》しくて、嬉しくて、これは夢ではないかと怖くなったほどです。

これは本当に、朝晩思い描いていたお方からのお便りなのでしょうね」

溥儀は初めて貰《もら》った玉琴の手紙を、まるで生まれて初めて嫁を貰ったような気持ちになった、とのちに綴《つづ》っている。手紙の往復は何回か繰り返された。

その中で溥儀は彼女が再婚などしていなかった事実を理解した。手紙が届くと何日もそわそわして落ち着かず、夜は寝返りばかり打っていた、と看守は証言する。

手紙の中で玉琴は「撫順へお見舞いに伺ってもいいか」と尋ねてきた。

溥儀はもちろん小躍りして管理所長に申請したところ、これも許可された。

詳しい所在地を書いた手紙が玉琴に届くと、彼女はいさんで長春出発の準備にとりかかった。

木綿のズボンにはつぎがあたっていたが、靴だけは新しい布製の靴を新調しよう。

一歩家を出れば、相変わらず世間は小うるさかった。

「見ろ、あれがお妃《きさき》さまだ」

「売国奴の女房よ」

背中に投げつけられる声は冷たかったが、意地でも涙は見せずに長春駅までバスを乗り継いだ。十年ぶりの再会を果たすべく撫順駅に着くと、玉琴は高い塀に囲まれ櫓《やぐら》が建っている門を目指した。係員に案内され、面会所のガラス戸を入ると「面会規則」が壁に貼ってある。

係員は規則を棒読みすると、「彼の改造のために励ましてやってくれ」とだけ言い残し出ていった。面会所の奥に目を凝らしていると、間もなく夫の姿が現れた。

髪に白髪がかなり交じった以外には、特に大きな変化はないようだが、入ってくる姿が猫背になったように見えた。

綿の制服を着た溥儀は昔と同じようにやや痩せ気味だったが、玉琴を見る目は輝いていた。

お互いの顔が紅潮し、目の奥からしみ出すものをこらえられない。

面会所に金網などはなく、小机に向かい合って座るだけだ。

二人は強く手を握り合い、しばらくは黙ったままうなずき合っていたが、ようやく溥儀が言葉を掛けた。

「玉琴、お前はまだ十年前と変わらずに若いが、私はご覧のとおりだいぶ老けただろう」

「いいえ、あなたはもう五十歳になるのだから、そのくらい当たり前ですよ」

玉琴は許された時間、涙を流しながら別れてからの十年間に起きたことを話し続けていた。

再会の日、一九五五（昭和三十）年七月二十二日を第一回として、面会は五度に及んでいる。一九五五年九月、一九五六年四月、一九五六年十二月、そして一九五七年二月が五回目の面会日となった。

その間、玉琴は市の職安へ通って皿洗いを一週間、飴の包装を三日間といった職を得て旅費を工面するありさまだった。

面会も初めの二、三回までは「夫の改造を励ます」ための会話と懐かしい過去を思い出していれば楽しかった。

しかし、新しい未来の生活設計はいっこうに見えてこないし、溥儀も語ろうとしなかった。そのため、溥儀が釈放されたとしても五年後や十年後となれば、あるいはもっと長いかも知れない刑期をこのまま待つ自信が、玉琴からは次第に失《う》せていった。果たして家庭が再建できるだろうか、と二十八歳の女が五十歳を超えた服役中の男に疑念を抱くのはやむを得ないのかも知れない。

四回目の面会のあと、戦犯管理所長に会って彼女は直截《ちょくせつ》な質問をぶつけてみた。

「溥儀はいつ出られるんですか」

「それは政府の問題で、われわれは管理するだけだから権力を持ちません」

「期限がないのなら、私は待つわけにはいかないので離婚します」

管理所長は担当の教育長も呼んで説得にあたったが、玉琴の興奮したような口調は激しさを増すばかりだ。

「私には結婚したいと言ってくれる男友達だっているのよ。もともと貧乏人の娘ですからね、今さら高望みをする気もないわ。

第一、まだ内戦中だったけれど、長春であなたたちは私に離婚を迫って申請書を書かせたのよ。今度は逆に離婚に同意しないとはどういうこと」

管理所長は玉琴の高飛車な言い方に腹を立てかけたが、落ち着いて説得した。

「あなたも随分つっけんどんな人ですねえ。でも、溥儀さんはあなたとの新生活に希望を持っていますよ」

玉琴は四回目の逢瀬《おうせ》の際に、思い切って溥儀に対して離婚を口にしてみた。

「あなたは優しい人ですけれど、一度は皇帝の地位に就いた方です。並の人とは違います。将来がどうなるのかなんて、誰にも分からないわ」

「これ以上無理に引き留めるわけにはいかない。別れてからも友達として、年の離れた兄妹としてつき合って欲しい」

溥儀はかなり精神的に苦しんでいるようだった。

この結論を耳にした撫順戦犯管理所長の孫明斎は、党の上層部にお伺いを立てた。

間もなく、党中央公安部から思いもよらぬ指示が所長宛に届いた。

「ダブルベッドを用意せよ」


管理所の重要な任務のひとつは、家族を改造に役立てるという中央の方針を実行することにあった。第一級の戦犯である溥儀には、なんとしても家族の、この場合には妻の援助を仰いで改造を成功させるのが所長の任務である。それをしくじった所長に対し、中央公安部は最高首脳会議を開催し、ユニークな決断を下した。

羅瑞卿《らずいけい》公安部長の署名がある命令書の写しが残されている。

「溥儀と李玉琴を一夜同床させ、なるべく離婚させせないような環境を整えるべし」

孫所長は思案した。

溥儀の思想改造は党中央、すなわち毛沢東、周恩来ら国家首脳の専権事項だった。

とりわけ新中国の宣伝材料に溥儀一家を使おうと決めた周総理の思い入れは深い。まず「同床」させるには、ダブルベッドを入れる部屋を急遽《きゆうきよ》用意しなければならないだろう。離婚の原因を問えば、下世話ながら二十八歳にもなる女性の性的欲求不満に問題があるのだと誰にも想像がついた。

一夜をともにさせれば、強情な玉琴の不満も解消するだろう。

夫婦としての感情を温めさせるためには、まず寝室の雰囲気もよくなければと、無骨な所長も考えた。かつて国民党軍との激しい戦闘で、勲章を貰うほどの軍功を挙げた所長には確かに手強い作戦だった。

寝室には招待所の一室を空け、花瓶に花も活《い》けた。

こんな監獄にそのような優雅にしてなまめかしい道具立てはないから、下僚に命じてベッドと二人分の布団に新しいシーツ、枕、ピンクのカーテンなどが運び込まれた。

一九五七年二月十四日はこの国でもっとも重要な祝祭日とされている春節（旧正月）にあたっていた。祭りの休暇中を選んで、二人に最後のチャンスを与える準備はこうして整えられた。春節が始まる数日前には長春の玉琴のもとに速達郵便が届き、二月十四日夕刻までに来所されたし、と伝えられた。

炊事場はこの日のために正月料理を用意し、周囲は固唾《かたず》を呑《の》んで見守っていた。溥儀と玉琴は党幹部が来たときに使う接待用食堂で、真っ白いテーブル・クロスが用意されたテーブルで向き合い、夕食をともにした。

「おい、顔を出すんじゃないぞ。二人の部屋へ近づいてはならん」

所長の命令が下っていたが、周囲の関心は一点に絞られていた。

「うまくいくのかどうか」

李玉琴《りぎょくきん》が十五歳で入宮したのが一九四三（昭和十八）年四月、大栗子溝《だいりつしこう》で別れたのが一九四五年八月だった。

抱擁《ほうよう》されたことも、口づけされたこともある。

だが、玉琴は処女のままで二年半の貴人生活に別れを告げていた。

この夜、玉琴はそれなりの期待と覚悟を決めて撫順を訪ねていた。

一度は「離婚したい」と溥儀にも所長にも決心を伝えた。だがもう一度考え直してくれまいか、党中央からの説得だ、と手紙を貰って気を変えた。

「分かりました。最後のチャンスに賭けてみます」

所長にそう返事を出して、「なるべく離婚させないように」という党中央の方針に従ってやって来たのだ。

寝室に入った二人にはそれなりの慰め合いもあったし、溥儀は最大限の「努力」を試みた。

ソ連に逮捕され抑留されてからこの撫順に連れて来られるまで、溥儀は特別に監視されていた。重要戦犯だったこともその理由だが、もうひとつ、彼にまつわる同性愛の噂《うわさ》が監視の的にされた。

マルクス・レーニン主義の旗の下では、同性愛は堕落した帝国主義の産物という烙印《らくいん》が捺《お》されていたからだ。

その「学習」の効あってか、溥儀は次第に同性愛を脱し、ソ連女性との結婚まで望むようになったほどだ。溥儀の躰には蓄積された精が充満していてもおかしくなかった。

だが、あれほど続けていた強壮剤の注射ができなくなって久しいのは不安材料ではあった。

結論から言えば、その一夜の成果は大勢の期待を裏切るものだった。

後年、玉琴は幾人かの関係者に何が起こって、何が起きなかったか、を語っている。

かいつまんで言えば次のような結末を迎えてしまった。

「撫順の部屋で一夜の契りを持ちました。私は二十八歳、突然のことでした。あのとき溥儀は男になれたと喜んでいましたが、はっきり言えば溥儀は早漏です。そんなことでは子供はできません。幼年期に宦官や女官からおかしな扱いを受けたからだそうです。私たちはお互いに泣きましたが、離婚を決意したのです」

一夜の性行為はあまりに短く、精を放つのが早すぎたと溥儀は一方的に突きはなされた。溥儀にはいささか残酷な気もするが、玉琴があくまでも子供を望むのなら仕方のない結末だった。かなり早期に釈放されたとしても、子供が作れないことがこの夜ではっきりしたと、玉琴は強調した。

溥儀の甥・毓嶦《いくせん》は自身の回想録（『我与末代皇帝二十年』華文出版社）の中で次のような感想を記している。彼はかつて新京の康徳帝宮殿緝熙楼《しゅうきろう》に住んでいた経験がある。宮廷学生として同徳殿の一室で生活していた時間は、二人の新婚時代に重なる。

「玉琴は離婚の決意を固めて最後の面会に行ったのだ。管理所も特例措置として所内に一泊させ、なんとか溥儀のためになるよう努力した。これ自体またとないチャンスなのだが、溥儀はこのことによって受け身の立場になってしまった。ひと晩泊まった結末は、皮肉にも人々の望みとは逆の結果を生み、玉琴の離婚の決意をますます固めることになってしまった。一九四三年に彼女が入宮してから、私は彼らが別々の部屋で寝ている姿しか見ておらず、彼らが本当に床を同じくしていたかどうか分からない。もしかすると、不幸なことに戦犯管理所でのあの一夜が最初にして最後の夜だったのかもしれない」

翌朝、玉琴は孫明斎管理所長に次のように告げ、撫順を後にしている。

「管理所の指導者を父母と思い、一切をご報告します。二人で寝ましたが、夫の躰が良くなく、目的を達することができませんでした。一緒に寝た効果がない以上、やはり離婚するしかありません」

玉琴はさっそく裁判所に離婚を申し立てた。その年の五月二十日、離婚が正式に成立した。溥儀にとっては二度目の離婚だった。自分をよく理解してくれた唯一の女性、とまで言っていた玉琴に逃げられた溥儀の落胆は大きかった。

彼は共産党幹部の前でさらに懺悔《ざんげ》をし、改悛《かいしゅん》の日をもう少し続けなければならなかった。

そのために溥儀は、

「自分は何度死んでもこの罪をあがなうことはできない」

という長文の自己批判書を提出し、人民への謝罪を繰り返した。

これは自伝形式で書かれた反省文だった。さらに彼が管理所に預けていた清室の財宝類多数を国家へ上納したことも、改悛の情に大いに加点された。

一九五九（昭和三十四）年九月、中華人民共和国成立十周年の祝賀行事の一環として、改悛著しい戦争犯罪人への特赦が行われた。党内序列第一位だった毛沢東主席の名で党最高機関に提案され、続いて劉少奇主席（序列第二位）が公布した特赦令が発表された。

撫順戦犯管理所のラジオ放送にその声明が流されたのは、九月十八日朝である。選ばれた日は満洲事変（柳条湖爆破事件）の勃発記念日だった。

党の決定に基づいて、十二月四日、撫順戦犯管理所では、特赦通知書の氏名通告が大講堂で行われていた。

「犯罪人・愛新覚羅溥儀、男性、五十三歳、満族、は思想改造顕著と認められ特赦令一号の規定に該当すると認定し、よって釈放する」

特赦名簿の冒頭に彼の名があった。

清朝最後の皇帝にして、満洲国皇帝だった溥儀の思想・人間改造は成就された——。

元皇帝は涙を流して釈放を喜んだ。だが、溥儀が真から「人間改造」されたのかどうかは、実のところ誰にも判断不能であった。

周恩来の深慮遠謀

溥儀には生まれながらの特殊技能があった。

秋の夜長に鳴くコオロギのように、はかない声とはいいながら誰の前でもその人が喜びそうな音色で鳴いてみせる技だ。

そういえば幼帝時代、彼は紫禁城でビンにコオロギを入れて飼っていた。

十二月九日、所員の一人が付き添って溥儀は北京まで送られた。

さしあたっては、北京市西四前井胡同《フートン》に住む五番目の妹（五格格）韞馨《おんけい》の家を訪ねあて、同居した。

かつて韞馨は玉琴と大変に気が合う仲だった。年上ながら義妹として福貴人によく尽くしてくれた腹違いの妹である。北京に着いてすぐのこと、十二月十四日にはさっそく中南海に呼ばれ周恩来総理の接見を受けている。中南海とは、日本でいえば永田町、アメリカではホワイトハウス、ロシアではクレムリンと同様の意味で使われることが多い。

このときはほかの主要な特赦メンバーと一緒の接見で、事務的な挨拶だけで終わった。

ひと月後の一九六〇（昭和三十五）年一月二十六日夜、溥儀と五人の妹、溥濤叔父《おじ》など家族だけが二度目の招待にあずかった。

いずれも中南海にある党本部が使う招待施設だったが、溥儀にとっては忘れがたい思い出の場所でもあった。

清朝時代、紫禁城の西外側にあった北海、中海、南海を赤い外壁で取り囲み、御苑《ぎょえん》が造営された。西太后《せいたいこう》と咸豊帝《かんぽう》は夏の間、よくここの御苑で過ごしていた。

さらに南海に浮かぶ小島には戊戌《ぼじゅつ》の政変で西太后によって失脚させられた光緒《こうしょ》帝が幽閉され、遂には毒を盛られてそのまま死を迎えた過去がある。

幼い溥儀の運命が大きく変わったのも、この中南海の惨劇があった結果からだった。

溥儀自身がジョンストン先生と中南海を散策したり、新婚当時、輝くばかりに美しかった婉容と自転車に興じたりしたのもこの一帯である。

夢幻のような影絵が一瞬溥儀の頭をよぎったが、彼は見なかったことにして平静を装った。

自己批判書を提出した今は、絶対口に出せない話題だった。

二度目の接見に招待された日、赤旗と五星紅旗が翩翻《へんぽん》と翻る中南海を目の当たりにしたときには、溥儀の顔色がわずかに変わったが努めて平静を装った。

周総理はそんな溥儀の顔色を見逃すはずはなかったが、玄関先まで迎えに出て拍手で歓迎したものだ。

この夜、周恩来は溥儀の仕事を探すために招待したのだと、食事を摂《と》りながら切り出した。

「あなたが清朝末に皇帝になったことはなんの責任もない。しかし、『偽満洲国』の時期の問題は完全にあなたの責任です。でもそれもすべて撫順で完了しました。今晩は愉快に食事をしながら、未来の話をしましょう」

そう言って、自ら乾杯の発声をした。

周総理は一気に紹興酒《しょうこうしゅ》の盃《さかずき》を干すと言葉を継いだ。

「あなたはどんな仕事をしたいのですか」

単刀直入にそう聞かれても、溥儀には何をしたいのか、何ができるのかさっぱり分かってい
なかった。ましてや中南海に来ただけで落ち着きを失い緊張している。

ただ、九年に及ぶ撫順戦犯管理所での学習の末、自分で働いて生きる労働者になるべきだと
いう意思だけは固めていた。

「はい、私は労働者になる覚悟です。農村へでも工場へでも行きます」

そう言うや周恩来は思わず笑い出してしまった。

「いやいや、無理なことをしなくてもいいのです。体力に応じた仕事があるでしょう」

溥儀はその言葉でかなり冷静さを取り戻して、答えた。

「ありがとうございます。実は撫順での労働実習で植物園へ通って働いたことがありました。

そのお蔭《かげ》で労働の実践を通して勤務先で人民や社会と触れ合う経験を積み、祖国への愛情も生
まれ、新中国国民としての責任感も培われたように感じております」

党の学習教科書を絵に描いたような模範回答だった。

これを聞いて周恩来は再び笑った。

「あっ、はっ、はっ。いやそのとおりです。あなたの労働実習の成果は実に大きかった。

そこで、いい話を今夜は持って来ました。中国科学院植物研究所の管理下にある北京植物園で働くというのはいかがですか」

この提案を受けて、溥儀は一九六〇年三月から北京植物園へ通うことに決まった。

さらに、周総理は撫順で書いた自伝形式の贖罪文《しょくざい》の改訂版を書く作業を提案した。

これには党中央から派遣された李文達という記者が聞き取りとライターを兼ねて手伝う予定だとも教えられた。その新しい「自己批判」書が『我的前半生』として一九六四（昭和三十九）年に上梓された経緯はすでに述べたとおりである。

一九六〇年五月一日のメーデーにも溥儀は旗を担いで参加した。

『我的前半生』の口述の合間をぬって、ほかにもさまざまな社会運動への参加や、植物園での民兵の訓練など一市民としての生活が開始されていった。

周恩来が計画した溥儀の利用方法は、改造された人間として市民の前に顔を出すこと以外に、外国からの重要賓客との席にも同席させることだった。

一九六〇年だけに限ってみても、五月には第二次世界大戦のイギリスの英雄モントゴメリー元帥、十月には中国通のジャーナリストとして著名なエドガー・スノー、十一月にはソ連、ハンガリー、アルゼンチン、メキシコなど各国記者団との記者会見にも出席して質問に答えている。

北京市民になった溥儀は選挙権を与えられ、公民として認定され生まれて初めての選挙投票にも参加した。その一方ではこうした中国最高指導部の恰好の宣伝材料として、さまざまな「活躍の場」を与えられたのだ。

各国の大物は「あの皇帝溥儀に会えた」だけで満足し、寛大なる新中国を称《たた》えたのである。

一九六一（昭和三十六）年三月には植物園を退職し、全国政治協商会議の文史資料研究委員会専門研究員という専門職に就く。

新生活に向かって、着々と準備が整えられていた時代である。

最後の妻・李淑賢

これまで溥儀は四人の妻を娶《めと》っていた。

そういう言い方は正確ではないかもしれないが、正妻、側室を問わず妻として清室が冊封《さっぽう》の儀を行ったのは四人である。

婉容《えんよう》がもし生きていれば「妻というのは自分一人よ」と言い張るだろうし、一九五〇年に病死した文繡《ぶんしゅう》が言うのは「最初に皇帝が丸印を付けたのは私だわ」と譲らないだろう。

三番目の妃・譚玉齢《たんぎょくれい》はあまりに早く死別した。

四番目に貴人となった李玉琴《りぎょくきん》は十年目の再会を果たしながらも、「早漏じゃ子供ができないから」と言い放って離婚を申し立てた。

　貧しい出自の娘だったが、溥儀はもっとも彼女のことを忘れられない、と語っている。公民になれたのはいいが、この年になって今さら独り身というのは彼には辛《つら》かった。苦労がいくらあったとはいえ、栄耀栄華《えいようえいが》を恣《ほしいまま》にした元皇帝である。
何種類かの「妻」という字の女性が側に侍《はべ》らなかったことがない身だ。

　ソ連に抑留されてからの日を数えれば、十六年半、約六千日が過ぎようとしていたある日、溥儀のもとへ意外な話が飛び込んできた。

　やって来たのは全国政治協商会議の同僚で、しかもかつては撫順戦犯管理所の抑留仲間であった周振強《しゅうしんきょう》だった。

　十分に気心が知れた男である。

「溥儀さん、ちょっと面白い話があるんだが。ひとつ見合いをしてみる気はないかね」

　突然の縁談に溥儀は呆然として返答に窮した。

「ナニを考えているんです。いつまでも一人じゃ身の回りのことも不自由で仕方がないってあなたが言ったから探しているんですよ。この前持って来た見合い話にも乗り気じゃなかったけど、今度の人はいいよ、絶対だ」

　なにしろ溥儀は一人では暮らせない。

妹がいるときはまだいいが、一般市民となった今となってはなかなか人には頼みにくい。周振強は人民文学出版社に勤める同郷の友人・沙勇熙《さゆうき》が見合い相手を探し、話を持って来たのだと伝えた。

北京市の景山診療所で、看護婦として働いている三十七歳になる李淑賢《りしゆくけん》という女性だという。

「聞いた限りでは結婚歴はない。看護婦ひと筋でこれまで働いてきたので相手が見つけられなかったので、それなら私が溥儀さんを紹介するからと勧めたんだ」

すっかり仲人気分になっている沙勇熙にそう頼まれたのだと付け加えた。そういう経歴なら地味で落ち着いた人だろうと溥儀なりに想像し、見合いを承諾した。

一九六二(昭和三十七)年一月十五日午後三時、二人はそれぞれの付き添い人と四人で、北京飯店の側にある文化クラブで見合いの席に着いた。

この日まで溥儀も落ち着かなかったが看護婦の李淑賢はもっと気が気ではなかった。長年の知人沙勇熙《さゆうき》が持って来てくれた話だが、聞けばなんと相手は清朝最後の皇帝にして、偽満洲皇帝溥儀だというではないか。

「どんな服を着ていけばいいの。どんな話をすればいいの。ダメだわ、私には自信がないわ」

何日か同じ台詞《せりふ》を繰り返していた李淑賢も、「先方は承知してくれたのだから、会うだけは会ってもらわなければ困る」

と沙勇熙に押され、やっとその気になったのだ。

溥儀は人民服を着て、よく磨いた靴を履いていた。

淑賢《しゅくけん》も質素ながらこざっぱりした服装で、髪の毛を後ろに束ねて結っていた。

三十七歳という年齢の割には細面《ほそおもて》のせいか若く見えた。

溥儀は看護婦の仕事についてあれこれ尋ね、淑賢も監獄生活の苦労をねぎらいながら話に耳を傾けていた。

コーヒーと一緒に菓子が運ばれてきたのを口に入れながら、三時間ほどお互いの過去を語り合い、もう一度会う約束をして別れた。

帰り道の途上、しきりに感想を聞く周振強に溥儀は少し上気しながらこう答えている。

「これまで女性と三時間も語り合ったことなどなかったなあ。質素で苦労もしているし、しかも医療関係の仕事に就いていると言うから、もし一緒になれたら仲良くやれそうな気がするよ」

二度目のデートは、政治協商会議ビルの三階にあるダンスホールだった。

二人ともまだぎごちない会話が続いたり、途切れたりしていた。ホールにスローなワルツが流れたのをきっかけに、淑賢が誘った。

「私たちも一曲踊りません？」

「私は踊れませんよ。あなたの足を踏んづけてしまうかもしれないし」

尻込みする溥儀の手を引いて淑賢はホールに立った。

李淑賢《りしゆくけん》は上海の南にある杭州市に生まれた南方人だった。

父親は銀行員だったが愛人と同居し、家族とは別居状態、母はわずかな仕送りだけで生計を立ててきたのだ、と話した。北京や天津、満洲しか知らない溥儀にとって南方生まれの女性は珍しく、特別な興味を抱いたようだ。同情がなかったかと言えば嘘《うそ》になろう。

自らの生涯に重ねた上で「情が移る」というのも、重要な素因となり得るからだ。

このダンスをきっかけに二人の距離は一気に縮まり、お互いが結婚を考えるようになっていた。

釈放されて以来、順風満帆に思えた溥儀の周囲に、実はやっかいな波風が立って悩みの種となっていた。

その筆頭が李玉琴だった。

溥儀が特赦を受けて植物園で働き始めたころ、突然以前の「貴人」がしずしずと訪ねて来たのである。

溥儀は面会をためらったが、受付が「わざわざ長春からお見えになったから」と言ったとき、別れて久しい前妻に会ってみる気が起きた。

離婚時にも友人、兄妹としてつき合おう、と約束を交わした仲だ、一回だけなら顔も見てみたい。軽い気持ちで面会室へ入っていくと、さっと駆け寄ってきた玉琴は握手を求め、溥儀の手を握った。

「あなたが特赦されて、周総理からも祝福されているという新聞記事を見ましたわ」

お茶をすすりながら聞いている溥儀の耳に、さらに驚くべき言葉がかぶさってきた。

「ねえ、もう一度やり直すことはできないかしら」

溥儀はまじまじと彼女の顔を眺めた。

三十二歳になった玉琴は再婚を果たし、子供までいるという。

それがなぜだ、自分とやり直すだって？

「あなたにはあなたの新しい家庭があるじゃないですか。今では幸せでしょう。十年の改造で、他人を尊重しなければいけないことが分かりました。あなたは私から被害をこうむったのです。今はそういうことを考えるときではありません」

北京に一泊した玉琴は翌朝、もう一度現れたが、今度は面会を断った。

溥儀が釈放され、免罪されたと知るや、これまで顔も出さなかった女たちが植物園を訪ねて来るのが、思いも寄らぬ「災難」だった。

ようやく縁談が持ち上がったというのに、今度は婉容の親戚筋にあたる五十歳くらいの女性が溥儀の前に現れた。

一応元貴族のはしくれにつながる女性だったが、長い青春を虚《むな》しく過ごし未婚のままだった。

「だから、今度こそは溥儀さんをお幸せにして差し上げるのが使命だと思うのです。おつき合いいただけませんでしょうか」

実に単刀直入である。

彼女が欲しているのは「皇帝溥儀」なのだとすぐに分かった。

「お引き取り下さい」

あとになって、溥儀はこの女性の件を淑賢に話したが、彼女は笑いながら「お家柄も釣り合っているし、財産もおありなのにもったいないことをしたのではないですか」

と冗談めかして言ったものだ。

「それは違う。もう私には名誉も財宝も要《い》らない。普通の勤労者として淑賢の側にいたいだけさ」

溥儀はちょっとふくれた顔を見せ、そのあとまた二人で笑った。

超えられない壁

二人の結婚式は、一九六二（昭和三十七）年四月三十日夜、行われた。

溥儀には五度目の結婚式である。

この挙式直前、溥儀は毛沢東の家に招待され結婚を祝福されている。

溥儀を結婚させ、できれば子供をもうけ、幸福そうな家庭を築かせることが党中央の作戦だった。実行責任者・周恩来総理からの報告を受けた毛沢東が拍手で溥儀を迎え、祝いの紹興酒《しょうこうしゅ》が開けられた。

「あなたは私の最高の上司、私は下っぱの百姓に過ぎなかった」

と得意のジョークを飛ばしながら、酒を勧めた。

毛沢東の側近は「本来殺されても仕方がない戦犯が生きて厚遇されるとは」と言わんばかりに顔をしかめたが、毛沢東は笑顔を崩さなかった。

これ以上の生きた「実物宣伝」はめったにあるものではないのだから。

挙式の数日前、人民政治協商会議は北京の百貨大楼と友誼《ゆうぎ》商店宛に二通の紹介状を書いて溥儀に渡した。結婚生活に必要な品々をすべてここで揃《そろ》えるように、そしてその費用はすべて政府が持つ、という内容である。

北京南河沿いの政治協商会議文化クラブが披露宴の会場だった。

皇帝としての大婚を挙げた最後の人は、今、比べようもないほど地味な式を終えて、大勢の賓客の前に現れた。

溥儀五十六歳、李淑賢《りしゆくけん》三十七歳である。

首都の有名政治家、党の幹部、親族からは叔父の載濤《さいとう》夫妻、溥傑《ふけつ》夫妻、数人の妹たちとその夫など、そして花嫁側からも病院関係者や友人多数が出席した。

スピーチは皆が同じような祝福ぶりを示した。

「明日《あした》はメーデーです。全世界の勤労者の盛大なる祝日の前夜にこうした宴が張れたのは、われわれの誇りでもあります」


中年新婚カップルの生活は、政治協商会議の庭に建てられた平屋から始まった。

もともと溥儀が住んでいた家だ。奥の寝室には友誼商店から国費で買い求められたスプリング・ベッドがある。それが初夜の晴れ舞台だった。初夜の翌朝、淑賢はほとんど眠れないままに朝を迎えた。

彼女が奇妙に思ったのは、溥儀も寝ないで朝方近くまで灯《あか》りを点《つ》けて本を読んでいたことだった。彼女は寝たふりをして横を向いていたが、溥儀が起き上がってしたことに奇異な感じを覚えた。

淑賢が寝入っていると思った溥儀は、彼女の髪や首筋の匂いを嗅いでいたのだった。幾晩かそういう事態が続き、溥儀は一向に性的な関心を示さない。ある晩、彼女は匂いを嗅いでいる夫に向かって遂に尋ねた。

「あなた、何をしているの。眠りもしないで」

「いや、本を読んでいただけだ」

初めのうちは淑賢は、元皇帝なのだから少し変わっているのだろう、と考えるようにしていた。

だが、もともと産婦人科を専門とする看護婦でもあったせいか、彼女はすぐに溥儀の「病気」を疑い始めた。

二週間後、溥儀は初めて妻との性交渉を試みたが、失敗した。

一ヵ月が過ぎたが、溥儀は再び性行為を望むことはなかった。

「あなた、私に何か隠していない？　私は看護婦であなたの妻よ。どんなことでも相談して欲しいわ」

「悪かった。私には病気があるんだ。隠すつもりはなかったが、許して欲しい」

ひざまずいて謝る夫の姿を見ながら、淑賢は涙を流す以外に応えようもなかった。

李淑賢に直接インタビューしたことがある賈英華《かえいか》（著者が北京で取材した中国近現代史研究家）

は著書『末代皇帝的非常人生』の中で次のように述べている。

ここで初めて明らかにされたのは、驚いたことに淑賢には結婚歴があるということだ。

「正常さを失った夫婦生活
李淑賢は離婚歴のある女性だったので、新婚の夜やその後数日の溥儀のおかしな行動についてひどく怒っており、眠れずに朝までまんじりともしないで起きているときもあった。そんなとき、溥儀はいびきをかいて寝ているのだ。

新婚夫婦は『同床異夢』のまま一週間の特殊な生活を送った。その後のある日、溥儀は人民医院へ行って診察を受けて来る、と言った。淑賢も病院に同行して、二人は一緒に病院に行くことになった」

淑賢に結婚歴があったという記録はほかの史料からはうかがえないが、賈英華が直接本人から取材して聞き出したという事実に間違いはないものと思われる。

仲人たちに、わざわざ誰も知らない過去を喋《しゃべ》る必要を感じなかった、と理解すべきだろう。

溥儀は溥儀なりに努力を重ねていた。

妻に告白する前から自ら病院を訪ね、治療に専念していた。

それは周恩来の耳にも密かに届いていて、周総理の「しかるべき治療に全力を尽くすよう」という指令が病院にも届けられていた。

性生活が原因で、二人が離婚問題などを起こさないことが党首脳の基本方針なのだ。

溥儀が長い年月抱えてきた難題は、英語にすればたった二文字「ED」だった。

その超えがたい困難な壁が、溥儀の前に立ち塞がっていた。溥儀は不能ではあったが、皿洗いも、掃除も覚える努力をした。

末期の皇帝

周恩来の計らいにより、全国政治協商会議は協和医院を通じて溥儀に徹底的な健康診断を行っている。その記録によれば、

「本人がはっきり自分は陽萎《ようい》を長年患っている、と語った」

とある。

「陽萎」とは中国語では文字どおり「陽根が萎《な》える」と書くが、賈英華の研究書や毓嶦の回想録などを見ると、用語にはさまざまな表記が見られる。

ほかに「男人不能人道的病」「性効能的喪失」「根本没此方面的能力」「ED」などと溥儀の病は表記されている。

協和医院から連絡を受けた人民医院では溥儀のために「睾丸素《こうがんそ》」という男性ホルモンを用意し、漢方医が何度も薬の調合を試みたようだ。

四代も続く名医・張栄増が残したカルテには、詳細にわたる調合薬の名前が列挙されている。その結果病状は多少好転し、溥儀にはいっとき微笑が戻ったという。

だが、結局溥儀の病は快方には向かわなかった。

なまじ不首尾に終わる性行為を試みれば、二人の感情は以前にまして不快なものとなる。疲れ果てた溥儀の躰は、別のもっと危険な病の兆候を示すようになった。

一九六四（昭和三十九）年八月、溥儀の尿に血が混じるようになったのだ。人民医院の検査を受けたところ、前立腺炎と診断された。

一年後には協和医院へ入院し、左の腎臓と膀胱《ぼうこう》の一部に腫瘍があることが発見された。

一九六六（昭和四十一）年六月には膀胱内の「瘤根《りゅうこん》」を切除、さらに二週間後には左腎臓と輸尿管の一部切除の手術を受けた。

その後は入退院を繰り返しながら、コバルト治療などを受けていたが、まだ選挙に行ったり、外国人記者との会談に臨んだりと元気な面を強調していた。

この年には文化大革命の嵐が激しさを増していた。

周恩来の打倒を叫ぶ「四人組」が勢いを得ていた時期には、当然、溥儀も攻撃の的になった。『我的前半生』では反省が足りないとされ、その印税を全額返納させせられ、自宅にも学生が押しかけてくる状態となった。

街路に面した壁という壁には、紅衛兵によって、毛沢東語録の一節が赤ペンキで大書きされていった。紅衛兵の過激な行動は病んでいる溥儀と妻を疲労させたが、最終的にはとんでもない事態にはならずに済んだ。周恩来の制御装置が陰で動いたためだと思われる。周恩来は溥儀を人民医院から協和医院へ移させた。

それでも周恩来という防壁を超えて、紅衛兵の攻撃はあった。

だが、紅衛兵を恐れながらの闘病生活も、終幕を迎えようとしていた。

一九六七（昭和四十二）年十月六日、数日前から意識が薄れ気味だった溥儀に最期のときが近づいていた。

彼は病室にあった小さな手帳を引き寄せると、震える手先で妻宛に文字を書いた。筆跡は力強く、鮮明に読み取れる。

「小妹　私はかなり衰弱してきた。来るとき、是非胎盤粉を持って来てはくれまいか。今晩飲みたいから」

「小妹」というのは妻への愛称である。十月十日になると会話もできなくなった。排尿が困難で、尿毒症にかかったのが終焉《しゅうえん》を早めた。

一九六七年十月十六日夜、昏々《こんこん》と眠っていた溥儀はいったん両目をぱっちり開け医師の手を摑《つか》んで言った。

「助けて下さい、私はまだ国のために仕事をしたいのです」

かすかに微笑をたたえた顔が次第に白くなってゆくのを、淑賢は見下ろしていた。

「小妹、もう息が詰まりそうだ」

それが別れの言葉となった。

十月十七日午前二時三十分、体中がむくんだままの溥儀は、細い息をひと筋吐いて息を引き取った。

愛新覚羅溥儀の遺体は霊安室から荼毘《だび》に付すため斎場に運ばれた。周恩来の使いがやって来て、火葬でも土葬でも自由に選ぶよう伝えられたが、遺族の希望は火葬だった。

遺骨は八宝山の人民遺骨安置堂に運ばれ、十五年間置いてもらう手続きがとられた。

歴代の清朝皇帝で火葬に付された者はいない。

その意味から、のちのち溥儀のことを「火龍《かりゅう》」と人々が呼ぶようになった。

文化大革命が終わったあと、溥儀は祖国に貢献ありとの再評価がなされた。一九九五（平成七）年、溥儀の遺骨は北京郊外永寧山麓にある清朝西陵の一郭に造営された墓に納められた。

北京で筆者が賈英華《かえいか》氏から聞かされた李淑賢の言葉は、今日まで胸につかえたまま残っている。淑賢が溥儀と一緒に初めて病院へ行ったときの言葉だ。

「溥儀は病院に着くと診察してもらうのではなく、そのまま注射室に入って行った。私が看護婦に『何をするのですか』と尋ねると、看護婦はそっけなく『あら、この方は毎日ここでホルモン注射を打っているんですよ』と言った。これで真相が明らかになった。

溥儀を見ると、まだズボンを下ろしたままぼんやりしている。実は、夫は仕事に行くと言って毎日注射をうけていたのだ。私は家に帰るとこらえ切れなくなって涙を流した」


李淑賢《りしゆくけん》は一九九七（平成九）年死亡したが、

「自分の骨は半生を漢奸《かんかん》として生きた溥儀と一緒に埋葬されたくない」

との遺言を残し、八宝山人民公墓に入れられたと聞く。

あとがき

人の世には生死があり、国家には栄枯盛衰がある。

愛新覚羅溥儀《あいしんかくらふぎ》に感興をそそられたのは、彼の並々ならぬ生命力に惹《ひ》かれるものがあったからかもしれない。溥儀は満洲王族の係累に生まれたがために、三歳に満たない年で玉座に就く運命となった。

それからは文字どおり波瀾万丈《はらんばんじょう》、紆余曲折《うよきょくせつ》の限りを体験して二十世紀を生き延びた。生き延びる、ということにかけては天才肌の嗅覚をもった人物であることは疑いない。

生き延びるためには、あらゆる代償をいとわなかった。そうでなければ、生命の保証がないからだ。人は生きるという最低限の権利を行使するために、さまざまな代償を払う。日々いくつかの妥協をしながら、折り合いをつけて過ごすのだ。

その妥協が、溥儀の場合やや極端に走った。

庶民の知恵では「長いものには巻かれろ」というが、再三皇帝の座に就いた溥儀でさえ常に巻かれて生きながらえた。

皮肉にも聞こえようが、その点では天才肌の生き方名人だ。極めて特異な性格を駆使して、自身より権力を持つ「もっと長いもの」に巻かれて生きた。

溥儀の性格を言い表すために、多くの言葉を用意するのは簡単だ。ざっと見ただけで、溥儀には人間がもつ欲望がすべて揃《そろ》っている。

権力欲、金銭欲、物欲、我欲、性欲、食欲、名誉欲、保身欲——そう、煩悩といわれるすべてを身につけ、あからさまにそれをふりかざす人物でもあった。

だから、彼を「すぐ逃げる」「傲慢だ」と批判することはいともたやすいだろう。確かに溥儀はすぐに逃げる。無抵抗で一目散に逃げる。それ以外に、彼の生きる術《すべ》はないからだ。

「歴史が作った奇形児」と言っても、その意味で間違ってはいないだろう。

彼を甘い毒に弱い人間だ、と評するのもまたひとつの見方である。

だがそれも鏡の片面なのであって、最後は「生きるため」に摂取する毒でもあった。甘い毒のせいで異常になったり、異端、異形になった身は、彼自身を生涯にわたって苦しめた。

だが、自らを酷使し続けて生きた溥儀の生涯は、異端であることゆえの強靭《きょうじん》さも兼ね備えていた。そうした背反する渦に巻かれながら生きた溥儀の時間を私は追い続けてみた。

歴史はいつも連続している。連綿と続きながらその装いを変える。その歴史の潮目に、人は浮き沈みを繰り返し、なお生き続けなければならない。

生き続けよ、逃げて逃げて生き続けよ、そう叫ぶ声に耳を傾けてみた。

溥儀が持っている醜いとされるような部分を、実は我々も等しく共有しているのだということが分かるまでに時間がかかった。

そう納得して、ようやく筆を擱《お》くことができた。読者には、溥儀の人格がどのように形成され、どう滅びたのかをくみ取って頂けたら幸いである。

本書を書きながら、溥儀とその周辺に生きた后妃や宦官《かんがん》たちの生きざまにもなるべく目を向けるよう心がけた。そのために、ノンフィクション・ノベルという書き方をかりて、なるべく実相に迫ろうと試みた。それがうまく伝わるような読み物になったかどうかは読む方のご判断であり、読者のご叱正を待ちたいと思う。

清朝が滅び、満洲が滅んだ。

間もなく清朝最後の皇帝即位から百十年、満洲国皇帝即位から八十五年を迎える。

滅んだ歴史の中にかけがえのない価値や美学が潜んでいることも、私にとっては貴重な発見となった。溥儀像を摑《つか》むために時間のかかった作業だったが、出会えたことに感謝している。

そして、北京で清朝研究をされている賈英華《かえいか》氏には、本文中でも触れたが多くの有益な談話を直接聞かせていただいた。この場をかりて改めて謝意を表したい。また、故・吉岡安直元陸軍中将（満洲国皇帝御用掛）の次女・槇和子さんにも貴重な証言を頂戴した。お名前を記し、併せて感謝申し上げたい。

尚、本新書は単行本『禁城の虜《とりこ》』（平成二十六年刊）に加筆・修正を加え、タイトルを変更した作品であることをお断わりしておく。

刊行に際しては、今回も幻冬舎社長見城徹氏と編集局の大島加奈子さんのご尽力にあずかった。深く御礼を申し上げたい。

平成三十一年一月

加藤康男

参考文献

『わが半生』愛新覚羅・溥儀・一九九二年・ちくま文庫上下巻
『紫禁城の黄昏』R・F・ジョンストン著、中山理訳、渡部昇一監修・二〇〇八年・
祥伝社黄金文庫上下巻
『極東国際軍事裁判速記録』第一巻・一九六八年・雄松堂書店
「林出賢次郎関係文書」国立国会図書館所蔵
『外交六十年』芳澤謙吉・一九九〇年・中公文庫
『現代史資料』七、十一巻・小林龍夫ほか編・一九六四年、一九六五年・みすず書房
『溥儀の忠臣・工藤忠』山田勝芳・二〇一〇年・朝日選書
『秘録　土肥原賢二』土肥原賢二刊行会編・一九七二年・芙蓉書房
『甘粕大尉』角田房子・一九七五年・中央公論社
『流転の王妃　満洲宮廷の悲劇』愛新覚羅浩・一九五九年・文藝春秋新社
『流転の王妃の昭和史』愛新覚羅浩・二〇一二年・中公文庫
『溥傑自伝』愛新覚羅溥傑著、丸山昇監訳、金若静訳・二〇一一年・河出書房新社
『「宦官」』顧蓉・葛金芳著、尾鷲卓彦訳・二〇一五年・徳間文庫
『纏足物語』岡本隆三・一九八六年・東方書店
『宦官』三田村泰助・一九六三年・中公新書

『最後の皇后』王慶祥・一九九一年・学生社
『我が名はエリザベス』入江曜子・一九八八年・筑摩書房
『李玉琴伝奇』入江曜子・二〇〇五年・筑摩書房
『溥儀』入江曜子・二〇〇六年・岩波新書
『西太后』加藤徹・二〇〇五年・中公新書
『満州国皇帝の秘録』中田整一・二〇〇五年・幻戯書房
『溥儀』秦国経編著、宇野直人・後藤淳一訳・一九九一年・東方書店
『溥儀日記』李淑賢資料提供、王慶祥編・一九九四年・學生社
『婉容 ラストエンペラー夫人』池内昭一、孫憲治・一九九〇年・毎日新聞社
『流転の子』本岡典子・二〇一一年・中央公論新社
『わが夫、溥儀』李淑賢著、王慶祥編、林国本訳・一九九七年・学生社
『宦官物語』寺尾善雄・一九八五年・東方書店
『性愛の中国史』劉達臨著、松尾康憲ほか訳・二〇〇〇年・徳間書店
『素顔の皇帝・溥儀』第一巻〜三巻・愛新覚羅毓嶦ほか著、菅泰正編訳・一九八八年・大衛出版社
『纏足』岡本隆三・一九六三年・弘文堂
『中国の奇習』岡本隆三・一九六五年・弘文堂
『後宮の世界』堀江宏樹・二〇〇六年・竹書房文庫

最後の皇妃　「福貴人」李玉琴』王慶祥・一九九七年・学生社
『最後の宦官秘聞』賈英華著、林芳監訳・二〇〇二年・NHK出版
『末代太監孫耀庭伝』賈英華・二〇〇四年・人民文学出版社
『末代皇帝的非常人生』賈英華・二〇一二年・人民文学出版社
『愛新覚羅毓嶦回憶録』愛新覚羅毓嶦・二〇〇五年・華文出版社
『往事不寂寞　口述精選集一』李菁・二〇〇九年・三聯書店
『我的前半生』愛新覚羅溥儀・一九六四年・群衆出版社
『我的前半生』愛新覚羅溥儀・全本二〇〇七年版・群衆出版社
『我的前半生』愛新覚羅溥儀・灰皮本二〇一一年版・群衆出版社
吉田鞆子手記（私家版）
外交史料館所蔵資料
『月刊 Asahi』一九九二年三月号
『文藝春秋』臨時増刊一九五〇年八月刊
『文藝春秋』一九五六年九月号
『週刊新潮』一九六一年五月二十九日号

幻冬舎新書 535

ラストエンペラーの私生活

二〇一九年一月三十日　第一刷発行

著者　加藤康男
発行人　見城 徹
編集人　志儀保博
発行所　株式会社 幻冬舎
〒一五一-〇〇五一 東京都渋谷区千駄ヶ谷四-九-七
電話 〇三-五四一一-六二一一(編集)
〇三-五四一一-六二二二(営業)
振替 〇〇一二〇-八-七六七六四三
ブックデザイン　鈴木成一デザイン室
印刷・製本所　中央精版印刷株式会社

この作品は二〇一四年一月小社より刊行された『禁城の虜——ラストエンペラー私生活秘聞』を改題、加筆・修正したものです。

Printed in Japan　ISBN978-4-344-98536-0 C0295
か-25-1
幻冬舎ホームページアドレス http://www.gentosha.co.jp/
*この本に関するご意見・ご感想をメールでお寄せいただく場合は、comment@gentosha.co.jp まで。